James Sallis

NACHTFALTER

Roman

Aus dem Englischen
übersetzt von Georg Schmidt

DUMONT

Von James Sallis ist im DuMont Buchverlag außerdem erschienen:
Stiller Zorn

Februar 2014
DuMont Buchverlag, Köln

Die amerikanische Originalausgabe erschien 1993 unter dem Titel ›Moth‹ bei Carrol & Graf, New York

Aus dem Englischen von Georg Schmidt
Umschlag: Zero, München
Umschlagabbildung: © Getty Images / Sylvain Grandadam
Satz: Greiner & Reichel, Köln
Gesetzt aus der Noir Elzevir
Druck und Verarbeitung: CPI – Clausen & Bosse, Leck
Gedruckt auf säurefreiem und chlorfrei gebleichtem Papier
Printed in Germany
ISBN 978-3-8321-6242-9

www.dumont-buchverlag.de

Chester Himes
zum Gedenken

Vater, die Nachtfalter
hocken draußen am Gesims der Erde.
James Wright

1

Es war Mitternacht, es regnete.

Ich schrubbte mir am Waschbecken wie vorgeschrieben die Hände und ging rein. Die zweite Doppeltür führte auf einen Korridor, an dessen Ende, zur Linken, eine Frau an einem u-förmigen Schreibtisch hinter einer improvisierten Barrikade aus Computern, Telefonen, stapelweise Papierkram und Regalen voller Aktenordner saß. Sie war am Telefon und versuchte, gleichzeitig reinzusprechen und einem jüngeren Mann mit schmierigen Nikes und Laborkittel zu antworten, der neben ihr stand und nach den Ergebnissen der Labortests fragte. Alle paar Momente surrte das Telefon, und ein neues Licht blinkte auf der Konsole. Die Frau war nicht mehr die Jüngste, vierzig bis fünfzig, mit dünner werdenden, auftoupierten Haaren, wie sie seit mindestens zwanzig Jahren aus der Mode waren. Auf einem Schild an ihrer gelben Polyesterjacke stand Jo Ellen Heslip. Namen sind wichtig.

Ich ging nach rechts, an kleiderkammerähnlichen Zimmern voller Eisenregale mit allerlei Krankenhausbedarf vorbei, einem Röntgenbildschirm, Arzneimitteln, langen Konferenztischen. Dann in die eigentliche Kinderintensivstation – so als käme man auf eine weite Ebene. Sie war halb so groß wie ein Fußballplatz, durch knapp anderthalb Meter hohe, gekachelte Wände, die oben von offenen Regalen gesäumt waren, in halbwegs diskrete Bereiche unterteilt (Boxen genannt, wie ich später erfuhr). Licht flutete durch die Fenster an drei Seiten. Die Fenster waren aus Doppelglas, versiegelt; eine dicke äußere Scheibe, ein abgeschlossener Zwischenraum, in dem sich Werg und Bauschutt angesammelt hatten, die Innenscheibe. Tauben stolzierten draußen auf dem Sims entlang. Unten auf der

Straße, vor einer überdachten Haltestelle, wurden die Busse langsamer, fuhren dann vorbei. Jemand in einem Krankenhaushemd – Geschlecht und Alter nicht bestimmbar – schlief auf einer Bank mit einem Werbespruch für den Doctor's Bookshop, stand von Zeit zu Zeit auf, kramte in einer Mülltonne daneben herum, holte Dosen raus, in denen noch ein, zwei Schluck übrig waren, eine Tüte Zapp's Chips, einen zerdrückten Karton von Popeye's.

Ich fand Box 1 per Zufall und bahnte mir einen Weg durch das Gewirr aus Brutkästen, offenen Bettchen und Inkubatoren – Begriffe, die ich in den kommenden Wochen lernen sollte. Schaute auf die an diesen Behältnissen angebrachten rosafarbenen und blauen Schilder.

Baby McTell, Mädchen, lag in einem Brutkasten in einer Ecke unter dem Fenster. Das Beatmungsgerät ragte neben ihr an einer Stange auf wie ein silberner Wächter, wisperte *schhh, schhh.* Auf der Leuchtanzeige flackerten fortwährend wechselnde Werte. Bei jedem *Schhh* blähte sich der winzige Körper von Baby McTell auf, und auf einer Reihe von Bildschirmen rechts über ihr erschienen die neuesten Daten: Angaben über Herzfrequenz, Atemtätigkeit und diverse innere Druckverhältnisse auf einem Hewlett-Packard-Monitor, den Sauerstoffgehalt des Blutes auf einem Nellcor-Pulsoximeter, die CO_2- und O_2-Werte über transkutane Messgeräte.

Baby McTell, Mädchen
Geboren: 15. 9.
Gewicht: 595,35 g
Name der Mutter: Alouette

Ich könnte sie mit Leichtigkeit in einer Hand halten, dachte ich. Beziehungsweise hätte sie halten können, wenn diese Batterie von Apparaten nicht gewesen wäre, an denen sie hing und die sie am Leben erhielten.

Die Schwester neben dem Bett blickte auf. Rund um den Nachttischkasten waren Papiere mit allerlei Daten verstreut, die sie auf ein anderes, größeres Blatt übertrug. Sie war Linkshänderin, hielt den Stift mit abgewinkeltem, wie eine Vogelschwinge wirkendem Unterarm.

»Guten Morgen. Sind Sie vielleicht zufällig der Vater?«

Rötlich blonde Haare. Trug grüne OP-Klamotten, so wie alle hier. Hellgrüne Augen und ein britischer Akzent wie klares, reines Wasser, bei dem es mir einen Stich versetzte, da ich voller Sehnsucht an Vicky denken musste – rote Haare, die über mir schwebten, als ich auf Entzug im Touro Infirmary aufwachte, Vicky mit ihren schottischen Rs, Vicky, die mir geholfen hatte, wieder zu mir zu finden, und die dann fortgegangen war.

Teresa Hunt hieß die Schwester laut Namensschild. Sah ich wirklich so aus wie der Herzallerliebste einer Achtzehnjährigen?

Oder meinte sie, ich wäre der Vater der Mutter?

Ich schüttelte den Kopf. »Ein Freund der Familie.«

»Tja, ich habe mich bloß gefragt.« Wort für Wort gemessen, ohne jede Betonung. »Hat sich bislang bei niemandem blicken lassen, soweit ich weiß.«

»Meinem bescheidenen Wissen nach ist damit auch nicht zu rechnen.«

»Aha. Tja, das sind wir ziemlich gewöhnt, glaube ich. Selbst einige Mütter kommen nach einer Weile nicht mehr vorbei.«

Sie sammelte die Papiere ein und schraubte die Kappe auf den Stift, den sie um den Hals hängen hatte. Er trug seitlich eine Aufschrift – irgendeine Reklame, vermutlich für Arzneimittel. Wie der Notizblock, auf den Vicky ihren Namen und ihre Telefonnummer geschrieben hatte, als ich sie im Hotel Dieu fand.

Teresa Hunt packte alles unter ein übergroßes Klemmbrett und rückte es auf dem Nachttisch gerade.

»Schauen Sie, es tut mir furchtbar leid«, sagte sie. »Jemand hätte Ihnen das erklären sollen, aber nur Eltern und Großeltern haben Zutritt – ach, kümmern wir uns nicht darum. Ich pfeife auf die Vorschriften. Was soll das denn schon ausmachen? Sehen Sie sie zum ersten Mal?«

Ich nickte.

»Und Sie kennen die Mutter?«

»Die Großmutter eigentlich. Die Mutter der Kindsmutter. Wir ... waren Freunde. Viele Jahre lang.«

»Ich verstehe.« Vermutlich tat sie es. »Und die Mutter der Kindsmutter ist laut unseren Unterlagen unlängst verstorben. Ein Schlaganfall, nicht wahr?«

»Ganz recht.«

Nie und nimmer konnte ich ihr oder irgendeinem anderen erzählen, was LaVerne für mich bedeutet hatte, für mich gewesen war. Wir waren beide noch halbe Kinder, als wir uns kennengelernt hatten; LaVerne war damals Nutte gewesen. Jahre später heiratete sie ihren Doktor, und ich sah sie eine Zeitlang nicht mehr. Als er ihr den Laufpass gab, fing sie als Freiwillige in einem Krisenzentrum für Vergewaltigungsopfer an, machte einen Abschluss in Psychologie und wurde hauptberufliche Beraterin. Es war ein einsames Leben, nehme ich an, auf beiden Seiten. Und als sie schließlich einen Typen namens Chip Landrieu kennenlernte und heiratete – auch wenn mir allmählich klar wurde, was ich verloren hatte –, freute ich mich für sie. Für alle beide.

»Wusste sie, dass Alouette schwanger war?«

Ich schüttelte den Kopf. »Ihre Wege haben sich schon vor vielen Jahren getrennt.« So weit, dass ich nicht mal von Alouette gewusst hatte. »Sie –« Sag es, Lew. Nur zu, sag ihren Namen. Namen sind wichtig. »LaVerne hat versucht, Kontakt aufzunehmen, Alouette zu finden.«

Sie schaute einen Moment lang weg. »Was ist nur aus uns geworden?« Und in Gedanken hörte ich wieder Vicky, vor vielen Jahren. »Was ist bloß los mit diesem Land, Lew?«

»Tja, machen Sie sich nichts daraus. Viel können wir eh nicht dagegen tun, stimmt's? Verstehen Sie, was hier vorgeht?« Ihr Nicken bezog das Beatmungsgerät mit ein, die Monitore, die Beutel mit den intravenös verabreichten Medikamenten, die wie durchsichtige Fledermäuse von silbernen Stangen hingen, Baby McTells unfassbare Arche; vielleicht die ganze Welt.

»Eigentlich nicht.« Kann das denn irgendwer, wollte ich hinzufügen.

»Alouette nimmt regelmäßig Drogen. Aufgrund unserer Untersuchungsergebnisse und nach Auskunft des Sozialdienstes hauptsächlich Crack, aber wir haben es hier auch mit einem andauernden Alkohol- und Medikamentenmissbrauch zu tun, darunter viele Betäubungsmittel, mehr oder weniger alles, was zu haben war, wie es scheint. Sie leugnet es auch gar nicht. Und deswegen wurde Alouettes Baby bereits im Mutterleib schwer geschädigt. Sie hat sich nicht richtig entwickelt, und obwohl Alouette es irgendwie geschafft hat, sie bis zum siebten Monat zu behalten, entspricht das, was Sie hier im Brutkasten liegen sehen, eher einem Embryo im fünften Schwangerschaftsmonat. Bei der ist so gut wie nichts fertig ausgebildet. Die Augen sind fest geschlossen, die Haut reißt bei der geringsten Berührung auf, von einer Lunge kann man noch gar nicht sprechen. Sie bekommt Medikamente, die ihre eigene Atemtätigkeit unterbinden, und wird künstlich, durch dieses Gerät hier, beatmet. Wir geben ihr hohen Druck bei hoher Frequenz, und trotzdem müssen wir sie ständig, in neun von zehn Stunden, mit hundertprozentigem Sauerstoff versorgen. Zwei Stunden kann man das vielleicht aushalten.«

»Sie wollen mir also klarmachen, dass sie sterben wird.«

»Ganz recht. Obwohl ich das natürlich nicht tun sollte.«

»Und wozu dann all das hier?«

»Weil wir es können. Weil wir uns damit auskennen. Auf dieser Station stehen sechzig Bettchen zur Verfügung. An jedem x-beliebigen Tag sind sechs von zehn dieser Bettchen mit Crack-Babys wie dem von Alouette belegt. Dazu kommen mindestens zehn weitere, die einfach krank sind, egal aus welchem Grund – ob durch Drogen- und Alkoholmissbrauch, Geschlechtskrankheiten, Unterernährung oder mangelnde Vorsorge während der Schwangerschaft. Und es werden von Tag zu Tag mehr. Als ich hier angefangen habe, hatten wir fünf bis allenfalls zehn Babys auf dieser Station. Jetzt sind es mindestens dreißig. Und zeitweise mussten wir unsere Bettchen schon draußen auf dem Flur aufstellen.«

»Sind Sie immer so graderaus?«

»Nein. Nie, eigentlich überhaupt nicht. Aber wir Briten sehen das alles mit etwas anderen Augen, verstehen Sie? Und damit, glaube ich, ist auch die Frage beantwortet, die Ihnen ins Gesicht geschrieben steht.«

»Danke.« Ich hielt ihr die Hand hin. Sie ergriff sie, ohne zu zögern oder sich zu zieren, was Amerikanerinnen selten fertigbringen. »Griffin heiße ich. Lew.«

»Teresa, wie Sie selber sehen. Und da auf meiner ordentlichen Zulassung als Krankenschwester der Name Hunt steht, trage ich ihn auch hier. Aber eigentlich, wenn ich nicht hier bin, benutze ich meistens meinen Mädchennamen, McKinney. Sagen Sie mir bitte Bescheid, Mister Griffin, wenn ich irgendetwas tun kann. So was kann einem furchtbar zusetzen.«

Sie nahm ein paar Ampullen aus der Schublade unter dem Brutkasten, hakte sie auf ihrer Liste ab, zog drei Spritzen auf, führte eine nach der anderen in die Kniestücke (Einspritzstutzen hießen sie) an den Schläuchen ein, über die Baby McTell intravenös versorgt wurde. Die Nadeln steckten an vier Stellen, alle mit Heftpflaster verklebt. Tagtäglich musste man sie an einer anderen Stelle ansetzen – an der Kopfhaut, den Fußknöcheln, überall, wo man eine Vene fand, die nicht gleich platzte.

Sie warf die Spritzen in einen roten Plastikbehälter, zog ein Blatt Papier unter dem Klemmbrett hervor, blickte kurz auf die Wanduhr und machte sich etliche Notizen.

»Ich weiß nicht, wieso ich Ihnen das überhaupt sage, Mister Griffin, aber ich hatte auch mal ein Kind, einen Sohn. Er kam drei Monate zu früh, wog fast zwei Pfund und lebte nur etwas über acht Tage lang. Ich war damals sechzehn. Und hinterher wurde ich wegen einer Infektion unfruchtbar. Aber wegen ihm bin ich überhaupt auf die Idee gekommen, dass ich Kinderschwester werden könnte.«

»Nennen Sie mich Lew. Bitte.«

»Ich glaube nicht, dass sich die Oberschwester viel darum scheren würde, wenn sie davon hören sollte. Sie ist ein bisschen steif und überkorrekt, müssen Sie wissen.«

»Aber kommt's denn auf eine Vorschrift mehr oder weniger an? Nachdem wir, wie Sie sagen, sowieso schon dagegen verstoßen haben?«

»Ja, tja, das haben wir in der Tat, nicht wahr, Lew? Möchten Sie vielleicht mit einem der Ärzte sprechen? Sie müssten gleich vorbeikommen. Ich könnte aber auch einen über Pieper rufen.«

»Können die mir mehr sagen als Sie?«

»Eigentlich nicht, nein.«

»Dann wüsste ich nicht, weshalb wir sie behelligen sollten. Die haben bestimmt jede Menge zu tun.«

»Das haben sie. Tja, ich geh ein paar Minuten raus und lass euch beide Bekanntschaft schließen. Falls Sie etwas brauchen sollten, wenden Sie sich an Debbie. Sie passt auf meine Kinder auf, während ich weg bin.«

Sie deutete mit dem Kopf auf eine Schwester, die auf einem Schaukelstuhl auf der anderen Seite der Box saß und einem der Babys die Flasche gab.

»Das ist Andrew. Er ist jetzt fast ein Jahr bei uns, und wir verwöhnen ihn schrecklich, fürchte ich.«

»Ein Jahr? Wann wird er entlassen?«

»Der kann nirgendwo hin. Ein Großteil seiner Gedärme musste kurz nach der Geburt entfernt werden, und er wird immer viel Fürsorge brauchen. Jede Stunde füttern, den Seitenausgang versorgen. Seine Eltern haben ihn besucht, als die Mutter noch in der Klinik war, aber seit der Entlassung haben wir nichts mehr von ihnen gehört. Die Polizei ist nach einer Weile raus zu der Adresse gefahren, die wir von ihnen hatten, aber sie waren längst weg. Letzten Endes wird er vermutlich nach oben auf die Kinderstation verlegt werden. Und irgendwann wird man vielleicht ein Pflegeheim finden, das ihn aufnimmt.«

Ich schaute von Andrew zu Baby McTell, als Teresa wegging. Namen sind wichtig. Wie man etwas bezeichnet, so ist es. Durch Namengebung begreifen wir. Aber wie bezeichnet man einen Säugling, der gar nicht richtig zur Welt gekommen ist, der sich, während ihm das Leben immer mehr entgleitet, mit einer Kraft, einer Gier daran klammert, die wir uns kaum vorstellen können? Welche Namen können wir den Kämpfen geben, die hier vor sich gehen? Und wie können wir die je begreifen?

Durch die Regale sah ich Leute, die sich um einen Brutkasten in der Box nebenan scharten. Erst die für das Baby zuständige Schwester, dann eine andere Schwester aus der Box; danach, als eine wegging und sie holte, eine Schwester, die offenbar das Sagen hatte; schließlich, Sekunden später, der junge Mann mit Laborkittel und Nikes, der zuvor bei dem Schreibtisch am Eingang gestanden hatte. Diverse Alarmsignale ertönten – Summer, Schellen, Sirenen –, während der junge Mann ein letztes Mal zu den Monitoren aufblickte, nach einem durchsichtigen grünen Beutel neben dem Bett griff und laut sagte: »Machen Sie einen Ausruf.« Über mir setzte eine Lautsprecherdurchsage ein: *Alle Diensthabenden umgehend auf die Neugeborenen-Intensivstation.* Er legte einen Teil des Beutels über das Gesicht des Säuglings und drückte ihn immer wieder rasch zusammen.

Dann drängten sich immer mehr Diensthabende um den Brutkasten, und ich konnte nichts mehr sehen.

»Sir, ich muss Sie leider bitten rauszugehen«, sagte Debbie. Sie stand auf und legte Andrew wieder in sein offenes Bettchen. Die Blicke des Kindes folgten ihr, als sie wegging. Es schrie nicht.

Ich verzog mich nach draußen, neben mir aufgekratzte junge Väter, lächelnde Großeltern, zwei Mütter, noch im Krankenhaushemd, die sich langsam bewegten, die Hände flach an den Bauch gepresst. Ein Röntgengerät kam durch die Doppeltür auf uns zu und rumpelte den Gang entlang, knallte an die Wände und schrammte Wäschekörbe, Abfalltonnen, Speisekarren. »Wohin soll ich?«, fragte der Assistent. »Box 2«, teilte ihm Mrs Heslip mit.

Die meisten anderen gluckten raunend und tuschelnd dicht vor der Tür zusammen. Einige entschieden sich, für heute Nacht Schluss zu machen, und gingen zu den Aufzügen auf der anderen Seite des Flurs, wo sie, wie ich aus Erfahrung wusste, eine Weile warten mussten. Ich stieß am Ende eines anscheinend menschenleeren Ganges auf die Treppe und ging zu Fuß runter (es roch nach kaltem Zigarettenqualm und Urin), in einen kühlen, sanften Regen, wie man ihn in New Orleans selten erlebt. Dort fiel er, wenn es mal wieder so weit war, hart und heftig, dass die Gehsteige dampften, trommelte auf die Bananenstauden, schlug die Blätter von den Magnolien, strömte über die Dachtraufen und aus den Rinnsteinen, die die jähe Sintflut nicht fassen konnten.

Ich schlug den Kragen meines alten braunen Sportsakkos hoch, als ich aus der Krankenhaustür trat, und wurde prompt von einem Pick-up vollgespritzt, der auf eine Pfütze zukurvte, sobald er mich sah. Von drinnen hörte ich schallendes Gelächter.

Vorhin war mir ein paar Straßen weiter, an einer Ecke, ein kleines Café aufgefallen. Nick's, Rick's oder so ähnlich, die ganze Front aus Glas, mit handgeschriebenen Aufklebern für allerlei Sonderangebote an den Fenstern und einem altmodischen Tresen, wie in einem Diner. Ich wollte es ausprobieren und schlug die Richtung ein. Zog durch die Straßen des alten, ländlichen Südens, aus dem ich vor langer Zeit geflüchtet war. Bessie Smith war gar nicht weit von hier, drüben in der Gegend von Clarksville, nach einem Unfall gestorben, als man sie in einem weißen Krankenhaus nicht behandeln wollte und sie auf dem Weg zu einem für Farbige verblutete.

Mit sechzehn Jahren war ich geflüchtet. Geflüchtet vor der Sanftmut und dem Jähzorn meines Vaters, vor den alten Schwarzen, die zu zehnjährigen weißen Bengeln »Mister« sagten, vor den Feldern und der Reifenfabrik, die dicken schwarzen Qualm, klebrig wie Sirup, über die ganze Stadt blies, all den ausgemergelten Gesichtern, hart und trocken wie das Land selbst. Ich war in die Stadt gezogen, nach New Orleans, und hatte mir ein eigenes Leben aufgebaut, keins, auf das ich besonders stolz war, aber nichtsdestotrotz ein eigenes, und ich hatte mich immer davor gedrückt zurückzukehren. Ich hatte mich um allerhand Sachen gedrückt. Und jetzt erwarteten sie mich alle.

2

Ein paar Wochen vorher, morgens um neun, hatte ich endlich den Sohn eines Freundes im Bus sitzen und konnte ihn heimschicken. Er war in New Orleans irgendwie abgestürzt, und ich hatte ihn irgendwie gefunden, und ich glaube, letztlich waren alle irgendwie froh, die Eltern, das Kind und ich, dass ich so was noch fertigbrachte. Es war ein herrlicher Morgen, ungewöhnlich kühl für die Jahreszeit, und ich beschloss, zu Fuß heimzugehen. Ich verließ also den Greyhound-Bahnhof und spazierte die Simon Bolivar Street hoch, so dass die Innenstadt von New Orleans (das, was man heute als CBD, Central Business District bezeichnet) hinter mir aufragte wie eine Vielzahl von Klippen.

Ich habe nie ganz rausgekriegt, wieso eine Straße in diesem Teil der Stadt nach einem südamerikanischen Freiheitskämpfer benannt wurde, aber so ist das in New Orleans. Einige Straßen hier unten haben sogar zwei Schilder, ein normal großes und ein kleineres, das drüber angebracht ist, mit verschiedenen Namen. Weiter oben, wo sie zur La Salle Street wird, gibt es auch an der Simon Bolivar eins.

Ich ging an den Sozialsiedlungen vorbei. Neueren aus Beton und Plastik, die wie billige Studentenwohnheime aus den Fünfzigern aussahen, ältere aus Ziegeln und Zement, wie Barackenunterkünfte aus dem Zweiten Weltkrieg, die meisten mit durchhängenden Veranden, Fensterrahmen und Türeingängen, auf langen Brettern montierten Klimaanlagen, aufgesprühten Liebeserklärungen oder Ermahnungen wie *Probier's mit Jesus* an den Wänden. Dann, als ich die Martin Luther King überquerte, kam ich an der alten Leidenheimer Bakery und einer ganzen Reihe kreolischer Cottages und Doppelhäuser vorbei, an Ladenzeilen mit Kirchen, fensterlosen Lebensmittelgeschäften an den Ecken. An jeder zweiten Querstraße standen etliche Sessel und Kisten unter den Bäumen auf dem Mittelstreifen, wo man sich in geselliger Runde trifft. Jede Menge vernagelte Häuser mit Schildern davor. *Betreten verboten, Kein Zugang, Eigentum der Pelican Management*. Selbst an den Mülltonnen vor den

Sozialhütten waren Schilder: *Eigentum d. HANO*. Überall Schilder. Diejenigen, die wir lesen, und die, von denen wir bloß wissen, dass sie da sind. Wir lernen.

Ich ging die Louisiana Avenue hoch, schaute in das Fenster von Brown Sugar Records und auf das Sandpiper's-Schild über der Tür auf der anderen Straßenseite, ein rund einen halben Meter hohes Martiniglas samt Rührquirl, Olive und einem im Glas endenden Regenbogen. Natürlich sollte es beleuchtet sein, vermutlich in lauter Grün- und Blautönen, aber das Licht funktioniert seit mindestens zwanzig Jahren nicht mehr. Diese großartigen alten Reklameschilder findet man immer noch in der ganzen Stadt. Hier ändert sich alles nur langsam, wenn überhaupt.

Ich ging über die St. Charles Avenue zur Prytania Street, schaute auf einen Kaffee im Bluebird vorbei und trat gerade durch meine Haustür, als es anfing zu regnen. Erst ein paar vereinzelte Tropfen – dann ein derart heftiger Guss, dass man kaum noch was hören und sehen konnte.

Eine Viertelstunde später kämpfte sich die Sonne wieder durch.

Ich goss ein Abita in ein überdimensionales Glas, ließ mich am Fenster nieder und ging meine Notizen über Camus und Claude Simon durch. In diesem Semester war ich mit dem Modernen französischen Roman dran, einem Kurs, bei dem unsere drei ordentlichen Professoren (die Arbeitgeberanteile zu Kranken- und Sozialversicherung bekamen) und unsere vier Teilzeitlehrkräfte (keine Arbeitgeberanteile; die Verwaltung würde jubeln, wenn es nur Teilzeitkräfte gäbe) »unregelmäßig« rotierten, und bei mir war das eine Weile her. Meine letzten beiden Bücher verkauften sich gut, und ich hatte nicht viel unterrichtet. Aber dann hatte es mir allmählich gefehlt. Außerdem kam ich mit dem nächsten Buch nicht recht in die Gänge. Ich hatte zwei-, dreimal was Neues angefangen, aber es klang ständig eher nach mir – *meinen* Ideen, so wie *ich* die Sache sehe – als nach irgendeiner Figur, über die ich schreiben wollte.

Aujourd'hui, maman est morte.

Der großartige erste Satz dieses Romans, den ich vermutlich mehr bewundere als alles andere, was ich je gelesen habe. Und wieder fiel mir auf, um wie viel direkter, nüchterner und leidenschaftsloser diese Formulierung auf Französisch klingt als dies in unserer Sprache auch nur annähernd möglich wäre. Wie gut diese Stimme eingeführt wird, ohne Vergangenheit oder Zukunft, ohne Vorgeschichte oder Erwartungshaltung, nur mit einer Art ewiger, unveränderlicher Gegenwart; wie Meursault – und mit ihm der Roman selbst – zu einem Augenzeugen wird, der alles (Sonne, Sand, das zufällige Zusammentreffen von Ereignissen) nur im Detail erfasst. So ruhig wie nur irgend möglich diese unglaubliche Geschichte von einem Mann erzählt, der zum Tode verurteilt wurde, weil er es versäumt hat, am Grab seiner Mutter zu weinen.

Als ich das las, musste ich, wie neuerdings immer wieder, an die Telegramme denken, die Mutter mir geschickt hatte, als mein Vater im Sterben lag, eins vorher, eins nachher.

Während ich meinem Tagtraum nachhing, beobachtete ich geistesabwesend einen Mann, der drüben auf dem welligen Gehsteig unter einer alten Eiche entlangging, und als er sich umdrehte und die Straße überquerte, nahm ich ihn wahr.

Kurz darauf surrte meine Türglocke.

In den Detektivgeschichten beobachtet Sherlock Holmes immer wieder die Leute, die unten auf der Straße nahen (und oftmals zögern), und bis sie an der Tür sind und bei Mrs Hudson klingeln, hat er bereits anhand ihrer Haltung, Kleidung und ihres allgemeinen Erscheinungsbildes geschlossen, wer sie sind, und weiß meistens auch, warum sie zu ihm kommen.

Ich hingegen hatte absolut keine Ahnung, was dieser Mann wollte.

»Mister Griffin«, sagte er, als ich die Tür aufmachte. Trug immer noch, oder schon wieder, den Anzug, den er letzte Woche angehabt hatte. Es hatte schon damals nicht allzu gut ausgesehen. Der Schlips allerdings fehlte diesmal. »Ich hoffe, ich störe Sie nicht, und entschuldigen Sie, dass ich einfach zu Ihnen nach Hause komme. Ich bin –«

»Ich weiß, wer Sie sind.«

Als er mich verdutzt anschaute, sagte ich: »Hey. Ich bin Detektiv.«

»Ach.« Als würde das eindeutig alles erklären.

»Und als Schriftsteller natürlich zudem ein eingefleischter Schnüffler.«

Das traf es ziemlich. Manchmal, wenn ich in einem Restaurant oder einer Bar saß, war ich so ins Belauschen anderer vertieft, dass ich überhaupt nicht mehr mitbekam, was mein Gegenüber sagte. LaVerne hatte immer nur still dagehockt und gewartet, bis ich wieder bei mir war.

»Ach.« Ein flüchtiges Lächeln.

»Genau genommen hab ich euch zwei ein paarmal zusammen gesehen. Im Camellia, im Commander's, so in etwa.« Nur zum Teil gelogen.

»Dann hätten Sie vorbeikommen und hallo sagen sollen.«

Ich schüttelte den Kopf.

»Ich weiß, was sie Ihnen bedeutet hat, Griffin. Was sie einander bedeutet haben.«

Wusste er nicht. Aber er war ein Pfundskerl, wenn er hierherkam, um mir das zu sagen.

»Möchten Sie was trinken? Einen Kaffee oder so?«

»Was Sie gerade dahaben.«

»Na ja, ich sag's Ihnen mal. Ich habe dieses prima Bier da, das man in Gouverneur Edwards' Staat aus Maismaische oder so was Ähnlichem braut. Aber ich hätte eigentlich Lust auf eine Tasse *Café au lait*. So dick und schwarz, dass man meint, da unten drin müsste irgendwo ein Sumpfwels sein. Haben Sie's eilig?«

»Eigentlich nicht.«

»Dann mach ich uns eine Kanne. Wenn schon.«

Er folgte mir in die Küche, schaute wie gebannt auf die Regale voller Konservendosen und die zwei Jahre alten Gutscheine, die unter den Magnethaltern an der Kühlschranktür klemmten, blätterte in streng geheimen Kochbüchern, betastete den unkoscheren Inhalt eines Gewürzständers.

»Ich weiß nicht, weshalb ich hergekommen bin«, sagte er, als der Kaffee fertig war und wir wieder am Fenster saßen, er in einem abgewetzten Lehnsessel, ich wie üblich in meinem weißen Holzschaukelstuhl. »Ich meine, ich *weiß* es, aber ich weiß nicht, wie ich es Ihnen sagen soll.«

Er trank einen Schluck Kaffee. Seiner Miene nach zu schließen, war das im Kleinen und Ganzen alles, was er sich vom Leben erhofft hatte.

»Sie und LaVerne sind lange zusammen gewesen.«

Er schaute mich an. Nach kurzem Zögern nickte ich.

»Wir nicht.« Er blickte zu Boden. Ich dachte an einen Song vom Sonnyboy Williamson: *Been down so long, the carpet's half faded on the floor.* Aber vielleicht hieß es auch *carpets have faded* – schwer zu sagen. Aber bei mir gab's keinen Teppich am Boden, nur Hartholz. »Ich meine damit Folgendes«, sagte er.

Und wir saßen da.

»Ja«, sagte ich schließlich. Ich stand auf und stellte noch einen Topf Milch auf den Ofen, goss uns beiden welche nach, als sie dampfte, setzte mich wieder. Mein Schaukelstuhl knarrte auf den Dielen.

»Ich weiß nicht«, sagte er. »Wir sind uns ziemlich spät über den Weg gelaufen. Ich habe bestimmt nicht mit jemandem wie LaVerne gerechnet, nicht mehr. Den ganzen Krampf von wegen Kerzenlicht, dem idealen Partner und den kleinen Glöckchen, die losbimmeln, das glaubt man doch bloß, wenn man neunzehn, zwanzig ist, manche jedenfalls. Wenn man ein paar Jahre auf dem Buckel hat, begreift man, dass es auf der Welt ganz anders zugeht, dass es überhaupt nicht so läuft. Und trotzdem war sie eines Tages einfach da.«

Er schaute mich an, offen und unverhohlen. »Ich habe sie kaum gekannt, Lew. Nicht mal ein Jahr. Ich habe sie so geliebt. Selbstverständlich habe ich gewusst, dass sie allerhand hinter sich hat, wir beide, aber trotzdem hab ich gedacht, wir hätten noch einige Zeit vor uns, wissen Sie? Dann schau ich mich eines Tages um, und sie ist nicht mehr da. Wie wenn ich mitten im Satz wäre, bei etwas furchtbar Wichtigem, was ich schon lange sagen wollte, und mit einem Mal wird mir klar, dass mir keiner mehr zuhört. Ich weiß nicht. Vielleicht habe ich gehofft, ich könnte LaVerne sehen, wenn ich Ihnen in die Augen schaue, sie ein bisschen länger behalten, mehr über sie erfahren, so in etwa. Blödsinn, stimmt's?«

»Nein. Ganz und gar kein Blödsinn. Darum geht's doch überhaupt bei den Menschen. Genau das ist es, was wir füreinander tun können. Wir kommen immer zusammen, um unsere Toten zu begraben. Und dann erwecken wir sie wieder zum Leben, im Nachhinein, erinnern uns daran, wie sie gewesen sind. Obwohl Verne ein Leben geführt hat, das sich sowohl für Sie als auch für mich nicht so leicht fassen oder vorstellen lässt.«

Er nickte.

»Gut. Das muss Ihnen klar sein, bevor Sie irgendwas anderes begreifen können. Aber ich seh nicht recht ein, was Sie von mir hören wollen. Dass sie Sie geliebt hat? Das muss sie wohl, und Sie müssen es wissen. Wie furchtbar es ist, dass sie Ihnen genommen wurde? Verflucht noch mal, natürlich isses das, Mann. Willkommen in der Runde der Angeschissenen.«

»Meinen Sie –«, setzte er an, dann nahm er noch einen Zug Kaffee. »Tut mir leid, ich habe mich nicht klar ausgedrückt. Ich wollte mir hier keine Bestätigung holen, sosehr ich sie derzeit auch gebrauchen könnte. Und ja, ich weiß, dass LaVerne mich geliebt hat.« Er blickte von seiner Tasse auf. »Genau so wie Sie, Lew.«

Irgendwas drückte mir den Hals zu und ließ nicht locker. Ich trank einen Schluck Kaffee. Es nützte nicht viel.

»Es muss allerhand Gründe dafür geben, dass ich hergekommen bin. Vielleicht werde ich mir irgendwann später mal über alles im Klaren sein. Aber in erster Linie bin ich gekommen, um Sie zu engagieren.«

»Engagieren?«, sagte ich. Es klang eher wie ein *Ähem.*

»Ich brauche einen Detektiv, Lew. Einen guten.«

»Ich mach so was nicht mehr. Verflucht, ich hab's nie groß gemacht. Ich hab in Bars rumgehockt und gesoffen, und irgendwann sind die Typen, die ich gesucht habe, vorbeigekommen und über meine Füße gestolpert. Ich bin jetzt Lehrer.«

»Und Schriftsteller.«

»Yeah, na ja, das auch. Sobald man seinen Stolz verloren hat, wird's leichter, müssen Sie wissen – man macht so gut wie alles. Man fängt klein an, ein Artikel für die Lokalzeitung oder eine kurze Story übers Erwachsenwerden vielleicht, so in etwa. Damit ködern sie einen. Dann, eh man sich versieht, schreibt man eine Serie für sie.«

»Ja. Ja, LaVerne hat mir das eine oder andere über Ihren Stolz erzählt.«

»Der mir in meinem speziellen Fall *nach* dem Absturz vergangen ist.«

»Und ich habe Ihre Bücher gelesen, Lew. Alle.«

»Dann müssen Sie ein Höllenkerl sein, mit Sicherheit. Ich weiß nicht, ob ich das könnte.«

»Ja«, sagte er, stellte Tasse und Untersetzer neben sich auf den Boden und winkte ab, als ich ihm eine weitere anbot. Manche Menschen wissen noch, dass man es bei was Gutem bewenden lassen soll. »Könnten Sie vielleicht mal aufhören, mich ständig abzublocken, Lew? Die Sache ist ganz und gar nicht komisch. Wissen Sie?«

Ich schüttelte den Kopf. Nicht um ihm zu widersprechen – zustimmend. Das unsichtbare Etwas ließ von meinem Hals ab und verzog sich wieder in seinen dunklen Winkel.

»Ich höre«, sagte ich.

»Gut.« Er holte einen cremefarbenen Briefumschlag aus der inneren Brusttasche seiner Jacke und hielt ihn mit der Kante nach unten, wie ein Messer, über seinem Oberschenkel. »Haben Sie irgendwas davon gewusst, dass LaVerne ein Kind hatte?«

»Sie hat keins gehabt. Hat mir immer gesagt, sie könnte keine kriegen.«

»Anscheinend konnte Sie nicht nur, sondern hat auch eins gekriegt. Seinerzeit, als sie mit Horace Guidry verheiratet war –«

»Ihrem Doktor.«

Er nickte. »Hat Fruchtbarkeitsmittel genommen oder irgendwas, glaub ich, weil er ständig drauf gedrängt hat. Dann, als sie sich getrennt haben, glaub ich, hat er das alleinige Sorgerecht gekriegt, keine Besuchserlaubnis. Sogar eine Unterlassungsverfügung.«

»In Anbetracht der unziemlichen Vergangenheit der Beklagten zweifellos.«

»Und aufgrund hoher Geldsummen des Klägers sowie seines Stellenwerts in der Gesellschaft, ganz recht. Sie haben's kapiert.«

»Warum hat sie nie was davon gesagt?«

»Das hab ich sie auch gefragt, als sie's mir zum ersten Mal erzählt hat. Sie konnte es nicht sagen. Aber ich glaube, dass sie diese Tür irgendwie ein für alle Mal zugeschlagen hat – als ob sie es einfach tun müsste, um weitermachen zu können. Wissen Sie, was ich meine?«

Durchaus. Ich wusste aber auch, dass man unverhofft in einen Windstoß geraten kann, der solche Türen wieder aufweht.

Wir saßen einen Moment lang schweigend da, dann sagte er: »Tja, ich glaube, man kennt eben den anderen nicht so gut, wie man ihn zu kennen meint, was?«

»Ich bin allmählich der Meinung, dass man den andern überhaupt nicht kennt.«

»Ja. Tja, jedenfalls sitzen wir eines Abends im Burger King – wir waren damals sieben, acht Monate zusammen –, und LaVerne schaut mich zwischen zwei Bissen an und sagt: ›Ich habe ein Kind, weißt du.‹ Wie wenn einen ein Laster rammt. Und sie macht weiter und erzählt mir alles, auf der Stelle, während sich die Teenager in der Nische nebenan die Strohhalmhüllen ins Gesicht geblasen haben. ›Und was sollte ich deiner Meinung nach unternehmen?‹, fragt sie mich hinterher. ›Was willst du denn unternehmen?‹, sag ich. Und sie sagt: ›Ich glaube, ich sollte vielleicht das Gespräch mit ihr suchen, Chip. Ich glaube, ich möchte, dass meine Tochter weiß, wer ihre Mutter war.‹ Weil sie inzwischen um die achtzehn sein müsste und damit natürlich über so was selbst entscheiden kann. Und das Zeug, das LaVerne Tag für Tag in dem Asyl erleben musste, in dem sie gearbeitet hat, das hat sie zum Nachdenken gebracht. Über Eltern und Kinder, Männer und Frauen, all die Sachen, die sie einander antun. Und auch darüber, was Alleinsein bedeutet.«

»Habt ihr sie gefunden?«

»Wir haben uns umgetan. Haben uns einen Anwalt besorgt, der sich mit dem Vater in Verbindung –«

»Irgendwas rausgesprungen?«

»Verdammt wenig. Allerhand Aufriss von seinen Anwälten. Unter anderem, soweit ich weiß, ein kurzer, ermahnender Anruf von einem Richter.«

»Demnach nehme ich an, dass die Kleine – wie heißt sie?«

»Alouette. Wir wissen nicht genau, welchen Familiennamen sie führt.«

»Ich nehme an, sie ist nicht beim Vater. Bei Guidry?«

»Offenbar schon seit einiger Zeit nicht mehr. Und das war so ziemlich alles, was wir ohne gerichtliche Verfügung, und die hätten wir nicht bekommen, bei den Anwälten vom guten Doktor rausgekriegt haben. Zu guter Letzt hat unser Anwalt dann vorgeschlagen, dass wir uns an einen Privatdetektiv draußen in Metairie wenden sollten, einen Spezialisten, der weiß, wie man jemand findet –«

»Wer war das?«

»A. C. Boudleaux.«

»Achille. Den kenn ich. Hat er was rausgekriegt? Wenn nicht, können Sie's gleich bleiben lassen, weil dann nämlich auch kein anderer was findet. Er ist gut.«

»Hier ist sein Bericht.« Er reichte mir den Umschlag. »Viel ist es nicht, aber er war nur zwei Wochen dran. Dann ist LaVerne … Tja, Sie wissen ja, was passiert ist. Und das hat sozusagen das ganze Geld aufgezehrt, was ich hatte. Lassen Sie sich von niemand weismachen, dass eine Krankenversicherung irgendwas taugt, weil es nämlich nicht stimmt, jedenfalls nicht, wenn man sie mal braucht. Außerdem ist mir seinerzeit alles andere nebensächlich vorgekommen. Nicht, dass ich wirklich was für sie hätte tun können.«

»Und jetzt versuchen Sie also genau das.«

»Etwas für sie zu tun, meinen Sie? Ja. Ich nehm's an. Was soll ich denn sonst machen? Falls Sie sich Gedanken wegen dem Geld machen, wie ich Sie bezahlen will, nur keine Sorge. Das treib ich auf. Schaffe ich immer.«

Ich hatte mir den Inhalt des Umschlags vorgenommen, während er sprach. Viel war es nicht, aber wie sich herausstellen sollte, reichte es, um einen Sindbad wider Willen an den fernen Gestaden des

Mississippi stranden zu lassen, wo weit und breit weder ein Floß noch ein Huck Finn in Sicht waren.

»Ich will kein Geld von Ihnen«, sagte ich zu ihm.

»Was denn dann?«

»Wie wär's vorerst mit einem Sandwich und ein, zwei Bier. Auf meine Rechnung.«

»Sie verlangen ganz schön viel, Griffin.«

»Okay. Ich bin flexibel. Sie zahlen.«

3

Das Allerwichtigste an einem Roman, so erzähle ich meinen Studenten, ist immer die Zeit. Im Lauf der Jahre fällt es mir zusehends leichter, so was zu sagen, ohne dass ich augenblicklich nach hinten oder zu Boden schaue. Und danach fahre ich natürlich fort und spreche über den Verlauf der Zeit bei Proust, über Faulkners Ausklammern der Geschichte, die Auflösung von Zeit und Geschichte bei Beckett.

Und somit wären wir nun nach geraumer Weile (Sie kennen die Leier, stimmen Sie ruhig mit ein) an der entscheidenden Stelle angelangt, genau eine Woche, bevor Chip Landrieu wie ein Waisenknabe an meiner Tür schellte, und damit wiederum drei Wochen, bevor ich dastand und mit ansehen musste, wie sich jemand an Kartoffelchips und Cola aus einer Mülltonne in Mississippi gütlich tat.

Kommt bislang noch jeder mit?

Neun Uhr morgens war es. Ich saß im selben Schaukelstuhl, hatte eine Flasche Courvoisier neben mir am Boden stehen und eine Tasse Espresso in der Hand. Ich war von Bier zu Scotch übergegangen und dann zum Stärksten, was ich hatte. Ein ordentliches Glas hatte ich nicht auftreiben können, aber meiner Meinung nach tat es auch die Tasse.

Manche Menschen haben ein Aquarium, in das sie stundenlang reinglotzen. Wir hier in New Orleans haben unsere Innenhöfe. Und in diesen Innenhöfen stehen aller Wahrscheinlichkeit nach Bananenstauden. Allerhand Bananenstauden, wenn man nicht aufpasst, weil die derart wuchern, dass man beinahe zusehen kann. Die Teile, die man zu sehen kriegt, sind nur die Ableger der eigentlichen Staude, die unterirdisch weiterwuchert, und viel ist da nicht dran – bloß ein Haufen Wasser in wabenartigen Kammern aus dünnem Gewebe, darüber riesige Blätter, die der Wind zu grünen Fransen zerfetzt. Man kann sie mit einem kräftigen Machetenhieb fällen (im Querschnitt sehen sie aus wie Selleriestangen), aber eine Woche später sind schon wieder zwei neue einen halben bis einen ganzen Meter hoch aufgeschossen.

Die Eichhörnchen hier scheinen buchstäblich von diesen Stauden zu leben. Kopfüber wie die Fledermäuse (beziehungsweise wie die Früchte) hängen sie dran und fressen die reifen Bananen; danach, wenn die alle sind, die kleineren, noch grünen; und schließlich die hellroten Blüten. Lassen einen ständigen Regen aus zerkauten Bananen, Schalen, Blättern und Blüten auf den Innenhof niedergehen. Es sind dürre graue Viecher mit struppigem Stummelschwanz, ganz anders als die roten Eichhörnchen mit dem bauschigen Schweif, die ich aus meiner Kindheit in Arkansas kannte.

Alles Leben hier ist anpassungsfähig wie nur was. Und hemmungslos. Etwa ein Jahr, nachdem ich in New Orleans gelandet war, machte ich einen Schnappschuss von dem schmalen, aufgestockten alten Haus an der Dryades Street, in dem ich mit vier, fünf anderen

Jungs und zwei Familien wohnte, und stellte erstaunt fest, wie grün alles war. Nicht nur die Bäume und das Gras, sondern auch die Holztreppen, die abgeschrägten Kanten der Glasscheiben an Türen und Fenstern, die Risse in den gestrichenen Wänden, die Balkongeländer, die Gehsteige, auf die das Kondenswasser der Klimaanlagen tropfte – als ob die ganze Welt mit einem feinen grünen Film überzogen wäre. Und ich hatte mich so daran gewöhnt, dass ich es gar nicht mehr wahrnahm, bis ich es auf diesem Schnappschuss wiedersah.

Ich saß immer noch da, trank Courvoisier, dachte über die Anpassungsfähigkeit des Lebens nach und sinnierte darüber, dass dieses »Wiedersehen« letztlich genau das ist, worum es bei aller Kunst geht, als meine Türglocke surrte. Ehe sie aufhörte, hämmerte jemand an meine Tür. Und dann, noch bevor ich dort war, ging die Tür auf.

»Schließ deine Scheißtür ab, Lew«, sagte Walsh und machte sie hinter sich zu. »Wo, zum Teufel, glaubst du denn, dass du lebst?«

Ich setzte mich wieder. »Gibt's da draußen keine Kriminellen, die du fangen kannst oder was?«

»Die sind auch hinterher noch da. Sind sie doch immer, genau wie der verfluchte Papierkram. Hast du Kaffee da?«

»Ich kann uns welchen machen.«

»Keine Umstände. Hab wahrscheinlich sowieso schon zu viel getrunken.«

Er ging in die Küche, holte sich ein Diet Coke, kam zurück und ließ sich matt in den Lehnsessel sinken, schaute einen mulmigen Moment lang auf die Flasche am Boden, die Tasse in meiner Hand.

»Gott verdammt noch mal, Lew, was zum Geier machst du hier

eigentlich? Du solltest längst in der Kirche sein. Die Leute warten dort auf dich. Hockst du etwa hier rum und besäufst dich? Alles wie gehabt?«

»Nix da. Besoffen wird er bestimmt nicht, mein guter Don. Nicht, dass er's nicht probiert hätte. Tüchtig sogar.«

»Und was dann? Willst du einfach so tun, als ob nichts gewesen wäre? Willst du die ganze Sache einfach so abtun, nach allem, was sie dir bedeutet hat? Und nach dem ganzen Mist, den sie sich all die Jahre von dir hat bieten lassen? Weil sie von dir nämlich nicht das Geringste gekriegt hat, als sie noch gelebt hat, Mann, weißt du? Du weißt es, ich weiß es ganz genau. Und jetzt gibt's verdammt wenig, was du noch tun kannst.«

Er lehnte sich zurück, atmete tief durch. Hob seine Dose zu einem spöttischen *Salut*. »Tut mir leid. Ich hätt's besser ausdrücken können, glaub ich. Geht mir heutzutage mit den meisten Sachen so.«

»Du hast's auf den Punkt getroffen. Ist schon gut.«

Er schüttelte den Kopf, schaute hinaus auf den Hof. »Ich weiß nicht, Lew. Seitdem Josie und die Mädels weg sind, sieht alles anders aus. Ich weiß nicht; is ja toll, dass ausgerechnet jemand wie ich gute Ratschläge gibt. Aber manchmal kommt es mir so vor, als ob du dich dein halbes Leben lang so weit wie möglich um alles drückst, und in der übrigen Zeit versuchst du es wiedergutzumachen. Ich habe damit meine liebe Not. Schon immer.«

»Hast du sonst noch was vorzutragen?«

»Na ja, ich schlage vor, dass du den Arsch hochkriegst und dich schleunigst zu Vernes Beerdigung rüberschwingst. Das wäre ansonsten alles. Vorerst jedenfalls.«

»Ich gehe nicht hin. Ich kann nicht.«

»Lew.« Er setzte sich wieder, ließ Luft ab. »Hör mal zu. Eins schwör ich dir, Lew: Du gehst da hin. Und wenn ich einen Streifenwagen holen und dich in die Kirche schleifen lassen muss, aber du gehst hin. Hast du gehört, was ich gesagt habe?«

»So viel freundschaftliche Fürsorge findet man selten.«

»Jawoll, Lew, so ist es. Hundertprozentig. Aber was, zum Geier, verstehst du schon davon.«

Ich schaute ihn an, spürte dann, wie mir die Tränen in die Augen traten.

Steinig ist mein Weg, wie Robert Johnson sagte. Und die Straße stockfinster.

Sicher fand die Beerdigung nicht in aller Stille statt – sicher hatte ich mir das (aus welch abstrusem Grund auch immer) nur zusammengereimt –, aber so habe ich es vor Augen, wenn ich dran denke: etliche Dutzend Leute, die kerzengerade auf den harten Holzbänken sitzen, nirgendwo ein Ton, selbst die Verkehrsgeräusche von draußen merkwürdig gedämpft und verhuscht, wie von irgendwo anders übertragen, aus einer anderen Welt oder Zeit, und die Menschen, als sie sich endlich rühren, bewegen sich, als wäre die Zeit geronnen, zu etwas Zähem, Festem geworden, durch das man sich zwängen musste, langsam und ganz bedächtig. Als ob wir alle unversehens in irgendwelche zeitlosen Tiefen geraten wären.

Ich musste an James Baldwins Beerdigung ein paar Jahre zuvor denken. An die feierliche Prozession der Kreuz- und Kaselträger, und dann mittendrin, laut und ausgelassen, als wollten sie sich darauf stürzen, die lange europäische Litanei in Stücke reißen, die afrikanischen Trommeln.

Und genauso jäh und abrupt landete ich wieder im Diesseits, als ich mit Don draußen auf der Kirchentreppe stand.

»Wo soll ich dich absetzen, Lew?«

»Ich glaube, ich geh zu Fuß zurück. Vielleicht schau ich bei der Uni vorbei.«

»Komm schon. Das sind mindestens fünf, sechs Meilen.«

»Ich komm schon zurecht, Don.«

»Kommst du nicht. In all den Jahren, die ich dich kenne, bist du allenfalls zehn Minuten lang zurechtgekommen. Aber wenn du damit meinst, dass du das durchstehst, na ja, ich glaube, das schaffst du. Wie immer. Pass auf dich auf, mein Guter. Kann ich dich demnächst mal zum Essen einladen?«

»Nichts dagegen. Ich melde mich.«

»Machst du nicht, Lew. Du nimmst es dir vor, aber du machst es nicht. Ich komm einfach irgendwann mal vorbei, eis dich los und schleif dich irgendwo hin. So wie immer.«

Er schüttelte den Kopf, wollte gehen.

»Don ...«

»Ja?« Er drehte sich um. Bislang war mir noch nie aufgefallen, wie tief die feinen Fältchen geworden waren, die sich wie ein Flechtwerk über sein ganzes Gesicht zogen, oder dass die Haut unter Kinn und Backenknochen jetzt schlaff runterhing. Sogar seine Augen hatten einen Grauton angenommen.

»Danke.«

»Hey, blamier mich nicht vor Vernes Freunden. Ich kann's nicht ausstehn, wenn du rührselig wirst, hab ich dir das schon mal gesagt?«

»Ich mein's ernst.«

»Ja. Weiß ich doch. Ich weiß das.«

»Hörst du ab und zu was von Josie?«

»Nicht, solange die Kohle kommt. Scheiße, war nicht so gemeint. Sie schickt mir alle paar Monate Bilder von den Kindern. Das hat sie wirklich gut drauf.«

»Sie liebt dich immer noch, Don.«

»Yeah. Na ja. Ich glaub, ich geh jetzt lieber ein paar Crackhäuser ausheben, was? Hab noch 'n paar Stunden Dienst. Und du willst wirklich nicht mitgenommen werden?«

»Wirklich nicht.«

Er stieg in den Regal, der ihm gehörte, den er seit mindestens zehn Jahren fuhr, winkte mir im Rückspiegel zu und zog ihn gemächlich herum, zurück in Richtung Innenstadt. Die Polizei bot ihm ständig neue Dienstwagen an, und er lehnte sie ständig ab, weil seiner noch bestens liefe, weil er dran gewöhnt sei.

Ich ging die State Street entlang, bis ich zur Freret kam, und bog dann links ab. Allerlei Kids auf Fahrrädern, die in Richtung Tulane und Loyola University unterwegs waren oder von dort kamen, schossen an mir vorbei. Seit Vickys Abgang hatte ich kein Auto mehr. Anfangs hatte ich mir eins kaufen wollen, aber dann hatte ich es aus dem einen oder andern Grund ständig vor mir hergeschoben, und nach einer Weile hatte ich keinen Wert mehr darauf gelegt. Ich hatte mich daran gewöhnt, zu Fuß zu gehen, und ich genoss es, und wenn ich irgendwo hinmusste, wo ich zu Fuß nicht hinkam, nun denn, Taxis gibt's in New Orleans mindestens ebenso massenhaft wie Kakerlaken.

Ich überquerte die Napoleon Avenue und bog eine Straße weiter in die General Pershing Street ein. Blackjack Pershing wurde er genannt. Der Großteil seiner berittenen Truppen bestand aus sogenannten »Buffalo Soldiers«. Schwarzen. Sie bewährten sich so gut, dass Pershing vorschlug, man sollte nur Schwarze in den Militärdienst aufnehmen. Mit Ausnahme der Offiziere natürlich.

Eichhörnchen flitzten auf den Stromleitungen entlang, Blauhäher krähten und kurvten um sie rum. In diesem Teil der Stadt wurde an dem Tag der Müll abgefahren; vor den meisten Häusern standen leere Plastiktonnen, teils kopfüber, teils umgekippt. Dieser Straßenzug war New Orleans in Reinkultur, ein Wirrwarr aus Schmiedeeisen, Balkonen, Bleiglasfenstern, Zuckerbäckerstuck, korinthischen Säulen. Gut erhaltene alte Herrenhäuser, verfallende, die einst genauso hochherrschaftlich gewesen und nun in einzelne Wohneinheiten zerstückelt worden waren, schmucklos hochgezogene Cottages und Bungalows.

Ich ging meines Wegs, dachte intensiv an Verne und an etwas, das ich an diesem Morgen um drei oder vier, als ich nicht schlafen konnte, in einer Kunstzeitschrift gelesen hatte. Das Leben, das wir führen, stand da, die Kunstwerke oder Gebrauchsgegenstände, die wir herstellen, all das ist nur Staffage, eine Schicht über zahllosen anderen Schichten, manche aufschlussreich, manche verschleiernd.

Vor sechsundzwanzig Jahren habe ich einen Mann umgebracht. Ich habe seinerzeit Detektiv gespielt, und ziemlich irre war ich damals auch, daher nehme ich an, dass ich mir eingebildet habe, ich müsste mich als Racheengel versuchen. Die Rolle hat wie all die andern, an denen ich mich vorher und danach versucht habe, nicht zu mir gepasst.

Tatsache ist, dass ich selten drüber nachdenke. Aber von Zeit zu Zeit, wenn ich durch diese schäbigen Straßen laufe (vor allem bei Nacht, so scheint es), schaue ich einem Fremden ins Gesicht, und irgendwas in seinem Blick erinnert mich dran. Dostojewski hat gesagt, dass wir alle ausnahmslos schuldig sind. Und auch wenn ich mich nie mit der christlichen Vorstellung von Sünde und Büßertum abfinden konnte, gibt es meiner Meinung nach eindeutig so was wie Karma. Alles, was wir uns durch unser Tun aufladen, belastet uns, zieht uns runter. Zumindest aber hält es uns an Ort und Stelle fest.

4

Ich versuchte Boudleaux zu erreichen, nachdem ich den Bericht gelesen hatte, aber sein Anrufbeantworter teilte mir mit, dass er geschäftlich in Lafayette weile und »auf unbestimmte Zeit« fort sei. Ich hätte es bei den Motels da oben probieren können, aber er war so gut wie sicher privat untergekommen. Und damit war ich überfordert, da in den Bezirken Lafayette und Evangeline anscheinend so gut wie jeder auf die eine oder andere Art mit ihm verwandt war.

Sechs Monate war der Bericht jetzt alt, und wie alle seine Berichte solide, genau und voller Schreibfehler, auf einer Royal-Reiseschreibmaschine getippt, die er schon auf dem College benutzt und allem Anschein nach seither nie gereinigt hatte – die Es und Os nicht voneinander zu unterscheiden, die As ein kleiner Tintenklecks mit einem dünnen, krakeligen Anhängsel. Und wertvoll, wie die meisten Dokumente, sowohl durch die Auslassungen als auch aufgrund dessen, was drinstand.

Die Landkarte ist nicht das Land. Die Grenzen unserer Sprache sind die Grenzen unserer Welt. Schlagworte aus den Fünfzigerjahren und etwa um 1921.

Offenbar hielt sich Alouette, wie Boudleaux rausgefunden hatte (nachdem Guidry und ein ganzes Rudel Anwälte mächtig gemauert hatten und der zuständige Richter bei ihm anrief und sich beiläufig nach der Laufzeit seiner Detektivlizenz erkundigte), seit einiger Zeit nicht mehr im Haus ihres Vaters auf.

Im Frühling letzten Jahres hatte Mr Sacher, ihr Klassenleiter und Lehrer für amerikanische Geschichte, erstmals gemeldet, dass sie nicht am Unterricht teilgenommen habe. Auf dem Dienstweg verständigte er seinen Fachbereichsleiter und den Rektor, versuchte aber auch auf eigene Faust, Alouette oder ihre Eltern über die in den Schulakten aufgeführte Telefonnummer zu erreichen. Trotz wiederholter Versuche meldete sich dort niemand. Und auch von Seiten der Schulverwaltung lag nichts Schriftliches vor, doch der Rektor war sich sicher, dass er und Mr Sacher »über die Angelegenheit gesprochen« hätten.

Als *Eltern* waren in Alouettes Akte Horace und L. Guidry aufgeführt, und unter *Beruf* (die Formulare waren von den Schülern ausgefüllt worden) war *Dokter* angegeben. Sacher schlug im Telefonbuch nach und fand keine Privatnummer (vermutlich nicht eingetragen), stieß aber im Branchenfernsprechbuch auf einen *Horace Guidry, Internist*, der eine Praxis im Raum Touro hatte. Als er anrief und endlich die Dame an der Anmeldung sowie eine Sprechstundenhilfe überredet hatte, ihn durchzustellen, hörte Dr. Guidry einen Moment lang zu und erklärte ihm dann, er werde ihn zurückrufen. Und als er es im Lauf des Nachmittags tat, geschah es im Rahmen einer Konferenzschaltung über den Hausanschluss der Kanzlei Bordelon, Bordelon & Schmidt in der Innenstadt.

Nachdem Sacher sein Anliegen vorgebracht hatte, teilte ihm einer der Anwälte mit, dass Alouette einige Wochen zuvor aus freien Stücken und ohne Bescheid zu geben den väterlichen Haushalt verlassen habe. Ihr derzeitiger Aufenthaltsort sei unbekannt, doch bemühe man sich nach wie vor, sie ausfindig zu machen.

»Hatte es familiäre Schwierigkeiten gegeben?«, fragte Sacher. »Befand sich Alouette in irgendeiner Zwangslage?«

»Sie sind ihr Lehrer, habe ich recht?«, erkundigte sich ein dritter Sprecher. Und fuhr auf Sachers Bestätigung hin fort: »Dann sehe ich leider keinerlei Grund oder Veranlassung für uns, diese Frage zu beantworten.«

Boudleaux war innerhalb von drei Stunden, nachdem Chip Landrieu ihn engagiert hatte, auf Mr Sacher gestoßen. Wie es der Zufall wollte, hatte er zwei Cousins, die in der Poststelle bei Bordelon, Bordelon & Schmidt arbeiteten. Und so wusste Boudleaux noch am gleichen Tag, einem Freitag, nicht lange nach Dienstschluss, was sich in B, B & Ss Akte über Alouette befand. Viel war es nicht.

Nach zwei Probeanläufen – beim ersten Mal war sie drei Tage weg, danach mehrere Wochen, kam aber beide Male ziemlich zerknirscht und artig wieder zurück – ging sie eines Dienstagmorgens zur Schule und fiel allem Anschein nach in ein Karnickelloch. Die Polizei wurde verständigt. Freunde befragt. Einkaufszentren, Clubs und andere Tummelplätze für Teenager wurden abgesucht. Alles vergeblich.

Die Guidrys hatten ihrerseits eine hiesige Detektei engagiert, die South-East Investigations, die nach dem Mädchen suchen sollte. Clyde South und Michelle East waren verheiratet, und Boudleaux kannte beide. Auch sie kamen nicht weiter.

Boudleaux hatte seinem Bericht eine Liste mit Leuten beigelegt, die er befragt beziehungsweise (bevor er von dem Fall abgezogen wurde) sich noch hatte vornehmen wollen.

Als ich sie zum zweiten oder dritten Mal durchlas, stach mir eine der Eintragungen ins Auge. *Sozialberater* war als Beruf angegeben, danach: *Foucher Woman's Shelter*. Das Frauenhaus, in dem Verne die letzten paar Jahre gearbeitet hatte. Der Name darüber lautete *Juan Garces*.

Ich rief an, um sicherzugehen, dass er da war, lief dann zur Tchoupitoulas Street und nahm mir ein Taxi. Eine Frau, die an einem winzigen Schreibtisch im Foyer hockte (einst war das der Hausflur gewesen, in dem die Briefkästen der Bewohner hingen, und hoffentlich waren es nicht allzu viele), schickte mich nach oben.

Er saß vor einem Computermonitor und drehte sich halb um, ließ aber die Hände auf der Tastatur, als ich in Ermangelung einer Tür an den Rahmen klopfte. Er wandte sich wieder dem Keyboard zu, drückte Speichern und Schließen, widmete sich mir dann vollends und stand auf. Wir schüttelten uns die Hand.

»Entschuldigung«, sagte er. »Aber man muss tun, was von einem verlangt wird. Sie müssen Mister Griffin sein.« Er winkte mich zu einem Sessel.

Berge von Aktenordnern, mal höher, mal niedriger, und stapelweise Papierkram bedeckten nahezu die ganze Schreibtischplatte rund um Keyboard und Computer. Rechts, etwa auf Schulterhöhe, neben einem schmalen Fenster, befand sich ein Plastikbord, an dem lauter gelbe, mit winzig kleiner Handschrift und blauer Tinte beschriftete Notizzettel hingen. Garces streckte den Arm aus und zupfte den oberen ab, warf ihn in den Abfalleimer unter dem Schreibtisch. Die andere Wand wurde oben von einem Kunstdruck von Matisses *Blauer Frosch / Gelber Akt* (oder ist es umgekehrt? Ich kann mir das nie merken) in Beschlag genommen, und darunter befand sich ein Bücherregal mit Werken unter anderem von Robert Pirsig, Genet, Laing und Szasz. Ich bemerkte Delanys *Dhalgren* und *The Motion of Light in Water*.

Garces hatte helle Haut und hellblaue Augen, und irgendwie wirkte er gedrungen, aber zugleich auch schlaksig. Seine dunklen Haare waren kurzgeschnitten. Er trug ein schwarzes T-Shirt, eine gebügelte Hose, ein Leinensakko, dessen Ärmel ein paarmal umgekrempelt waren, weiche Lederslipper ohne Socken. Um die vierzig.

»Und womit kann ich Ihnen dienen, Mister Griffin? Es hat etwas mit einer Freundin zu tun, sagten Sie am Telefon.«

»LaVerne Landrieu.«

»Natürlich«, sagte er im nächsten Moment. »Sie sind Lewis, *der* Griffin. Ich habe vorhin den Zusammenhang nicht erkannt, als Sie angerufen haben. Mein Beileid, Mister Griffin –«

»Lew.«

»Lew. Es ist für uns alle ein schwerer Verlust, müssen Sie wissen. Sie hat hier vielen Leuten wieder auf die Beine geholfen. Aber das wissen Sie sicher.«

»Nein. Keineswegs.«

»Ach. Aber wenn sie von Ihnen erzählt hat … Sie beide hatten also keinen Kontakt miteinander?«

Ich schüttelte den Kopf.

»Tut mir leid. Das habe ich nicht gewusst. Darf ich Sie fragen, ob es einen bestimmten Grund dafür gab?«

»Ich sag mir ständig, dass sie meiner Meinung nach in ihrer Ehe keine Gespenster wie mich gebrauchen konnten, die plötzlich draußen vor der Tür aufkreuzen.«

»Haben Sie Chip Landrieu kennengelernt?«

»Ja, hinterher.«

Er nickte. »So vieles in unserem Leben geschieht oft in der falschen Reihenfolge.«

»Wie gut haben Sie Verne gekannt, Mister Garces?«

»Richard.«

Ich deutete fragend zum Türrahmen, auf das Namensschild daneben.

»Niemand außerhalb meiner Familie nennt mich Juan. Und niemand, kein Mensch, nennt mich Mister Garces. Aber ich fürchte, ich verstehe Sie nicht recht.«

»Ich meine, habt ihr zwei euch jemals unterhalten? Über persönliche Dinge.«

Er schüttelte den Kopf. »Tut mir leid. Sobald mir klar war, wer Sie sind, habe ich natürlich angenommen … Wir sollten dieses ganze Gespräch noch mal von vorne anfangen, glaube ich. Ich habe angenommen, Sie wüssten, dass LaVerne und ich einander nahestanden. Dass Sie deswegen hergekommen wären.«

Das Telefon summte. Er entschuldigte sich, nahm ab, hörte einen Moment lang zu, antwortete dann so schnell auf Spanisch, dass ich nicht mehr mitkam. Er legte auf und pinnte eine Notiz an das Brett.

»Im Lauf der Jahre sind LaVerne und ich gute Freunde geworden, ja. Es geschah langsam, ganz langsam, und ohne dass einer von uns es vorgehabt oder gar erwartet hätte. Die Leute sind von jeher zu mir gekommen, wenn sie mit jemand reden wollten, so bin ich gewissermaßen an all das hier geraten. Aber das ist auch alles, was da läuft. Und LaVerne war jemand, der Abstand hielt, das wurde einem schon beim ersten Gespräch mit ihr klar. Wir haben beide auf unser Privatleben geachtet. Haben in der Freizeit so gut wie nie mit Leuten verkehrt, mit denen wir arbeiten. Man versucht das in einem rein beruflichen Rahmen zu halten.«

»Aber Sie und Verne ...«

»Ja, und es war komisch. Ich war sonst immer derjenige gewesen, der zugehört hat. Aber nach einer Weile – wir sind immer nach der Arbeit einen Kaffee trinken gegangen, und später haben wir uns morgens zum Frühstück getroffen – habe ich festgestellt, dass ich mich immerzu über *meine* Probleme auslasse, über *meine* früheren oder derzeitigen Wohnungsgenossen. Oder über meine Beziehung zu meinen Eltern, Herrgott noch mal. Das ist mir vorher noch nie passiert, und ich mache diese Arbeit schon ziemlich lange. Dann sitzen wir eines Morgens, als die Teller schon abgeräumt sind, bei einer letzten Tasse Kaffee da, und sie sagt: Ich möchte dir was über mein Leben erzählen, ich möchte, dass jemand all das weiß.«

»Haben die Leute hier nicht Bescheid gewusst?«

»Man wusste hier, dass diese Frau in einer der härtesten Anlaufstellen für vergewaltigte Frauen Dienst getan hatte, dass sie von sich aus wieder die Schulbank gedrückt und ein Diplom in Psychologie gemacht hatte, und nun war sie da, manchmal zwölf bis vierzehn Stunden am Tag. Das war alles, was man wissen musste.«

Er schaute kurz aus dem Fenster. Ein Häher krähte, schoss an der Scheibe vorbei und verschwand.

»Ich höre mir manchmal den ganzen Tag und die halbe Nacht lang die Probleme anderer Leute an. Ich weiß, wie es da draußen zugeht und wie wenig ich tun kann. Ich habe eine Patientin, deren

Freund letzten Monat ihre einjährige Tochter geschändet und dann mit dem Kopf an die Wand geknallt hat, ›damit sie nichts verrät‹. Ich habe schwangere Frauen, die mit Einkaufskarren herumziehen und sich aus Mülltonnen ernähren. Und die Ehemänner oder Eltern fallen ständig mit ihren Anwälten hier ein und drohen, meinen Patientinnen die Kinder wegzunehmen, und immer mit der gleichen Haltung, so als müsste ich ihnen bloß zuhören, dann wüsste ich schon, was richtig ist. Ich weiß nicht, was richtig ist, Lew.«

Er schaute mich wieder an. »Tut mir leid. Ich bin ein bisschen neben der Spur. Aber es gibt Tage, und das ist einer davon, an denen ich mich frage, was ich bei alldem eigentlich verloren habe.«

»Das kann ich verstehen.«

»Ja. Sie haben auch ziemlich viel miterlebt, sagte LaVerne.«

»Nicht mehr.«

»Na ja. Vielleicht nicht. Nach außen hin jedenfalls nicht.«

Ich dachte an eine Besprechung meines dritten Romans, die in einer kleinen, auf Krimis spezialisierten Zeitschrift abgedruckt worden war. Ich habe Dutzende schlechter Kritiken bekommen, die meisten davon bestimmt zu Recht, aber das war die einzige, die ich unfair fand. Der Kritiker hatte bei meinem Verleger und einem gemeinsamen Bekannten Näheres über mein Privatleben rausgeleiert, worauf er überhaupt nicht auf meinen Roman einging, sondern sich fortwährend über mich ausließ und behauptete, *Die Schwarze Hornisse* sei nichts anderes als ein Tatsachenbericht, eine Aufzeichnung meiner persönlichen Fehlschläge.

Vielleicht hatte der Kritiker recht. Und vielleicht hatte auch Richard recht. Wer weiß, was für böse …? Na ja, der Schatten schon. Jedenfalls sollte er das.

»In den nächsten paar Monaten«, fuhr Garces fort, »hat mir LaVerne, glaube ich, ihre ganze Lebensgeschichte erzählt. Selbst für mich, das muss ich zugeben, war das so was wie eine Offenbarung. Zumal man bedenken muss, dass sie all das durchgestanden und es trotzdem dahin gebracht hat, wo sie stand.«

»Sie war eine ziemlich erstaunliche Frau.«

»Ich glaube, keiner von uns hat jemals ganz begriffen, *wie* erstaunlich.«

»Tun wir normalerweise doch nie. Erst hinterher. Wie Sie gesagt haben: Vieles geschieht in der falschen Reihenfolge.«

»Yeah.« Wir schwiegen beide einen Moment. »Sie hat mir eines Abends erzählt, dass sie mal zwei Stunden draußen – wo war das, vor einer Bushaltestelle? – auf Sie gewartet hat. Ihre Freundin aus Paris –«

»Vicky.«

»– war gerade ins Flugzeug gestiegen und zurückgereist, und ich nehme an, das war kurz nachdem sich LaVerne und Guidry getrennt hatten, als sie bereits eine Zeitlang mit Vergewaltigungsopfern gearbeitet hat. Sie hatten sich damals, glaube ich, lange nicht gesehen, und sie ist da hingegangen, ohne die geringste Ahnung zu haben, was sie erwartet, wie Sie reagieren würden. Oder wie ihr bei dem Ganzen zumute war.«

»Wenn's was bringt. Wart's ab und lass dich überraschen.«

»Richtig. Und sie hat mir erzählt, dass das vielleicht das Schwerste war, was sie in ihrem ganzen Leben gemacht hat. Dass sie noch nie so viel Angst gehabt hätte wie an dem Abend und in den nächsten paar Tagen. Ich weiß es nicht. Aber die Geschichte ist wirklich bei mir hängengeblieben. Jedes Mal, wenn ich vor irgendwelchen Entscheidungen stehe, richtig schweren, denke ich nach wie vor daran.«

»Hat sie jemals über das Zusammenleben mit Guidry geredet?«

Er schüttelte den Kopf. »Das ganze Kapitel war sozusagen abgeschottet. Sie hat mir mal erzählt, dass sie sich in der ganzen Zeit, in der sie mit Dr. Guidry verheiratet war, vorkam wie maskiert, als ginge sie zum Mardi Gras, so dass niemand sehen könnte, wer sie wirklich war, egal, wie genau er hinschaute. Ich weiß noch, dass ich daran denken musste, wie manche Menschen sich an ihre Kriegserlebnisse erinnern – diese kurzen, unglaublich konzentrierten Zeitabschnitte, die so in den Mittelpunkt ihres Lebens rücken und sie gänzlich in Beschlag nehmen. Doch dann ist diese Zeit vorbei, und in der Welt, in der sie tagtäglich leben, sind diese Erlebnisse völlig bedeutungslos, und sie vergessen sie wieder. Nur dass LaVerne meiner Meinung nach von einer Zeit des Friedens sprach, in der rundum Krieg herrschte.«

»Sind Sie sich da sicher?«

»Inwiefern?«

»Mit dem Frieden.«

»Sie meinen, ob diese Zeit so ruhig war, wie es den Anschein hatte?«

»Genau.«

»Das ist doch nur in den seltensten Fällen so – selbst wenn man diese Zeit im Nachhinein verklärt. Aber ich hatte mehr oder weniger das Gefühl, dass sie sich diese Zeit bewahren wollte, ausklammern. Rein erhalten gewissermaßen.«

»Kann schon sein. Aber sie und Guidry haben sich getrennt, und zwar nicht allzu friedlich, soweit ich weiß. Was also ist passiert?

Sind sie miteinander klargekommen? Hatten sie Schwierigkeiten miteinander, von Anfang an vielleicht?«

Garces zuckte die Achseln. »Das Buch ist abgeschlossen.«

»Dann müssen wir uns vielleicht den Film anschaun.«

Ich stand auf und dankte ihm für seine Mühe und Hilfe. Dann fiel mir, einer altehrwürdigen Tradition gemäß, die von Columbo bis mindestens Porfiry Petrovich reicht, noch etwas ein. »Und wieso, glauben Sie, wollte LaVerne mit Ihnen nicht über diese Zeit reden, wo sie doch über alles andere geredet hat?«

»Ich habe Ihnen alles gesagt, was ich weiß, wirklich.«

»Ist da noch etwas anderes gelaufen? Nicht bloß, dass sie hinter dem amerikanischen Traum her war und er sie beinah erwischt hätte. Sondern irgendwas – ich weiß nicht – Traumatisches vielleicht?«

Er zögerte, doch als er mir einen Blick zuwarf, wussten wir beide Bescheid.

»Sie meinen ihre Tochter.«

Ich nickte. Er atmete durch.

»Tut mir leid, ich wollte Sie nicht in die Irre führen. Verflucht, natürlich wollte ich das; anders kann man es nicht bezeichnen. Aber LaVerne hat mir erzählt, dass Sie nichts von Alouette wissen. Sie hat ihrerseits auch nicht groß darüber gesprochen. Ich nehme an, die Sache war schon länger nicht mehr gut gelaufen.«

»Und dann lief's überhaupt nicht mehr.«

»Ja, so in etwa ist es gewesen.«

»Haben Sie gewusst, dass LaVerne versucht hat, Kontakt zu ihrer Tochter aufzunehmen? Sie sehen wollte?«

»Nein, davon hat sie mir nie etwas erzählt. Ich weiß, dass man ihr irgendwann von Gerichts wegen Auflagen gemacht hatte. Die dürften allerdings nicht mehr in Kraft gewesen sein. Aber LaVerne hat immer gesagt, sie wolle keinen Kontakt zu ihrer Tochter aufnehmen, dass es für Alouette auf diese Weise leichter sei.«

»Sie hat ihre Meinung geändert. Haben Sie irgendeine Ahnung, was für Probleme es zwischen Alouette und dem guten Doktor gegeben hat?«

»Nein, tut mir leid. Obwohl ich mir nicht sicher bin, ob ich es Ihnen sagen würde, selbst wenn ich es wüsste. Das heißt, wenn ich der Meinung wäre, ich wüsste es. Das ist sozusagen ein berufsbedingter Reflex auf die Arbeit hier.«

Ich dankte ihm noch mal. Ich war schon fast aus der Tür, als er hinter mir sagte: »Sie versuchen Alouette zu finden, ist das richtig?«

Ich drehte mich um. »Chip Landrieu hat mich darum gebeten. Meiner Ansicht nach ist es das Allermindeste.«

»Yeah. Na ja, ich könnte Ihnen vielleicht dabei helfen.«

5

Mit das Erste, in das ich mich in New Orleans verliebte, waren die Friedhöfe. In der Nähe des Hauses an der Dryades Street, in dem ich anfangs wohnte, gab es einen – ein ganzer Straßenblock voller Grabstätten inmitten der Häuserzeilen, umgeben von einer hohen Ziegelmauer, in die von innen Kammern eingelassen sind, die hier Öfen genannt werden, eine Reihe über der anderen, alles weiß und gleißend im Licht der Sonne. Es hat eine so würdevolle Schwere und zugleich eine solche Leichtigkeit an sich; und seitdem zieht es mich jedes Mal zu den Friedhöfen, wenn mir mal wieder alles über den Kopf wächst, weil ich dort auf eine ganz eigenartige Weise Trost finde wie sonst nirgendwo.

Der größte (auch wenn er eigentlich aus vielen kleineren besteht, die nahtlos ineinander übergehen) liegt an der Canal Street, Ecke City Park Avenue – ein Meer von Gruften, die sich bis in weite Ferne erstrecken, eine wildwuchernde Stadt der Toten. Viele ältere Grabmäler sind fast völlig im Boden versunken. Und über ihnen, so als wollten sie sich zum Himmel recken, ragt ein Wald aus Kreuzen, Engelsfiguren, allerlei Statuen, in Trauerschleier gehüllter Frauengestalten auf.

Der älteste, der St. Louis Cemetery No. 1, befindet sich an der Basin Street, dort, wo einstmals die Stadtgrenze verlief und später die Grenze von Storyville. Marie Laveau, Paul Morphy (der Schachweltmeister) und der erste Bürgermeister von New Orleans ruhen dort. Auf diesem nur eine Häuserzeile breiten und von vier Straßen begrenzten Areal herrscht das reinste Chaos: ein Wirrwarr verschlungener Gehwege, jeder zweite davon eine Sackgasse. Abgesackte Gruften, die schief und quer stehen, die Unterkanten aus dem Boden gewuchtet.

Mein Lieblingsfriedhof liegt an der Washington Avenue. Er befindet sich auf einem zwei, drei Häuserblocks großen Areal in einem gut abgehangenen Stadtteil – ein wildes Durcheinander aus dicht auf dicht stehenden Gruften jedweden Stils, Alters oder Größe, dazwischen schmale, unübersichtliche Wege, die dennoch streng symmetrisch angelegt sind; eine Art mühsam gebändigte Unordnung. Jedes Mal, wenn ich in die Gegend komme, schau ich dort vorbei.

So auch an diesem Nachmittag, auf dem Heimweg, als ich mich mindestens eine halbe Stunde dort rumtrieb, die Namen las, wie sie kamen. Mir persönliche Geschichten dazu ausdachte. Dann zum nächsten oder übernächsten weiterging.

Bis ich mich endlich losriss und die Washington Avenue entlangmarschierte. Auf einen Poorboy im Stehen und dazu ein Bier an einem Lebensmittelladen an der Ecke vorbeischaute. Das Bier mitnahm und langsam austrank, während ich die La Salle Street entlanglief, vom Gehsteig (soweit vorhanden) auf die Straße sprang (dort, wo es keinen gab, wo er gesperrt oder von wuchernden Baumwurzeln aufgesprengt und unpassierbar war).

Zwei Straßen weiter bog ich in eine Gasse zwischen zwei dicht beisammenstehenden Doppelhäusern ein, um die Bierdose zu entsorgen. Die meisten Häuser hier waren anscheinend bewohnt – Lichterketten hingen davor, vermutlich noch von Weihnachten, vor einem sogar leuchtende Halloween-Skelette –, doch an dieser Gasse wirkte alles wie ausgestorben. An dem Haus links von mir, einst limonengrün gestrichen, waren Türen und Fenster mit Brettern vernagelt, das gelbe daneben hatte weder Fenster noch Türen, dafür türmte sich davor ein Haufen fauliger Balken und Linoleum, Überreste spontaner Feten (Burgertüten, Flaschen, Kerzenstummel) und Müllsäcke auf, die vermutlich aus den umliegenden Wohnungen stammten.

Ich hob den Deckel einer Mülltonne hoch, auf der in roter Schrift *La Salle* stand, und sah unmittelbar dahinter, an der mit Lattengittern vernagelten Wand am Ende der Gasse, eine menschliche Gestalt. Eine Frau, wie ich feststellte, als ich näher trat. Sie lag bäuchlings da, der Rock bis zum Kopf hochgeschlagen. Der bleiche, blutige Hintern entblößt.

Um die zwanzig, schätzte ich, nachdem ich sie umgedreht hatte. Und tot. Wahrscheinlich durch einen Schlag auf den Kopf – die Schläfe wirkte matschig, die Augen waren dick und aufgequollen.

Womöglich durch einen Stich in die Schlagader, als ihr die Bande, von der sie aufgebockt wurde, das Messer an den Hals drückte.

Nicht, dass es darauf noch angekommen wäre.

Ich klopfte an der nächstbesten Tür, drängte mich rein, bevor die Frau, die mir aufmachte, loszetern oder irgendwelche Fragen stellen konnte, und wählte die 911.

»Walsh«, verlangte ich.

»Wir brauchen Ihren Namen, die Telefonnummer und genaue Ortsangabe«, sagte der Typ.

»Entweder Sie holen Walsh, oder ich lege auf. Es geht um eine Leiche. Entscheiden Sie selber.«

Zwei Minuten später war Walsh an der Strippe.

Ich beantwortete etwa eine Stunde lang die üblichen polizeitypischen Fragen, die man mir von mindestens dreierlei Seiten stellte, ging dann heim. Später, als es Nacht wurde, saß ich da, ein Glas Gin neben mir, pur, hatte achtlos eins meiner Bücher auf dem Schenkel liegen, aufgeschlagen an einer besonders brutalen Stelle. Ich brauchte sie nicht zu lesen. Ich kannte sie – in- und auswendig, wie es so schön heißt.

Jahrelang hatte ich in der Abgeschiedenheit dieses Hauses, in dem Vicky und ich zusammengelebt hatten, in dem Verne mich oft besucht hatte, Buch um Buch über das Leben auf der Straße, über Kriminalität, willkürliche und vorsätzliche Gewalt, über Frust, Verzweiflung und gelegentlich auch Rache geschrieben. Aber das, was ich schrieb, all diese angeblich »realistischen« Szenen, waren nur eine Art Nostalgie, eine Verklärung, reinste Täuschung; ich konnte niemals darstellen, wie es da draußen wirklich zuging.

Es war nicht etwa so, dass in den Jahren, seit ich mich zurückgezogen hatte, die Gewalt und das Leid zugenommen hätten; aber mein Glaube daran, dass ich es verstand, dass ich etwas Wichtiges auszusagen hatte, hatte immer mehr nachgelassen.

Ich konnte und kann es nicht verstehen. Ich werde es nie verstehen.

6

Man kam nie ganz dahinter, was mit Clare Fellman passiert war.

Eines Morgens Ende Oktober hatte sie mit ihren Erstsemestern das Verb *parler* konjugiert, und mit einem Mal, zwischen der ersten und zweiten Person beim *présent du subjonctif*, lag sie bewusstlos am Boden und hatte (wie sie drei Tage später feststellte, als sie wieder zu sich kam) kein Gefühl mehr auf der rechten Körperseite. Weil sie nicht wussten, wie sie es sonst nennen sollten, bezeichneten es die Ärzte im Oschner nach tagelangen Untersuchungen per Computer- und Kernspintomografie und dergleichen mehr als Hirnschlag.

Sie war seinerzeit zweiundzwanzig gewesen. Jetzt war sie sechsunddreißig.

Viel Gefühl bekam sie auf dieser rechten Seite nie wieder. Im Lauf des nächsten Jahres hatte sie erst im Oschner, dann in einer Rehabilitationsklinik in der Nähe von Covington mühsam lernen müssen, den Arm auszustrecken, etwas zu ergreifen und festzuhalten, einen Löffel vom Teller durch den leeren Raum zum Mund und wieder zurück zu führen, den Abstand zwischen Stuhl und Bett, Rollstuhl und Toilette zu überwinden und schließlich wieder zu laufen. Sie habe sich alles neu aneignen müssen, erzählte sie mir – lauter unmögliche Handgriffe und Bewegungsabläufe, die für andere selbstverständlich waren. Sie trägt immer noch Stützmanschetten an Knie und Knöchel, heutzutage aus Segeltuch mit Klettverschluss, und ein leichtes Nachziehen des linken Beins verrät, dass sie sich nach wie vor konzentrieren muss, wenn sie diese Seite in Anspruch nimmt. Es erinnert mich komischerweise an einen Jazzmusiker, dem man Achtelnoten vorsetzt, die er unwillkürlich zu punktierten Achteln und Sechzehnteln verschleift.

Auch beim Sprechen merkt man, dass sie es neu lernen musste. Sie redet langsam, sorgfältig, als ob hinter jedem Wort ein kleiner Punkt stünde, überspielt die Pausen mit einem kurzen Lächeln und häufig mit Gelächter, das oft so wirkt, als mache sie sich über ihren schleppenden Tonfall lustig.

Wir hatten uns vor etwa einem Jahr bei einer Veranstaltung der Alliance Française kennengelernt, einer Sondervorstellung der Filmversion von *L'Étranger* mit anschließendem Büfett, zu der ich mit Tony (Antoine, aber wehe, man redet ihn so an) Roppolo gegangen war, einem unserer Anglistik-Assistenten. »Da gibt's garantiert den stinkigsten Käse, den du dir vorstellen kannst«, hatte Tony mir erklärt. Und wer möchte sich so was entgehen lassen?

Kurz bevor der Film anfing, ließ sie sich auf den Stuhl neben mir am Gang sinken. Tony beugte sich vor, begrüßte sie und machte uns rasch miteinander bekannt. Sie streckte die linke Hand aus, und ich ergriff sie etwas unbeholfen mit meiner rechten. Hinterher saßen wir alle an einem langen Klapptisch, mampften Cheshire, Brie und Camembert und gönnten uns zwischendurch genüsslich den einen oder anderen Mundvoll Wein. Als wir vom Beaujolais nouveau auf einen dunklen, ausgereiften Cabernet (»Traubensaft!«, hatte sie beim ersten Schluck Beaujolais ausgerufen) umgestiegen waren und Tony sich von der Masse hatte mitreißen lassen (hie und da sahen wir ihn inmitten des Getümmels auftauchen), waren Clare und ich bereits auf dem besten Weg, unsere neue Freundschaft (wie sie es ausdrückte) zu besiegeln.

Danach ging eine Zeitlang alles ziemlich schnell, mit Sicherheit viel zu schnell, als dass es uns gut bekommen wäre. Wir waren beide alt genug und hatten, da bin ich mir sicher, jeder auf seine Weise genügend Schrammen abgekriegt, hätten es also wissen müssen. Aber auch keiner von uns hat, glaube ich, das, was passiert ist, erwartet oder gewollt.

Im Lauf der letzten zwei Monate stellten wir dann fassungslos und verdutzt und noch ebenso unschlüssig und ahnungslos wie am Anfang fest, dass wir einander aus dem Weg gingen. Zu viele ungeklärte Fragen zwischen uns vielleicht; zu viele Feindberührungen und zu wenig Vertrauen in den Waffenstillstand. Manchmal hatte ich, wenn ich neben Clare saß, das Gefühl, als ob all das, was unausgesprochen blieb, rundum wucherte wie wilder Wein, das ganze Zimmer ausfüllte.

Aber dieses Gefühl hatte ich natürlich bei den meisten Leuten, mit denen ich näher zu tun hatte.

Umso mehr war ich überrascht, als ich nach meinem Besuch im Frauenhaus und dem anschließenden Friedhofsspaziergang heimkehrte und eine Nachricht von ihr auf meinem Anrufbeantworter vorfand.

Clare hier, Lew. In den kurzen Pausen zwischen den einzelnen Wörtern hörte man das Bandrauschen, dazu undeutliche Hintergrundgeräusche. *Jawohl, ich bin's. Entschuldige, dass ich dich mit so was behellige. Ich weiß über LaVerne Bescheid, und es tut mir sehr leid. Sag mir Bescheid, wenn ich irgendwas tun kann. Aber eine Freundin von mir steckt in der Klemme, und ich dachte, du könntest ihr vielleicht helfen.* Kurze Pause. *Könntest du mich bei Gelegenheit anrufen? Bitte.*

Sie meldete sich schweratmend, nachdem ich es sechs-, siebenmal hatte klingeln lassen.

»Lew. Danke, dass du zurückrufst. Lass mich einen Moment verschnaufen, okay? Ich mache gerade meine Übungen.«

Wir blieben beide dran, als wären wir durch einen feinen Silberfaden miteinander verbunden. Ich hörte, wie ihr Atem allmählich ruhiger ging.

»Okay, danke. Ich weiß, dass es ein schlechter Zeitpunkt ist.«

»Es geht um eine Freundin, hast du gesagt.«

»Sheryl Silva. Sie arbeitet bei uns in der Mensa und macht immer zur gleichen Zeit Mittagspause wie ich, kurz bevor alle andern essen gehen. Für sie ist das wie eine kleine, friedliche Insel, auf der sie Zuflucht findet zwischen dem Zubereiten und dem allgemeinen Ansturm. Und ich bin nach drei Stunden Unterricht, zuletzt bei meiner Abschlussklasse, immer ziemlich fertig. Ich habe keine Lust, mich zu den andern Lehrern zu setzen und mir das gegenseitige Gekeife oder die Gespräche über Kinder und neue Kühlschränke anzuhören, weil ich mit beidem nichts am Hut habe. Und so kam es, dass immer nur wir beide im Speisesaal waren, und nach einer Weile haben wir uns zusammengesetzt. Auch wenn wir meistens so gut wie nichts zueinander gesagt haben. Wir sitzen einfach da, trinken unseren Eistee, lächeln uns ab und zu an und schauen aus dem Fenster. Letzte Woche hat sie mich dann gefragt, ob ich ›so was wie verheiratet‹ wäre. Ich meine, wir wissen absolut nichts voneinander. Und als ich nein sage, fragt sie mich, ob mich schon mal ein Mann verprügelt hätte oder mir etwas hätte antun wollen.

Ihr schon, erzählt sie mir, als ich wieder nein sage, aber sie hätte gedacht, das wäre alles vorbei.«

»Ist es aber nicht.«

»Meiner Meinung nach, und nach dem zu schließen, was sie mir erzählt hat, will er ihr bloß drohen.«

»Ihr Ehemann?«

»Ich weiß es nicht. Sie ist nicht näher darauf eingegangen. Jedenfalls haben sie zusammengelebt.«

»Haben. Bist du dir sicher, dass wir es mit der Vergangenheitsform zu tun haben? *Le passé simple.*«

Einen Moment lang kam mir alles unwirklich vor, wie im Theater, als ob die Lichter ausgingen und ich nun erkennen könnte, dass die ganzen Aufbauten nur Trug und schöner Schein waren, als wüsste ich, dass die Schauspieler demnächst abgehen und sich wieder mit dem Alltagsleben auseinandersetzen würden, dem Fleisch fürs Mittagessen, aufsässigen Kindern, ihren Autos, die neue Reifen und Batterien brauchten. Mir ging ein Spruch durch den Kopf, so als hielte mir jemand einen Spickzettel vor; oder als flüsterte mir eine Souffleuse von unten etwas zu. *Das geht dich nichts an, Griffin, nicht das Geringste.* Aber ich hatte seit langem die Angewohnheit, mich nicht um vorgegebene Sätze zu scheren, sondern lieber zu improvisieren.

»Eine Zeitlang nicht. Ich habe sie gefragt, was er gemacht hat, und sie hat mich nur angeguckt. Und dann, nach kurzem Zögern, sagte sie: Na ja, er hat mir tote Hühner in den Briefkasten gelegt. Und hinten auf der Veranda hat er auch welche hingehängt. Einfach so, wie wenn man Chilis aufhängt oder Knoblauchzöpfe.«

»Ist sie schwarz oder weiß?«

»Eine Latina.«

»Schade. Wenn sie schwarz wäre, wüsste sie, was man damit macht – man brät die Viecher.«

»Sehr komisch, Lew. Vielleicht sollte ich lieber auflegen und Doktor Ruth anrufen. Die kennt womöglich noch ein paar andere Sachen, die man mit Hühnern anstellen kann.«

»Vielleicht liest sie dir ihre lustigsten, ich meine, ihre lüsternsten Lieblingsstellen von Frank Harris vor. Die wüstesten? Der Mann hatte was für Gänse übrig, soweit ich mich entsinne.«

»Schau, es geht um Folgendes: Du könntest mit ihm reden, ihm klarmachen, dass er sich ernsthaft Ärger einhandelt, wenn das so weitergeht.«

»Von Mann zu Mann, hm?«

»Ja, sozusagen.«

»Na ja, Clare, ich will dir mal was sagen. Ich habe so was früher zwar ab und zu mal gemacht, das ist schon richtig, aber seinerzeit war ich zwanzig Jahre jünger und habe mir nicht sechs Jahre lang den Arsch am Schreibtisch plattgehockt. Wär wie bei den ganzen Rockstars aus den Sechzigerjahren, die kaum mehr Haare auf dem Kopf haben, aber meinen, sie müssten mal wieder groß rauskommen. Schlichtweg lächerlich. Außerdem sind meine sämtlichen Batikklamotten in der Reinigung.«

»Bitte, Lew. Tu mir den Gefallen. Du kannst doch ein armes, verkrüppeltes Mädchen nicht einfach so sitzenlassen.«

»Ach. Na ja, wenn du es so darstellst.«

»Dann machst du es also?«

»Ich rede mit dem Typ, Clare. Ganz freundlich. Und das ist alles. Wenn er buh sagt, mach ich die Biege.«

»Du bist ein Goldschatz.«

Doch als ich hinterher in den Spiegel schaute, sah ich überhaupt nichts funkeln, eher einen stumpfen Schein, der alles andere schluckte. Ich musste daran denken, wie alt und verlebt mir Walsh bei Vernes Beerdigung vorgekommen war. Vermutlich sah ich nicht viel besser aus, höchstwahrscheinlich sogar einen ganzen Zacken schlechter. Doch genug der Träumerei. Es gab allerhand zu erledigen. Aufträge, die in Angriff genommen werden wollten, Missstände, die es auszuräumen, Rechte, die es zu verfechten galt.

Lew, der Drachentöter.

7

Da bin ich also, mit einer Liste mit den bevorzugten Aufenthaltsorten des Typs bewehrt und weniger Verstand als jeder durchschnittliche Lemming, klappere gegen Mitternacht oder um den Dreh die Bars entlang der Louisiana Avenue und der Dryades Street ab und halte Ausschau nach dem Hühnermann.

Genau wie in der guten alten Zeit. Abgeschottet von der Welt, den berauschenden Geruch nach Pisse, Bier und kaum bezähmter Wut rund um mich. Und durch all das zog sich wie ein wagnersches Leitmotiv der stille Refrain: Das geht dich nichts an, Griffin, nicht das Geringste.

Ich musste an einen Geschichtsprofessor denken, der sich seinerzeit an der Louisiana State University darüber ausgelassen hatte, dass die Russen sich vorzugsweise vor feindliche Panzer geworfen hätten, damit die nicht so schnell vorankamen; dass sie aufgrund dieser aberwitzigen Kühnheit gefürchtete Kämpfer gewesen seien.

Aber ich wollte natürlich bloß mit dem Typ reden.

Der Ave. Social & Pleasure Club war meine zehnte oder zwölfte Anlaufstelle. Ich hatte bei Henry's Soul Food & Pie Shop drüben an der Claiborne Avenue angefangen und mich bis hierher vorgearbeitet.

Es war ein Bimssteinbau, die hintere Hälfte eines Lebensmittelladens mit übermalten Fenstern, auf denen *Big Bo' Po-Boys* und *Fresh Seafood* angepriesen wurden, dazu ein unglaublich primitives Bild von einer Krabbe, die ein Poorboy-Sandwich in ihren Scheren hielt und (wer hätte das für möglich gehalten?) breit griente. Der Club konnte leider keine solche Zier aufweisen – nur den Namen und einen langen Pfeil, der auf die schmale Tür wies.

Etliche spillerige Glühbirnen, die hie und da von der Decke hingen, als warteten sie darauf, dass ihre Mütter kämen und sie heimbrächten. Das Licht kam vorwiegend von den beiden Pooltischen weiter hinten. Ich schlurfte zu der Bar an der rechten Wand, die aussah, als wäre sie aus Möbelresten und Resopal zusammengeschustert, und bestellte mir ein Bier. Die Dünste hier überlagerten einander wie die Schichten auf einer archäologischen Ausgrabungsstelle: billiger Whiskey, schales Bier, Urin und Schweiß; der durchdringende Geruch nach Fisch, fauligem Gemüse und saurer Milch von nebenan; unter alldem Schwamm und Schimmel, ein muffiger Geruch, der in New Orleans anscheinend allgegenwärtig ist.

Der Großteil der Gäste hatte sich um die Pooltische versammelt, dort wo auch das meiste Licht war. Ein Mann und eine Frau, kaum alt genug, als dass sie von Rechts wegen hier sein durften, saßen an einem von mehreren zerschrammten, nicht zusammenpassenden Tischen in der Nähe. Der Mann trank seine Malzschnapsdose aus, streckte der Frau die Hand hin und sagte: »Tja, Schätzchen, du weißt ja, wo ich wohn.« Zwei weitere Jungs thronten auf den wackligen, stelzenartigen Hockern an der Bar.

»Gibst du mir ein Bier aus, Mann«, sagte einer von ihnen, drehte sich mit dem ganzen Oberkörper um und schaute mich an. »Ich hab 'n Brand.«

Er bekam sein Bier.

»Auf die Wahrheit, die Gerechtigkeit und die gute amerikanische Lebensart«, sagte er und hob das Glas. »All die wunderbaren Sachen, für die wir gekämpft haben.« Er rülpste. »Und selbstverständlich auch auf die Berufspolitiker.«

Einer der Spieler hinten legte einen guten Stoß hin, und eine Zeitlang tummelten sich alle rund um die Tische, klatschten einander ab, gaben sich die Hand, steckten sich Geld zu.

»Sind Sie oft hier?«, sagte ich.

Er dachte drüber nach. »Wenn ich nicht da bin, macht Luther gar nicht erst auf.«

»Kennen Sie einen Typ namens T. C.? Stammgast, hab ich gehört. Groß –«

Er grinste. Kein gutes Zeichen.

»– kurze Haare, trägt einen Ohrring. Helle Haut.«

»Mann, eins sag ich Ihnen, an so 'nem Tag wie dem is das Bier weg wie nix. Ham Sie das gemerkt?«

Ich legte einen weiteren Fünfer vor ihm auf die Bar.

»Na dann. Der kommt jeden Moment aus dem Klo dahinten raus, schätz ich«, sagte er, nachdem er sich ein neues Bier bestellt und probiert hatte. »Was wolln Sie überhaupt von T. C.? Der macht nicht viel her.«

»Eine Freundin hat mich gebeten, mit ihm zu reden.«

»Da gibt's auch nicht viel zu reden.«

Daraufhin trat wie aufs Stichwort der Mann höchstpersönlich in den Halbschatten hinter den Poolspielern – etwa eins dreiundneunzig bis eins fünfundneunzig groß, über zwei Zentner schwer, alles Muskeln, ausgenommen vielleicht der Ohrring –, und im nächsten Moment folgten ihm zwei Typen in Sportsakkos und Jeans, die an ihm vorbei aus der Bar stürmten.

Er sah, wie ich auf ihn zukam, zeigte aber nicht die geringste Regung – weder Unruhe noch Argwohn, Zurückhaltung oder Interesse. Geschweige denn einen Funken Menschlichkeit.

»Darf ich Ihnen was zu trinken ausgeben?«, fragte ich.

»Wieso denn nicht?« Und nachdem wir uns bei einem Bier für mich und einem doppelten Teacher's on the Rocks für ihn an die Bar geklemmt hatten, sagte er: »Also, was brauchst du, mein Guter? Wie viel und wann. Und den Namen möchte ich irgendwann auch wissen.«

Stellenweise klang ein leichter Akzent durch. Kubanisch möglicherweise.

»Ich will ein Hühneressen für meine Freunde geben«, sagte ich. »Jemand hat mir gesagt, dass ich mich an Sie wenden soll.«

Er schaute etwa eine Minute lang auf meinen Nasenrücken. Nicht die geringste Spur von Unruhe, Argwohn etc. (Siehe oben.)

»Ich hab's«, sagte er. »Du bist irre, stimmt's? Genau wie Terence, der olle Knallkopp da drüben. Hey, bist du in letzter Zeit mal wieder mit dem Kopf gegen 'ne Mauer gerannt, Junge?«

»Nein, Sir«, sagte Terence. Mein Informant.

»Dem Nigger hat's drüben in Nam gewaltig das Hirn verschwurbelt, und jetzt finden wir ihn alle paar Tage in irgend 'ner

Gasse, wo er mit dem Kopf immer wieder gegen 'ne Mauer rennt, bis er hinfällt und nicht mehr hochkommt. Die Mauer steht aber immer noch.«

Er trank aus, ließ die Eiswürfel über den Boden des Glases kullern.

»Meiner Ansicht nach muss dir so was Ähnliches passiert sein. Is die einzige Erklärung dafür, dass du einfach so aufkreuzt und mich anmachst. Du musst genauso irre sein. Nu sag mir eins: Hab ich recht?«

Ich lächelte, bestellte uns zwei weitere Drinks und wollte ihm erklären, weshalb ich da war. Dass Sheryl mich gebeten hatte, mit ihm zu reden, ihm klarzumachen, weshalb er sie in Ruhe lassen sollte.

»Und du ziehst einfach los und machst alles, was dir 'ne Fotze sagt. Isses so, Mann?«

Ich fing von vorne an. Clare sei eine Freundin von Sheryl und –

»Und du bumst mit beiden gleichzeitig. Oder treiben sie's miteinander, und du schaust zu?«

Ich versuchte es noch mal. Ich hatte wirklich vor – zumindest war ich davon überzeugt, dass ich es vorhatte –, bloß mit ihm zu reden. Aber Vorsätze haben ihre Tücken.

Als plötzlich die Knarre über der Tischkante auftauchte und er im gleichen Moment den Blick zur Tür wandte und den Kopf hob, als wollte er jemand grüßen, rammte ich ihm mein Glas so fest wie möglich auf die Hand, in der er sie hielt. Das Glas zerbrach, aber ich spürte nichts. Ich spürte nur, wie die Knochen unter dem Glas nachgaben. Meine andere Hand, in der ich den schweren Aschenbecher hatte, war bereits unterwegs und erwischte ihn knapp über dem linken Auge.

»Sauber«, sagte Terence drüben an der Bar.

T. C. flog hinterrücks vom Hocker, warf ihn um, sprang aber sofort wieder auf und griff nach meiner Hemdbrust. Angeschissen, wie ich war, beugte ich mich einfach zurück – und er fegte mir die Füße unter dem Arsch weg.

»Immer in Bewegung bleiben«, sagte Terence. »Musst du dir merken.«

Von da unten sah alles ganz anders aus. Kaum zu glauben, wie groß T. C. von hier aus wirkte. Oder wie viele Kakerlaken unter den Stühlen und dem ganzen Geraffel rumwuselten. Irgendwann, als T. C. auf mir hockte und munter meinen Kopf hin und her boxte, war ich fest davon überzeugt, dass ich neben einem Tischbein ein abgeschnittenes, vertrocknetes Ohr liegen sah.

Dann sah ich, wie zwei Finger mit aller Kraft in seine Nase gerammt wurden, und hörte, wie die Knorpel nachgaben. Als er die Hände hochnahm, um meine wegzuziehen, erwischte ich ihn mit voller Wucht an der Gurgel, und er keuchte auf, fiel von mir runter. Ich trat ihm in die Rippen, dann ein paarmal gegen den Kopf, bevor ich bemerkte, dass er reglos dalag und langsam blau anlief. Niemand mischte sich ein; sie schauten bloß zu.

»Rufen Sie lieber den Notarzt«, sagte ich zum Barkeeper und torkelte auf ihn zu. Es klang wie *Rumpfn se libber n Totast.*

Er schaute sich in der Kneipe um, schätzte die Lage ab.

»Der Mann macht auch noch auf Komödie«, sagte er.

Zaghaftes Gelächter ertönte.

Aber dann wandte er sich auch an mich und sagte: »Sie sollten lieber abhauen. Wir lassen Mister T. C. einfach 'ne Weile schlafen. Aber wenn wir schließen, fällt er mir bestimmt auf. Da führt kein

Weg dran vorbei. Und dann kommen die Bullen und wollen wissen, was Sache is.«

Ich wollte aufbrechen.

»Das macht zwo neunzig für die letzte Runde«, sagte der Barkeeper.

8

Ich klingelte, lehnte mich dann einfach irgendwie an den Türstock und wartete. Ich wusste nicht, wie spät es war. Nach eins, vermutlich eher gegen zwei. In vielen Häusern war noch Licht. Ein roter Dunstschleier hing um die Straßenlaternen, den Mond und die Fenster. Ich hatte mir ein Taschentuch um die Hand gewickelt, aber es war jetzt durchweicht, und ab und zu sickerten dicke Blutstropfen durch und fielen wie flüssiges Blei zu Boden.

Nach einer Weile hörte ich sie zur Tür kommen – duh-Dah, duh-Dah, duh-Dah, in präzisen Jamben. Sie trug einen kurzen, himmelblauen, kimonoartigen Überwurf.

»Erzähl's mir nicht«, sagte sie. »Du wolltest dich mit den andern Kindern um die kandierten Äpfel und die übrigen Süßigkeiten prügeln.«

»Bin bereits bedient«, sagte ich. Dann: »Du solltest den andern Typ sehn.«

»Wer hat gewonnen?«

»Ich.«

»Dann will ich den andern Typ lieber nicht sehen, glaube ich. Wirst du allmählich nicht ein bisschen zu alt für so was?«

»Das hab ich dir doch zu erklären versucht. Bin jetzt verdammt froh, dass ich meine Batikklamotten nicht anhatte.«

»Sheryls ehemaliger Lebensgefährte?«

»Der Hühnermann höchstpersönlich.«

»Oh, Lew. Es tut mir ja so leid.«

»Leid genug, um mich reinzulassen?«

»Was? Oh, entschuldige. Du siehst übrigens wirklich beschissen aus.«

Sie drehte sich um und gab die Tür frei. Ich trat einen Schritt vor. Ganze Völker verschwanden, neue Sonnen tauchten am Himmel auf, Planeten bildeten sich drum herum. Ich tat den nächsten Schritt.

»Kommst du klar?«, fragte sie.

»Bloß ein bisschen beim Transport beschädigt, wie es bei der Post so schön heißt. Danach drücken sie einem selbstverständlich dieses Ding in die Hand, das dreimal kreuz und quer verklebt ist, und alles, was drin war, ist bis zur Unkenntlichkeit zermatscht.«

»Du auch?«

»Zermatscht? Total. Von oben bis unten. Aber es renkt sich immer wieder ein. Na ja, heutzutage kommt's mir eher so vor, als ob es einschwillt.«

»Stärker als vorher?«

»Hab ich nichts davon gemerkt. Du?«

Sie schüttelte den Kopf. »Wär aber schön, wenn es so wäre. Wie so vieles.«

Ich ließ mich auf die Couch sinken.

»Sag Sheryl, dass T. C. sie nicht mehr behelligen wird. Genau genommen bin ich mir nicht mal sicher, ob er überhaupt noch irgendjemanden behelligen wird.«

»Muss ja ein Höllengespräch gewesen sein.«

»*Ich* werd's nicht so schnell vergessen. Hast du irgendwas zu trinken?«

»Könnte sein, dass unter dem Schrank noch ein bisschen Scotch vom Besuch meiner Eltern übrig ist. Soll ich nachgucken?«

»O ja.«

In der Flasche, die sie vor mir auf den Tisch stellte, waren noch etwa fünf Zentimeter übrig. Ich ließ das Glas stehen und setzte die Flasche an. Kam mir einfacher vor – weniger Bewegung, weniger Schmerz. Ich musste an O'Carolan denken, der auf seinem Totenbett um irischen Whiskey gebeten hatte, weil es, wie er sagte, furchtbar wäre, wenn zwei so gute Freunde ohne einen letzten Abschiedskuss voneinander scheiden müssten. Ich setzte die Flasche noch mal an.

»Ich komme mir vor, als ob ich einmal gezwinkert hätte und zwanzig Jahre sind vergangen – rückwärts«, sagte ich. »Eindeutig eine alte Science-Fiction-Serie. Das kann nicht wahr sein.« Ich schaute sie an. »Tut mir leid. Es ist spätnachts.«

»Schon okay, Lew. Wirklich.«

»Ich sag dir eins. Ich geh jetzt in das Badezimmer dahinten, am andern Ende vom Gang, und tu mir ein bisschen heißes Wasser und Seife an. Achte nicht auf die Schreie, und wenn ich in zehn Minuten noch nicht wieder raus bin, kannst du selber entscheiden, ob du den Notarzt oder den Bestattungsunternehmer anrufen willst. Ich jedenfalls weiß es mit Sicherheit nicht.«

»Brauchst du Hilfe?«

»Ich? Schau dir doch an, was ich schon alles fertiggebracht habe, und das ganz alleine.«

»Dann mache ich Kaffee. Sobald ich einmal auf bin, ist die Nacht normalerweise gelaufen.«

Ich ging vorsichtig den Flur entlang. Musste ziemlich windig sein, und ein Sturm kam auf – das Schiff krängte mächtig nach Back- und Steuerbord.

Nach vollzogener Waschung, als meine Nervenspitzen knisterten wie Stromkabel bei einem Hurrikan, kam ich zurück und saß da, während Clare mir irgendwas Gelbes in die Schnitte goss, antibiotische Salbe draufschmierte und mir einen strammen Verband anlegte.

»Das muss genäht werden. Du hast Glück gehabt, dass du dir keine Sehne oder Ader zerschnitten hast.«

»Es blutet nicht mehr. Das wird schon wieder.«

»Lew, meinst du nicht, dass du für heute Nacht schon lang genug den harten Macker markiert hast? Herrgott noch mal!«

»Okay, okay. Du hast recht.«

»Du gehst also zur Notaufnahme?«

»Morgen.«

»Versprochen?«

Ich nickte, und sie ging in die Küche, brachte ein lackiertes Holztablett mit einer Thermoskanne voll Kaffee, zwei Tassen, Zucker- und Süßstofftüten, einer noch ungeöffneten Flasche Half & Half.

Sie goss uns beiden eine Tasse ein, und wir saßen da wie ein altes Ehepaar, tranken wortlos mitten in der Nacht unseren Kaffee. Der Mond hing voll und strahlend draußen am Himmel, und nach einer Weile stand Clare auf und schaltete das Licht im Zimmer aus. Dann, nachdem sie sich wieder hingesetzt, ihren Kaffee ausgetrunken und uns beiden nachgegossen hatte, sagte sie leise: »Ich verstehe nicht, was zwischen uns gelaufen ist, Lew.«

Ich sagte nichts, und schließlich lachte sie. »Ich nehme an, das fällt in die gleiche Kategorie wie die Quantenphysik, die Staatsverschuldung und der Sinn des Lebens, was?«

Ich schaute sie an.

»Ich würde rüberkommen und zu deinen Füßen sitzen, wenn ich könnte, Lew. Mich einfach an dich lehnen und alles vergessen. Das würde ich tun, wenn ich's könnte. Aber ich kann es nicht. Würde vermutlich hinfallen, wenn ich's versuche. Ist der Kaffee okay? Möchtest du ein Sandwich oder irgendwas?«

»Der Kaffee ist wunderbar, Clare. Du bist wunderbar. Und es tut mir leid.«

Schweigen. Dann: »Würdest du auch irgendwas tun wollen – wenn du könntest?«

Ich nickte. O ja.

Wieder Schweigen, diesmal länger. »Könntest du dir vielleicht vorstellen, die Nacht im Bett dieser wunderbaren Kaffeeköchin zu verbringen?«

»Ich bin in keiner allzu guten Verfassung.«

Sie lachte plötzlich aus vollem Hals. »He, das ist *mein* Spruch.«

Später, als wir im Mondlicht dalagen und der Ventilator über uns an der Decke flappte, dachte ich versonnen, dass Schmerzen genauso unberechenbar, ebenso tückisch und unbeständig waren wie Vorsätze.

»Ach, oftmals hab ich halb begehrt, dass mich der Tod berühr«, sagte Clare, schlug sich mit dem linken Arm heftig auf die rechte Seite und lachte. »Wenig hat er gewusst. Aber was übrig ist, ist für dich, Seemann.«

Keine menschliche Stimme weckte uns, und wir ertranken nicht.

9

Es war überhaupt keine menschliche Stimme, die mich weckte, sondern ein Kater. Besagter Kater saß auf meiner Brust und schaute desinteressiert drein, als ich die Augen aufschlug. Seine Augen waren golden, und der gleiche Ton schimmerte von irgendwo tief unten im Fell durch, das ansonsten schlichtweg getigert gewesen wäre. *Mauwr*, machte er erneut, eine Tonlage höher – es klang eher wie Taubengegurr.

»Du hast mir nicht gesagt, dass du einen andern Mann hast«, sagte ich, als Clare wenig später mit dem Kaffee kam.

»Richtig, und es ist genauso wie mit all den andern: Ich kann ihn nur halten, indem ich ihn über Nacht einsperre. Lew, ich möchte dich mit Bat bekanntmachen.«

Sie stellte eine Tasse *Café au lait* auf den Nachttisch neben mir und behielt die andere, die, wie ich wusste, nur halb voll war, damit sie nichts verschüttete.

»Ich war eines Morgens in der Küche, verschlafen wie üblich, und hatte die Nase im Kaffee stecken. Die Brille beschlagen, weil ich meine Kontaktlinsen noch nicht eingesetzt hatte. Ich hörte ein Geräusch und blickte auf, und da war er, am Fliegendraht. Hing einfach da, wie ein Nachtfalter. Ich habe ihn runtergescheucht, aber im nächsten Moment ist er wieder hochgesprungen. Das ging eine Zeitlang so weiter, bis ich mir schließlich sagte, was soll's, und ihn reingelassen habe. Dem Aussehen nach zu schließen, hatte er seit langem nichts mehr zu fressen bekommen. Er war damals noch ganz jung. Viel war nicht an ihm dran, aber seine riesigen Ohren standen kerzengerade hoch, wie bei einer Fledermaus – daher der Name. Ich habe in der Nachbarschaft rumgefragt, aber niemand hat irgendwas gewusst. Und nun sind wir Wohnungsgenossen. Er ist scheu.«

»Das seh ich.« Ich wollte unbedingt an den Kaffee ran, aber der Kater kapierte das anscheinend nicht.

»Nein, wirklich – ich wette, er hat die ganze Nacht hinter dem Ofen verbracht, weil er dich nicht kennt.«

»Hilfe.« Ich tat, als wollte ich nach der Kaffeetasse krallen.

»Was? Oh, na klar.« Sie lud sich den Kater auf den Arm (er hing so schlaff runter, wie ich es noch nie bei irgendwas Lebendigem gesehen hatte) und setzte ihn zu Boden (wo er plötzlich wieder munter wurde und ins Zimmer nebenan raste). »Hungrig?«

»Ja, aber damit bin ich dran. Wie spät ist es überhaupt?«

»Halb neun.«

»Kommst du nicht zu spät?«

»Ich habe angerufen.«

»Fühlst dich nicht besonders, was?«

»*Au contraire*, glaube mir.«

»Okay. Dann schaffen wir's noch in den Camellia, wenn er aufmacht. Vor dem großen Ansturm. Wenn dir das recht ist.«

»Ausgezeichnet.«

Wir spritzten uns Wasser ins Gesicht, putzten uns die Zähne (unglaublich, sie hatte noch eine Zahnbürste von mir da), zogen uns an (Kleidung ebenfalls, die ich statt meiner verdreckten Sachen anlegen konnte) und fuhren mit ihrem Auto nach Uptown. Da ihr Auto speziell ausgerüstet war, gab es gar keine Debatte, wer sich ans Steuer setzte. Sie parkte bei einer Grundschule auf der anderen Seite des Mittelstreifens, und wir überquerten die Carrolton Avenue, wichen einer Straßenbahn aus, die mit bimmelnder Glocke unter hoch aufragenden Palmen in Richtung St. Charles Avenue ratterte. Sie trug Sneakers, Jeans und ein altes Sweatshirt aus der Rehabilitationsklinik mit der Aufschrift *Do It – Again*.

Lester erklärte uns, wie schön es sei, dass wir uns nach so langer Zeit mal wieder sehen ließen, wischte rasch den Tresen ab, legte uns das in frische Servietten eingerollte Besteck hin. Ohne zu fragen, brachte er uns Kaffee mit Sahne, und wenige Minuten später schob er uns das Frühstück über den Tresen zu, eine Pecanwaffel für Clare, ein Chiliomelett für mich.

Wir waren beim Essen ziemlich schweigsam, lächelten aber viel, und danach gingen wir rüber zu Lenny's, damit sie sich eine *New York Times* besorgen konnte.

»Was nun, Lew?«

»Vielleicht könntest du mich an der Notaufnahme vom Touro absetzen.«

»Würde es dir etwas ausmachen, wenn ich bei dir bliebe? Vermutlich musst du ziemlich lange warten, und du weißt ja nicht, wie es dir hinterher geht.«

»Du musst das nicht machen, Clare.«

»Das weiß ich doch.«

Also machte sie es.

Bei der Anmeldung nannte ich meinen Namen und teilte dem Mann am Schalter alles Weitere mit, was er wissen wollte, sagte, nein, ich hätte keine Krankenversicherung, würde aber alle in Anspruch genommenen Leistungen per Scheck bezahlen, und handelte mir damit einen langen, gewichtigen Blick ein, so als gelte es abzuwägen, ob ich ein abgehalfterter Asozialer übelster Sorte war oder jemand Wichtiges, den man vielleicht zuvorkommend behandeln sollte.

»Warten Sie bitte da drüben, Mister Griffin«, sagte er und deutete auf die zusammengehakten Plastikstühle, eine Reihe nach der anderen, die ich insgeheim immer als Billigheimerbänke bezeichne. »Ein Arzt wird sich in Kürze um Sie kümmern.«

Aus dem *in Kürze* wurden fast drei Stunden.

Der Laden wirkte eher wie ein Busbahnhof. Die gleiche Stimmung, so als wäre man von der Echtzeit abgeschnitten, genauso verwahrlost und wüst. Überall stank es nach Zigarettenqualm, alter Asche und Achselschweiß. Stühle, Boden und Wände voller Flecken. Ständig strömten Menschen rein und raus. Einige saßen allein oder grüppchenweise da und futterten aus Burgertüten und Brotzeitbeuteln, die sie von daheim mitgebracht hatten, ein paar hatten sich allem Anschein nach (mitsamt ihrer Habe, die sie neben sich aufgetürmt hatten) häuslich hier niedergelassen.

Ab und zu stürmten Polizisten oder Sanitäter durch die automatischen Türen und brachten sinnlos Besoffene, Unfallopfer und Überfallene, starr vor sich hinstierende Jugendliche, in Lumpen gehüllte Stadtstreicher jedweden Geschlechts, Geschändete und Schänder, Schwerverletzte, die gerade wiederbelebt wurden, Sterbende, die schon fast hinüber waren. Etwa alle fünfzehn Minuten wurde ein Name über Lautsprecher aufgerufen, worauf der Betreffende in dem monströsen Labyrinth verschwand. Keiner tauchte je wieder auf. Immer wieder kamen Schwestern und anderes Personal vorbei und gingen draußen vor der Tür eine rauchen.

Eine junge Frau vom Audubon-Zoo wurde mitsamt dem Raubvogel eingeliefert, der ihr beim Füttern die Krallen in die linke Backe gegraben hatte.

Ein Kriminalpolizist aus Kenner erkundigte sich nach einer Leiche, die frühmorgens auf der Rampe zur Notaufnahme abgeladen worden war, angeblich von einem Bestattungsunternehmer, der behauptete, die nächsten Angehörigen hätten die Zahlung verweigert.

Eine ältere Frau kam reingetippelt, ging zur Anmeldung und fragte nach jemandem, der ihr bitte schön vielleicht sagen könnte, ob ihr Mann gestern Abend nach einem Herzanfall hier eingeliefert worden sei, weil sie sich nicht mehr dran erinnern könnte, wohin man ihn gebracht habe, und nachdem sie es schon in etlichen anderen Krankenhäusern versucht habe, habe sie jetzt kein Geld mehr fürs Taxi.

Clare hatte, wie sich herausstellte, in mehrfacher Hinsicht recht. Nachdem ich endlich an der Reihe war und im Bauch des Molochs verschwand, wo man mich mit gut einem Dutzend Stichen nähte, kam ich mit ziemlich wackligen Beinen wieder raus, konnte kaum gehen und war eindeutig nicht in der Verfassung, mich ohne fremde Hilfe nach Hause zu schleppen.

Sie wiederum, das muss man ihr zugutehalten, ließ sich nur zu einer einzigen Bemerkung hinreißen, als sie mich im Wartezimmer auf sich zuwanken sah. »Tja, da ist ja mein großer starker Macker.« Dann brachte sie mich heim.

Draußen dröhnte der Verkehr vorbei, als ich aufwachte und auf den Wecker am Nachttisch schaute. Zwei Minuten vor fünf. Obwohl der Ton leise gestellt war, konnte ich Noah Adams hören, der auf NPR einen Mann interviewte, der in seiner Scheune ein maßstabgerechtes Modell des Sonnensystems nachgebaut hatte.

Clare saß im Lehnsessel und las, hatte ein Glas Wein neben sich stehen.

»Ich weiß, dass es viel zu viel verlangt ist, weil keiner damit rechnen konnte, dass ich einen weiteren Morgen hier erlebe, aber hättest du vielleicht einen Kaffee für mich?«

»*Frischen* Kaffee sogar.« Sie warf einen Blick auf die Wanduhr. Die Zeit – Feind des Lebens und aller guten Vorsätze. »Na ja, vor einer Stunde jedenfalls.«

Er war wunderbar.

Ich trank die erste Tasse in einem Zug aus, goss mir einen Schuss Bourbon in die nächste und schlürfte sie genüsslich leer. Wir saßen da, lauschten dem Verkehr auf der Prytania Street, etwa einen Häuserblock weit weg, und hörten uns einen Bericht über die jüngsten Hilfsmaßnahmen für Somalia an.

»Habe ich dir schon mal von meinem Vater erzählt?«

»Ein bisschen was. Ich weiß, dass er Alkoholiker war und gestorben ist, als du noch ziemlich klein warst. Und du hast mir erzählt, dass er auf dem College ein hervorragender Läufer war.«

»Aber dazwischen fehlt allerhand, nicht war?«

»Und darauf läuft doch das ganze Leben raus, auf all das Zeug dazwischen.«

»Ja. Ja, ich glaube schon.« Sie schlug die Beine übereinander und lehnte sich an mich, so dass der Wein kurz im Glas aufschwappte. »Ich kann mich nicht mehr an allzu viel erinnern. Meistens sind es nur kurze Eindrücke, einzelne Bilder, ein paar wenige Momentaufnahmen, die immer wiederkommen, ganz deutlich. So deutlich, dass ich mich sogar an die Gerüche entsinnen kann oder wie sich die Sonne auf meiner Haut anfühlte.«

Eine Frau lief mitten auf der Straße entlang, schob eine Einkaufskarre vor sich her, auf der sich Müllsäcke türmten. Weiße, braune, schwarze, graue. Ein oranger mit einem Kürbislaternengesicht.

»Ich kann mich erinnern, dass ich einmal auf seinem Schoß saß und er mir vom Krieg erzählt hat. Für ihn war das einfach nur ›der Krieg‹, so hat er ihn immer genannt. Und jedes Mal sagte er: Eine schreckliche Sache, ganz schrecklich. Und ich kann seine Schnapsfahne riechen und den Schweiß, der sich in seiner Kleidung festgesetzt hatte, weil er den ganzen Tag in der Nähe von Tucson als Dachdecker gearbeitet hat.

Hast du schon mal was von Codefunkern gehört? Na ja, er war einer. Die Japaner hatten so gut wie jeden Code geknackt, den unsere Leute sich einfielen ließen, und irgendwann kam jemand auf die Idee, Indianer einzusetzen. Es gab etwa vierhundert davon, bevor alles vorbei war, lauter Navajos, und wenn sie wichtige Mitteilungen über Funk durchgeben mussten, griffen sie auf ihre eigene Sprache zurück und ersetzten die üblichen Ausdrücke durch Begriffe aus ihrer Welt. Granaten waren Kartoffeln, Bomben waren Eier, Amerika war *Nihima*, unsere Mutter.

Sie waren alle noch halbe Kinder. Mein Vater kam direkt aus dem Reservat, als er sich in der Nähe von Ganado zur Marineinfanterie meldete. Er war seinerzeit siebzehn oder achtzehn. Und als er drei Jahre später zurückkam, konnte er dort keine Arbeit finden. Er zog rauf nach Kanada – hat an einer Pipeline mitgebaut oder so was Ähnliches, ich bin mir nicht ganz sicher – und lernte dort meine Mutter kennen. Die gebildete Französin. Die *Québécoise*. Die ihm, soweit ich das sagen kann – aber wer weiß, vielleicht war ihm dieses ganze Elend auch von Anfang an vorbestimmt –, ihr ganzes Leben lang die Hölle auf Erden bereitete.

Schon vor seinem Tod war er nur noch ein Schatten seiner selbst, ein schwerer, dunkler Sack, den meine Mutter und wir andern überall mit hinschleppen mussten. Und als er starb, kam ich mir wie erlöst vor, das war das allererste Gefühl, das ich hatte, und meiner Mutter muss es genauso gegangen sein.

Von Zeit zu Zeit muss ich immer noch daran denken. An dem Gefühl hat sich nichts verändert, und irgendwie kommt es mir wichtig vor, dass ich es nicht verliere, aber es kehrt ständig wieder. Wie eine Art Einsicht, die einem zu einer neuen Erkenntnis verhelfen soll ... Begreifst du in etwa, was ich sagen will?«

»Nicht ganz.«

»Ich auch nicht. Ich wäre fast so weit gewesen, nur einen Moment lang.«

»Versuch's weiter.«

»Tolstoi auf dem Totenbett – stimmt's?«

»Hat es mit dem Finger auf die Zudecke gekritzelt, ja.«

»Was würdest du hinkritzeln, Lew?«

»Irgendwas aus einem Gedicht, das ich vor einer Weile gelesen habe, glaub ich: ›Finde das Schöne, versuch es zu verstehn, überlebe‹.«

Kurz darauf: »Lust, ins Bett zu gehen?«

»Hey, ich bin grade aufgestanden.«

»Na und? Was willst du denn damit andeuten?«

Mozart löste Noah Adams ab, der Verkehrslärm ließ nach, das alte Haus knarrte und ächzte. Zwei, drei Stunden später standen wir auf, gingen rüber zu Popeye's und bestellten uns Hühnchen mit Biskuits, roten Bohnen und Reis.

10

Ich kam am Vormittag heim und wollte gerade zum blinkenden Anrufbeantworter gehen, als das Telefon klingelte.

»Lew«, sagte Achille Boudleaux. »Du hast was von mir wollen, hab ich gehört.« Er konnte fehlerfrei und völlig ohne Akzent sprechen, wenn er wollte, aber ohne guten Grund machte er sich selten die Mühe, und unter Freunden schon gar nicht.

Ich sagte, dass er das nie und nimmer wissen könnte.

»So saugut, wie ich bin. Was willst'n?«

Ich teilte es ihm mit, berichtete ihm auch, dass ich bei Garces im Frauenhaus gewesen war.

»Gibt es sonst noch was, A. C.? Irgendwas, das du in deinem Bericht vielleicht weggelassen hast? Auch wenn's dir noch so unwesentlich vorkommt.«

»Wart mal. Ich muss mal mein Notizbuch rausholn, weil ich nämlich weiß, was du von mir willst.«

Danach herrschte buchstäblich Funkstille. Drüben in Metairie wurde ein Streichholz angerissen, dann ein langer Zug an der Zigarette. Ein Husten, der im Ansatz erstickt wurde, tief in der Brust rasselte wie unterdrückte Erinnerungen. Eine Autoalarmanlage irgendwo an der Straße. Polizeisirenen auf der Prytania Street.

»Viel isses nich, Lew. Eins hab ich nich mit reingenommen, is aber ganz dünne, bringt wahrscheins gar nix. Miss Alouette, die hat sich mit'm Typ rumgetriebn, der sich Roach nennt, hat mir jemand gesacht. Macht gute Knete, der Junge, geht aber scheint's nicht arbeitn oder so, weißt du? Stammt aus der Gegend von Tupelo.«

»Hast du eine Ahnung, wie lange sie verbandelt gewesen sind?«

»Weiß nich, ob sie's überhaupt warn.«

»Hast du irgendeine Adresse von diesem Roach?«

»Du bist zu lang von der Straße wechgewesen, Lew. So 'ne Jungs wie der Roach ham kein festen Wohnsitz, dass weißte doch. Wenn de was von dem willst, musst du bloß nach Downtown und rumfrang.«

»Okay. *Bien merci*, Achille.«

»*Rien*.«

Ich legte den Hörer auf und drückte die Abspieltaste. Nach einer kurzen Pause, einem momentanen Rauschen, als das Band anlief, meldete sich Richard Garces: »Rufen Sie mich an, wenn Sie dazu kommen. Ich glaube, ich habe ein paar Hinweise auf Alouette.«

Ich wählte, scheiterte dreimal hintereinander am Besetztzeichen, kam dann endlich durch und wurde auf Warteschleife geschaltet. »You're So Vain« dudelte in mein hilflos ausgeliefertes Ohr, und ich ertappte mich dabei, dass ich an Carly Simons Lippen dachte. So was, da war ich mir ziemlich sicher, würde Richard Garces nie passieren.

»Mister Griffin«, sagte er. »Tut mir leid, dass ich Sie warten lassen musste. Eine Art Notfall, mit einem meiner Mädchen.«

»Lew – erinnern Sie sich? Und das macht überhaupt nichts.«

»Super. Okay, folgendermaßen. Ich bin Hacker, zumindest bin ich es vor 'ner Weile mal gewesen, und irgendwann mal sind etliche von uns im Lauf der Jahre durch diverse Veröffentlichungen sozusagen aufeinander gestoßen. Wir waren alle im sozialen Bereich tätig, und das hat uns zusammengeführt. Ein paar, so wie ich zum Beispiel, in kleinen Behüteten Häusern oder Hilfsorganisationen kreuz und quer im ganzen Land, ein paar andere in Anstalten, die meisten im Gesundheitswesen – in staatlichen Kliniken oder anderen öffentlichen Einrichtungen. Aus diesen anfänglichen Kontakten ist eine Art loses Netzwerk entstanden, über das wir uns Informationen beschaffen konnten, zu denen wir ansonsten keinen Zugang hatten, sozusagen eine klammheimliche Infobörse.«

»Genau.« In diesem Land wimmelte es von solchen Netzwerken, elektronischen und anderen, für so gut wie jeden Geschmack und Bedarf – ob Rechtswesen oder Reformpolitik, Illustriertenabonnements oder rechtes Herrenmenschengewese. Ich hatte oft den Eindruck, dass sie möglicherweise die einzig wahre Intelligenz dieser gleichgeschalteten Nation darstellten, eine feine Gewebeschicht über der anderen, bis eine Art rudimentäres Nervensystem entstand.

»Nun ja, ich hatte mich eine ganze Weile nicht mehr in das Netzwerk eingeklinkt. Meine Arbeit hier im Foucher ist ziemlich einseitig. Aber nachdem Sie neulich wieder weg waren, und nachdem ich eine Zeitlang nachgedacht hatte, bin ich mal wieder online gegangen. Und nachdem ich etwa eine halbe Stunde lang allerlei ›Schön, dass du dich mal wieder meldest‹ oder ›Wie ist es dir ergangen‹ oder ›Wo zum Teufel hast du gesteckt, Mann‹ über mich ergehen lassen musste – vermutlich geht's uns wirtschaftlich so schlecht, dass die Jungs alle daheim hocken und nichts anderes zu tun haben, als untereinander elektronische Streicheleinheiten auszutauschen –, habe ich mich erkundigt, ob irgendwo eine Achtzehnjährige aufgefallen ist, die eventuell zuvor in New Orleans gewohnt hat, ansonsten nichts weiter sagen will und in der Klemme steckt.

Dazu ist das Netzwerk schließlich da. Alouette hat keinerlei Mittel, sie kann nichts. Irgendwann muss sie wohl oder übel bei irgendeiner sozialen Einrichtung landen.«

»Und auf die Weise kann man sie aufspüren.«

»Normalerweise nicht. Na ja, ich nehme an, man könnte es, aber es würde ewig dauern. Es gibt keine offizielle Anlaufstelle. Weder eine zentrale Datenbank noch eine Registratur. Auch das Netzwerk bekommt nur einen Bruchteil mit, aber wir haben im ganzen Land unsere Leute sitzen, auf allen Ebenen, und jeder von uns muss sich tagein, tagaus mit den gleichen Problemen rumschlagen, ohne dass einem noch irgendwas dazu einfällt. Und manchmal können wir einander weiterhelfen. Indem wir Erkenntnisse weitergeben oder Hinweise, wie sich diese oder jene Hürde überwinden, der Dienstweg vielleicht um ein, zwei Stationen abkürzen lässt.«

Na schön, es stank nach J. Edgar Hoovers allwissendem Überwachungssystem. Und selbstverständlich musste man sich ernsthaft fragen, was weniger skrupellose Zeitgenossen mit diesen Informationen anfangen würden, wenn sie ihnen in die Hände fielen. Aber Richard Garces war meiner Ansicht nach mindestens ebenso liberal eingestellt wie ich – zweifellos hatte er sich ein ums andere Mal damit auseinandergesetzt.

»Haben Sie irgendwelche Andeutungen gehört, ob Alouette womöglich schwanger war?«

»Eigentlich nicht. Sie etwa?«

»Es wäre eine Möglichkeit. Haben Sie Stift und Papier parat?«

»Ja.« Ich hob meine Erstfassungen und die aussortierten Seiten immer auf, faltete sie einmal in der Mitte und stapelte sie mehr oder weniger ordentlich neben meinem Telefon.

»Okay. Es gab ein gutes Dutzend Rückmeldungen, aus denen ich zwei rausdestilliert habe. Womöglich liegen wir völlig daneben, nur dass Ihnen das klar ist. Falsche Vorgabe, oder auch im Ansatz gründlich daneben – könnte durchaus sein. Aber vom Alter her, aufgrund des Akzents und anhand der Beschreibung kommen sie alle in Betracht.«

»Alles klar.«

»Nummer eins ist vor ein paar Monaten in Dallas aufgekreuzt, wurde ins Parkland gebracht, nachdem sie von ein paar Typen vergewaltigt worden war, die in der Mülltonne, in der sie untergekrochen war, nach übriggebliebenen Hamburgern suchten und stattdessen auf sie stießen. Unmittelbar hinter einem Burger King. Derzeit ist sie in einem Diagnosezentrum gleich um die Ecke vom Parkland untergebracht, oben an der Harry Hines. Ein paar Tage lang wird sie dort noch bleiben können, dann wird man sie zur Therapie schicken oder in eine Klinik verlegen, die ein Bett frei hat. Sagt, sie heißt Dolores und hätte keinerlei Angehörige. Alter und Aussehen passen.«

»Haben Sie eine Nummer von dem Laden?«

Er gab sie mir und sagte: »Ich weiß nicht, inwieweit Ihnen das was nützt. Meistens landet man am Telefon bei irgendwelchen Hilfswilligen, die keinerlei Ausbildung haben und gar nicht begreifen, womit sie es zu tun haben, die ihre Schutzbefohlenen nur abschirmen wollen, ohne Rücksicht auf Moral und menschliche Grundrechte.«

Ich wusste genau, was er meinte, konnte mich nur zu deutlich an meine diversen Aufenthalte in psychiatrischen Kliniken und Entzugsanstalten erinnern, wo man wie selbstverständlich und ohne auch nur einen Gedanken darauf zu verschwenden wider die Würde des Menschen, sein Selbstbestimmungsrecht wie auch die allgemein anerkannten Menschenrechte verstieß.

»Nummer zwei ist drüben in Mandeville. Name unbekannt, weil sie nichts weiter sagt als ›Gott hört alles, die Engel sperren die

Ohren auf‹. Die zuständige Sozialarbeiterin heißt Fran Brown.« Er nannte mir die Nummer und die Durchwahl.

»Nummer drei ist oben in Mississippi. Das ist die Schwangere. Jedenfalls war sie schwanger – hat letzte Woche entbunden. Viel zu früh. Das Baby liegt auf der Intensivstation, wiegt knapp über ein Pfund. Kaum lebensfähig, soweit ich weiß. Wie nicht anders zu erwarten. Die Sachbearbeiterin ist eine gewisse Miss Siller.« Er buchstabierte es. »Mehr habe ich nicht rausgekriegt. Weder einen Vornamen noch einen Titel oder eine Berufsbezeichnung. Das Mädchen hat angegeben, dass es McTell heißt. Hat laut Aktenlage oben in Mississippi keinerlei soziale Leistungen – wie wir das ausdrücken – in Anspruch genommen. Weder medizinische Vorsorge noch Schwangerschaftsberatung, und der Vater des Kindes ist auch nicht bekannt.«

Wieder las er mir eine Nummer vor.

»Hab ich. Danke, Richard. Sie würden einen guten Detektiv abgeben, falls Sie beruflich irgendwann mal was Neues machen möchten.«

»Aha. Na ja … Ab und zu können wir schon etwas ausrichten, wissen Sie. Ich hoffe nur, dass es diesmal der Fall ist. Würden Sie mir einen Gefallen tun?«

»Schon geschehen.«

»Sagen Sie mir Bescheid.«

»Auf jeden Fall.«

Nun musste ich nur noch diesen Roach finden.

Bars, Tavernen, Straßenecken. Der Hummingbird Grill, das Y am Lee Circle, das Please U Restaurant, eine Horde Männer, die wie üblich auf der niedrigen Mauer vor einem Parkplatz hockten.

Eine Kneipe, an deren Fenster zwischen etlichem Wahlkampf (*Dr. Betty Brown, Schulbeauftragte, Dritter Bezirk: Um Ihrer Kinder willen*) und uralten Werbeplakaten (*Fat Freddies Soul Food tut der Seele gut*) nur ein von Hand beschriftetes Stück Karton pappte, auf dem *Circle View Tavern* stand.

Ich fragte an der Canal und der Royal Street herum, einmal mehr an der Carondolet und der Pydras, danach rund um den Jackson Square, an der Decatur Street, der Esplanade Avenue und schließlich im Faubourg Marigny. Als den Kreolen, die New Orleans gründeten, das French Quarter zu überlaufen wurde, strömten sie ins Marigny – viele Jahre, bevor die Iren, die Briten und andere angloamerikanische Siedler in die Gegenden oberhalb der Canal Street zogen. Als ich zum ersten Mal nach New Orleans kam, verfiel das Quarter, und alles, was unterhalb der Esplanade Avenue lag, war reines Niemandsland. Dann wurden die Häuser nach und nach wieder hergerichtet; und in den letzten Jahren ist das Marigny eine heimelige Wohngegend geworden, in der allerlei alternative Buchläden, lesbische Theater, kleine Clubs und Flohmärkte florieren.

Ein kleiner Eckbuchladen dort führt neben Baldwin, Kathy Acker, Virginia Woolf, Gore Vidal und einer ganzen Wand voller Bücher über Sexualität, das vermutlich umfassendste Sortiment eines Genres, von dessen Existenz nur wenige etwas wissen: lesbische Privatdetektivromane. Ich habe sie einmal gezählt und kam auf vierzehn verschiedene Titel; jedes Mal, wenn ich im Marigny bin, schaue ich vorbei und sehe nach, ob es neue gibt. Als ich diesmal reinging, drehte sich jemand zu mir um und stellte das Buch, in dem er geblättert hatte, vorsichtig ins Regal zurück.

»Lew«, sagte er.

Es war Richard Garces. »Was machen Sie denn hier?« war zwar eine blöde Frage, aber ich stellte sie trotzdem.

»Ich wohne hier. Darf ich Ihnen etwas zu trinken spendieren?«

»Warum nicht?«

Wir gingen runter zum Snug Harbor und setzten uns an einen Tisch am Fenster. Frauen in Baumwollkleidern und Kampfstiefeln liefen vorbei. Männer mit Pferdeschwanz und teuren italienischen Sakkos, die sie zu zerfetzten T-Shirts und Jeans trugen. Richard und ich entschieden uns für zwei Heineken.

»Ich lebe fast seit den Anfängen hier unten«, sagte er. »Hatte eine Zeitlang selber einen Laden, habe Drucke und signierte Fotos verkauft, viele davon von Freunden gemacht. Habe natürlich jemand angestellt, der ihn führt. Ab und zu springe ich nach wie vor im Theater Marigny ein, und an den Wochenenden arbeite ich bei der Aidshilfe.«

»Eine Stütze der Gemeinde.«

»*Meiner* Gemeinde, ja. Bin ich tatsächlich.«

Ein älteres Pärchen kam rein, blieb an unserem Tisch stehen und begrüßte Richard, bevor es sich an seinen eigenen Tisch verzog. Der zwanglose Umgang, den sie miteinander pflegten, deutete darauf hin, dass sie schon lange zusammen waren. Beide waren schwarz, wurden von Garces als Jonesy und Rainer (nicht René; er buchstabierte es) vorgestellt. Eine jüngere Frau ging vorbei, legte die Hände wie ein Fernglas an die Augen und spähte durchs Fenster, bevor sie davonmarschierte. Sie trug ein Partykleid aus Taft, eine Kampfjacke und alte, hochgeschnürte schwarze Basketballschuhe.

»Ich hatte keine Ahnung, dass Sie schwul sind, Lew«, sagte Richard. »Nach all den Jahren entgeht mir so was selten.«

»Ihnen ist auch diesmal nichts entgangen.«

»Aha?«

»Aha.«

»Krieg ich oft zu hören.«

»Bestimmt.«

»Und Sie wollen mir auch nicht sagen, dass ein paar Ihrer besten Freunde schwul sind?«

»Nein, aber nur unter uns: Der eine oder andere ist schwarz.«

Er lachte und trank sein Bier aus. »Tja, das tut mir leid. Ersteres, meine ich. Und ich muss Ihnen sagen, dass dabei ein gewisses Bedauern mitschwingt. Möchten Sie noch ein Bier?«

Unser Kellner schob lautlos zwei neue Flaschen in den Schatten der vorigen. Richard beugte sich über den Tisch und schenkte mir nach.

»Ich nehme an, Sie sind sich da ganz sicher«, sagte er.

»Im Moment jedenfalls.«

»Weshalb dann? Wollen Sie hier unten bloß bummeln gehen? Suchen Sie vielleicht buntes Tongeschirr für Ihre Tellersammlung? Wollen Sie ein bisschen Lokalkolorit für Ihr neues Buch schnuppern?«

»So was Ähnliches.«

»Tja, na ja.« Er trank den Großteil seines Biers in einem Zug. »Und nun sage ich einfach, war mir ein Vergnügen, und gehe allein nach Hause, was?«

»So ist das eben.«

Er trank aus. »Okay. Geht klar.« Er streckte mir die Hand über den Tisch entgegen, und ich schlug ein. »Passen Sie auf, Lew.«

»Sie auch.«

Nachdem er weg war, bestellte ich mir einen Kaffee, bekam irgendwas, das seit etwa 1964 auf kleiner Flamme köchelte, und trank es trotzdem. Dachte jetzt an vielerlei. Wie ich frühmorgens im Nebel neben meinem Vater durch dichten Wald lief und mir der Ölgeruch seiner Schrotflinte erdig und stechend zugleich in die Nase stieg. Vicky und ich bei unseren ersten, unbeholfenen Annäherungsversuchen. LaVerne, als sie sechsundzwanzig war und mir in einem weißen Kostüm an einem Tisch im Port of Call gegenübersaß. Die letzte Ansichtskarte von meinem Sohn und die langen, tonlosen Stellen auf meinem Anrufbeantworter, die, wie ich irgendwie immer wusste, von ihm stammten. Ich habe das Band immer noch in meiner Schreibtischschublade liegen.

Unaufhörlich in die Vergangenheit. Kierkegaard hatte recht: Wir verstehen unser Leben (sofern wir es überhaupt verstehen) nur, wenn wir uns zurückwenden.

Und rückwärts gewandt stieß ich, wie sich herausstellte, auch auf Roach.

Wie viele Großstädter habe ich immer eine imaginäre Blase um mich aufgebaut und achte auf alles, was sich innerhalb dieses Umkreises tut. Und als ich nun vom Randstein trat, spürte ich, ohne zu wissen, wo und wie, dass jemand in diese Zone eingedrungen war – bloß Sekunden, bevor mich jemand von hinten packte, mir den Arm um den Hals legte und mich gegen eine Mauer rammte.

»Hab gehört, dass du überall nach der Roach rumfrachst, und keiner kennt dich.«

Er war fast so groß wie ich und mindestens zehn Jahre jünger. Neumodische Frisur, unten kurz, nach oben zu länger. Schwarzes T-Shirt, ausgebeulte braune Cargohose, schleppkahngroße British-

Knight-Sneakers. Eine höchst eindrucksvolle Narbe, die sich fast über den ganzen Arm zog, der auf meine Luftröhre drückte. Ein zierlicher Keramikohrring.

»Gmmph«, sagte ich.

Rasch klopfte er mich mit der anderen Hand ab. »Bist du sauber?«

Wieder sagte ich »Gmmph«.

»Heut isses einfach viel zu heiß zum Rennen. Wenn ich hinter dir herrennen muss, werd ich ernsthaft sauer.«

Die Schleppkähne wichen ein, zwei Schritte zurück. Luft sprudelte mir in die Lunge.

»Wieham … Siemich … gefunden?«, stieß ich hervor, als ich wieder so weit war.

»Scheiße, Mann. Du bist mit deiner Sucherei nicht weitergekommen, also hab ich mir gedacht, ich geh lieber dich suchen. Was denkst du denn, wie viel alte schwarze Knacker hier unten aufkreuzen und nach der Roach fragen? Mit 'nem Sportsakko noch dazu?«

»Ich bin kein Cop.«

»So blöd sin nicht mal die Cops. Die meisten jedenfalls nicht.«

Er stockte und starrte auf etliche Leute, die auf uns zukamen. Sie hatten uns fragend angeschaut, gingen jetzt aber schleunigst auf die andere Straßenseite.

»Ich heiße Lew Griffin. Ich –«

»Verdammt will ich sein. Lew Griffin. Du erinnerst dich nicht mehr an mich, was? Selbstverständlich nicht. Wieso solltest du auch. Mann, ich war zur selben Zeit wie du innem Haus da unten, muss acht, neun Jahre her sein. Die Leute ham sich über dich gewundert, dies und das geredet. Du hast dir die Bude mit'm Typen namens Jimmie geteilt, der sich später umbringen lassen hat. Hab gehört, du hast deswegen was unternommen.«

Hatte ich nicht – jedenfalls nicht so, wie er meinte –, aber ich ließ es durchgehen. Streite nie mit einem Mann, der dich für einen schlimmen Finger hält.

»Und wie isses dir ergangen, Mann?«

»Mal so, mal so, je nachdem, wie's sich ergeben hat«, erklärte ich ihm. »Im Augenblick geht's mir gut.«

»Du weißt Bescheid.«

Er trat zurück, als ob ihm plötzlich aufgefallen wäre, dass er mich an die Wand drückte. »Und was willst du von der Roach, Griffin? Du bist 'n Schluckspecht, soweit ich mich entsinne – und mein Gedächtnis is das Zweite, was bei mir bestens funktioniert. Nix am Hut mit Pillen und Pulver.«

»Ich suche ein Mädchen namens Alouette. Guidry, aber ich weiß nicht, ob sie den Namen benutzt hat. Kennst du sie?«

»Schon möglich. Verwandt mit dir?«

Ich schüttelte den Kopf. »Ein Gefallen für einen Freund.«

»Dann kenn ich sie. Hab sie jedenfalls gekannt. Scharfer Feger, auf 'ne Art, wie's bloß die hellhäutigen Weiber draufham, sobald se dreizehn, vierzehn werden.«

»Alouette ist achtzehn.«

»Weißt du, das hab ich rausgekriegt. Hab auch mit ihr Schluss machen müssen, aber das is nicht der Grund gewesen. Hat mir leidgetan, das sag ich dir, aber ich musste.«

»Was war der Grund?«

»Die is richtig beschissen draufgewesen, Griffin, weißt du, was ich meine? Ich zieh ja auch mal 'ne Line, so wie fast jeder, das halt ich niemand vor. Aber bei Lou, wenn du *die* ein paar Lines hast ziehn lassen, dazu vielleicht 'n paar Drinks und ein, zwei Züge, dann war's so ähnlich, wie wenn irgendwo so 'n großes, haariges Ding aus seinem Bau kriecht. Am Schluss hat sie sich dann auch noch jede Menge Crack gegeben, und ich kenn keinen, der von dem Scheiß nicht irre wird.«

»Wann hast du sie zum letzten Mal gesehn?«

»Muss etwa vier, fünf Monate her sein, mindestens.«

»War sie schwanger?«

»Gesagt hat sie nix. Hat auch nicht so ausgesehn.«

»Weißt du, wo sie gewohnt hat?«

»Seinerzeit nicht. Sie war bei 'nem Freund von mir untergekommen, drüben an der Constantinople. Aber dann sin ein paar neue Freunde eingezogen, weißt du? Etwa um den Dreh hat sie damals mit dem Gerede angefangen von wegen, dass sie wieder ›nach Hause‹ will, ich kann mich noch genau dran erinnern, und eines Tages hab ich zu ihr gesagt: ›Lou, du hast kein Zuhause.‹ Sie hat mir eine geknallt. Nicht allzu fest, und nicht zum ersten Mal. Aber es is das letzte Mal gewesen.«

»Seither hast du sie nicht mehr gesehn?«

»Hab sie an dem Abend zum Busbahnhof gebracht. Sie hat mich drum gebeten.«

»Irgendeine Ahnung, wohin sie wollte?«

»Wahrscheinlich so weit, wie sie mit zwanzig Dollar gekommen is. Weil ich ihr die nämlich gegeben hab.«

»Greyhound-Bahnhof?«

Er nickte und zog los.

»Hey, danke für die Hilfe«, rief ich ihm hinterher. »Hast du auch einen richtigen Namen?«

»Na ja«, sagte er und drehte sich halb um. »Ich bin mal Robert McTell gewesen. Bin ich aber nicht mehr.«

11

Zwei Tage später saß ich morgens um sechs zum ersten Mal seit mindestens sechs Jahren wieder am Steuer eines Autos und kachelte nervös über den I-10 durch Metairie und auf den Highway, der auf Stelzen über Bayous und Sumpfland führt, vorbei an *Whiskey Bay, Grosse Tête*, an Zypressen, die hoch wie Mauern aufragten, an stehenden Gewässern, auf denen ein grüner Teppich trieb, an fliegenden Pelikanen, Fischerbooten. *Dies ist der Wald der Urzeit* – wer kennt das noch? Hier spürt man eindeutig die Gegenwart von etwas Urtümlichem, etwas, das die Grundlage all dessen darstellt, was wir sind oder uns herausnehmen; und unwillkürlich wird einem die ganze Vergänglichkeit dieser Straße bewusst, die über den Bayous thront wie Yeats' langbeinige Fliege auf dem Strom der Zeit. Mit Notrufsäulen im Abstand von etwa einer Meile.

Überall Virginia-Moos. Das Einsammeln war früher in dieser Gegend eine Vollzeitbeschäftigung gewesen; bevor es Kunststoffe gab, diente es als Füllmaterial für Matratzen, Möbel, Autositze.

Ich war in mehrerlei Hinsicht in die Vergangenheit unterwegs. Der Mietwagen war ein Mazda, ein Typ, der farblich und vom äußeren Eindruck her auch etliche Jahre später noch ganz ähnlich aussah wie der von Vicky. (Die Angestellte in der Agentur, weise wie sie mit ihren zwanzig Jahren war, hatte hin und her überlegt, mich hingehalten, sichtlich schockiert, weil ich keine gängige Kreditkarte vorlegen konnte, ließ sich aber schließlich durch eine Anzahlung bar auf die Kralle breitschlagen.) Und mein Ziel war der I-55, eine rote Nabelschnur auf der Landkarte, die sich am Mississippi entlang flussaufwärts schlängelte, vorbei an Städten wie Vicksburg und Helena mit ihren konföderierten Soldatenfriedhöfen, an Hütten aus Holz und Dachpappe und alten Herrenhäusern in Richtung Memphis. Das Delta, der alte Süden in Reinkultur. Wo der Blues und ich das Licht der Welt erblickt hatten. Seitdem ich mit sechzehn abgehauen bin, war ich nur zweimal wieder hier gewesen.

Zunächst aber – bevor sich all diese Geschichte wiederholen konnte – musste ich einem Lieutenant der hiesigen Polizei Beistand leisten.

Der Anruf ging gegen Mitternacht ein. Ich war an diesem Abend vom Marigny aus wieder hoch zur Canal Street gestiefelt, hatte erst an der St. Charles Avenue und dann an der Carondelet Street die Straßenbahn nehmen wollen und war, als ich an beiden Haltestellen auf regelrechte Horden von Kongressteilnehmern gestoßen war, weiter zur Poydras Street getrabt und hatte ein Taxi angehalten, ein unabhängiges mit der Aufschrift *Jerusalem Cab* auf der Tür und dem Namen des Besitzers (irgendwas mit unverhältnismäßig vielen Konsonanten) an den vorderen Kotflügeln. Wie durch ein Wunder entgingen wir einer Reihe von Massenkarambolagen, während mich der Fahrer über die Saints auf dem Laufenden hielt und ein Falafel mampfte. Karre und Karma hielten, und mit gestutzten Schwingen und manch einem Stoßgebet landeten wir heil, und ich wurde endlich, speiübel und wie zerschlagen, *chez moi* abgesetzt.

Ich richtete mir einen Teller mit Käse und Baguette an und machte eine Flasche Cabernet auf. Es war ein brasilianischer, schlichtweg wunderbar, und die Flasche zu zwo fünfundneunzig im Supermarkt. Es war aber auch nur eine Frage der Zeit, bis ihn auch andere Leute entdeckten.

Aß am Fenster zu Abend und verkostete einen Großteil des Weins, tauchte wie einst Archimedes unter Verdrängung meines Eigengewichts in *L'Étranger* ein, und während meiner Lektüre kam mir, wie immer, wenn ich dieses Buch lese, mein Leben wie ein stilles, ständiges Eureka vor.

Dann wachte ich halbwegs wieder auf, wusste, dass ich das Telefon hörte, wusste, dass ich es im Traum ins Heulen eines Flugzeugs umgemodelt hatte, versuchte vergeblich, beide Welten in den Griff zu kriegen.

Schließlich nahm ich ab und grunzte irgendwas rein.

»Is dort der verfluchte Zoo oder was?«, sagte Walsh am anderen Ende.

»Ich bin's nicht gewesen.«

»Was bist du nicht gewesen?«

»All das, was man mir unterstellt. Aber meiner Meinung nach sollte ich dich mal dran erinnern, dass du in der guten alten Zeit, als du noch ein bisschen jünger und engagierter warst, selber losgezogen bist und die Verdächtigen aufgespürt hast, statt einfach anzurufen und sie aufzufordern, sich schleunigst aufs Revier zu schwingen. Was natürlich eine der Annehmlichkeiten ist, wenn man sich einen gewissen Ruf verschafft hat. Die bösen Buben hören das Telefon klingeln, wissen, dass du es bist, und schreiben, noch eh sie rangehn, ein Geständnis.«

»Hab ich dir in letzter Zeit schon mal gesagt, dass du dich ins Knie ficken sollst?« Er vernuschelte die Wörter ganz fürchterlich.

Von Nuscheln verstehe ich eine ganze Menge. Und von fürchterlich auch einiges.

»Erst letzte Woche. Ich hab's probiert. Der Heilpraktiker meint, er kriegt das hin.«

»Gibt's sonst noch was?«

»Na ja, zum einen schlafen die meisten Leute – weil sie nichts Besseres zu tun haben, verstehst du?«

»Hey, Lew, hab ich dich aufgeweckt? Tut mir leid.«

»Macht nichts. Aber schau, ich muss mal pinkeln und irgendwas trinken, dauert nur einen Moment, okay?«

»Soll ich noch mal anrufen?«

»Nein. Einmal reicht. Bleib einfach dran, okay?« Ein morsezeichenähnliches Tuten ertönte in der Leitung. »Holla, noch ein Anruf. Schau an. Falls ich dich rausschmeißen sollte, klingelst du noch mal durch, okay?«

Der andere Anrufer wollte jemanden von Sears sprechen, aber ich hatte keine Ahnung, warum das mitten in der Nacht sein musste. Vielleicht hatte die Strickjacke, die man ihm geschickt hatte, die falsche Größe.

Ich ging in die Küche und setzte den Kaffeetopf auf. Trank zwei Glas Leitungswasser (die Gläser neben der Spüle sahen ganz ordentlich aus), trabte dann rauf ins Badezimmer. Hörte die Rohre in der Wand scheppern und dröhnen, als ich wieder runterging.

»Bist du noch dran?«

»Ja, ich bin noch dran.« Räuspern. »Gibt's sonst noch was, was du vorher erledigen musst? Kurz raus zum Zeitungsladen an der Ecke laufen? Schnell noch einen Burger besorgen? Dir rasch einen runterholen vielleicht?«

»Muss ich erst drüber nachdenken. Was kann ich unterdessen für dich tun?«

Die vom Wind zerzausten Blätter einer Bananenstaude, die sich jetzt sanft im Mondlicht wiegten, warfen geheimnisvolle, unstete Schattengestalten auf mein Fenster.

»Ich will dir mal was sagen, Lew. Ich bin heut Abend gegen acht heimgekommen, und seitdem sitz ich hier mit 'ner Flasche vom Besten, den's bei K & B's gibt, einer Pizza, die ich unterwegs mitgenommen habe, auch wenn ich jetzt gar nicht dran denken darf, sie auszupacken, geschweige denn zu essen, und meinem Police Special. Nicht der Colt. Der is neben dem Bett deponiert, wie immer, wenn ich heimkomme. Den hier hab ich von der Dienststelle gekriegt, als ich Detective geworden bin. Normalerweise liegt er eingeölt und in Wachstuch eingeschlagen im Kleiderschrank, weißt du? Aber heut Abend hab ich ihn rausgeholt.«

Un frisson nennt der Franzose das Gefühl, das ich mit einem Mal hatte.

Zumal ich auch in diesem Fall nur zu gut wusste, wie es Walsh ging.

»Don, was ist los, Mann?«

»Heut sind neue Berichte eingegangen. Bloß noch einunddreißig Morde in diesem Quartal. Kleinkriminalität und leichte Vergehen um fast zwanzig Prozent zurückgegangen. Wundert mich, dass du noch nix davon gehört hast. Die Polizei von New Orleans macht ihre Sache verteufelt gut. Sieh zu, dass du Bürgermeister Bathelemy und dem Polizeipräsidenten schreibst und ihnen dafür dankst, wie es sich für einen guten Bürger gehört. Die warten bloß drauf, dass du dich meldest. Die Telefonzentrale ist ständig besetzt.«

Ich hörte Eis auf Glas klirren, hörte, wie er einen Schluck trank, dann einen Ton, der wie ein leises Schluchzen klang.

»Sie hat den Typ geheiratet, den sie da kennengelernt hat, Lew. Hat 'n Sportgeschäft, so ein Scheißschickimickiding, irgendwo in Florida. Pogoland. Wie zum Geier lernt die so jemand überhaupt kennen, wozu braucht die so 'nen Scheiß? Aber sie is schon zu ihm runtergezogen. Ich hab mich endlich mal aufgerafft und wollte die Kinder besuchen – ich bin 'ne ganze Weile nicht mehr da gewesen, und sie hat mich immer abgewimmelt, wenn ich angerufen hab, aber diesmal war ich fest entschlossen und kampfbereit –, aber das Haus stand leer, die Tür sperrangelweit offen, nichts mehr drin außer ein paar leeren Bierdosen, Papiertüten und ein, zwei alten Parisern. Ich knöpf mir den Nachbarn vor und erfahr schließlich, dass sie schon vor zwei, drei Wochen ausgezogen is. Am nächsten Tag krieg ich dann per Einschreiben einen Packen Papiere, die der Typ eingereicht hat, weil er die Kinder adoptieren will.«

Wieder klirrten Eiswürfel im Glas. Dazu Dons gepresste Atemzüge am anderen Ende. Draußen knatterte ein Auto vorbei.

»Ich hab dich angerufen, weil du meines Wissens der Einzige bist, dem's schon mal genauso beschissen gegangen is wie momentan mir, Lew. Irgendwie bist du immer drüber weggekommen. Und außerdem bist du immer ein guter Freund gewesen.«

»Nein, bin ich nicht, nie und nimmer. Aber du. Hör mal, ich bin schon unterwegs, okay? Wir reden drüber.«

»Yeah, ach, was soll's. Du hast schon immer gut reden können, Lew. Willst du ein Stück Pizza abhaben, wenn du herkommst?«

»Zehn Minuten.«

»Zehminten. Gut.«

Einer meiner Nachbarn, der drei Häuser weiter wohnte, besaß ein Taxi, einen hellgrünen, leicht angeschlagenen, aber durchaus noch vorzeigbaren DeVille. Da er ihn jeden Abend vor seiner Haustür stehen hat und selten noch mal losfährt, kommt er vermutlich ganz gut über die Runden.

Das Licht war noch an, und als ich klopfte, kam ein etwa zwölfjähriger Junge an die Tür und sagte: »Yeah.«

»Ist dein Vater da?«

»Yeah.«

Ich wartete einen Moment. »Meinst du, ich könnte ihn vielleicht sprechen?«, sagte ich dann.

»Wüsste nicht, was dagegen spricht.«

Einen Moment später: »Und nun? Wollen wir weiter hier rumstehen, bis er irgendwo hinmuss und mich zufällig unter der Tür stehen sieht?«

»Sind Sie so was wie ein Klugscheißer?«

»War ja bloß eine Frage.«

»Mein alter Herr mag nämlich keine Klugscheißer.«

So hätte es die ganze Nacht weitergehen können, aber plötzlich tauchte der Vater des Jungen auf und schaute raus. Er trug eine weite Nylonhose, ein Sweatshirt mit halb offenem Reißverschluss, eine Duschhaube. Ich hatte mich schon gefragt, was der Bengel zu nachtschlafender Zeit noch draußen zu suchen hatte, aber anscheinend lebte die ganze Familie entgegen dem Uhrzeigersinn.

»Hallo, wir haben uns noch nicht kennengelernt, aber ich wohne ein paar Häuser weiter.«

»Ich kenne Sie. Raymond, geh rein und kümmer dich um deinen Kram.«

»Wer ist da, Schatz?«, meldete sich eine Frauenstimme aus dem Innern des Hauses.

»Ein Nachbar, Cal.«

»Entschuldigen Sie die Störung, aber –«

Er bot mir die Hand. Dicke Muskeln spannten sich an seinem Unterarm, als ich einschlug. »Norm Marcus. Nennen Sie mich Norm oder Marc, was Ihnen lieber ist. Möchten Sie nicht reinkommen, auf ein Bier oder so?«

»Herzlich gern, aber ein Freund von mir hat grade angerufen, und anscheinend geht's ihm nicht besonders. Da ich selber kein Auto habe, wollte ich –«

»Sie wollen hingebracht werden, was?«

»Ich werde Sie auch für Ihre Mühe entschädigen.«

»Mich für meine Mühe entschädigen, was?« Er drehte sich kurz um, rief: »Bin gleich wieder da, Cal«, kam raus und zog die Tür zu. »Ich bin schon für meine Mühe entschädigt, Lew. Wenn man seinem Nachbarn nicht mehr hilft, lohnt sich das ganze Leben nicht mehr – wissen Sie, was ich meine? Wo soll's hingehn?«

Ich setzte mich neben ihn und nannte ihm die Adresse. Er legte eine Freddie-King-Kassette ein, schaltete das Licht ein und fuhr in Richtung St. Charles Avenue.

Ich wollte ihm Geld geben, als wir vor Dons Haus hielten, aber er sagte, ich sollte ihn nicht beleidigen. »Soll ich warten?«

Ich dankte ihm einmal mehr und sagte nein, und dass wir uns irgendwann auf ein Bier zusammensetzen sollten.

»Unbedingt. Oder Sie kommen einfach mal zum Abendessen vorbei. So gegen neun normalerweise.«

Die Tür war abgeschlossen, aber Don wohnte in einem alten

Haus, das ebenso krumm und verzogen war wie meines, das Holz mal feucht und verquollen, dann wieder durch die Hitze ausgedörrt. Ich drückte einmal fest gegen die Tür, und sie sprang auf.

Selbstverständlich hockte er immer noch da, in der Küche, hatte den Kopf auf dem Tisch liegen, das Gesicht abgewandt. Etwa ein Fingerbreit Bourbon war noch in der Flasche. Die Pizza, inzwischen ausgepackt, lag mit dem Belag nach unten am Boden, daneben der Police Special.

Ich tastete rasch nach seiner Halsschlagader. Der Puls ging ruhig und regelmäßig.

Er kam kurz zu sich, ohne sich zu rühren oder die Augen aufzuschlagen.

»Du, Lew?«

»Yeah. Ab ins Bett, alter Freund.«

»Hab ich dir erzählt, dass meine Frau mit 'nem jungschen Stenz vögelt?«

Ich zerrte ihn mehr oder weniger hoch, knallte ein ums andere Mal mit ihm gegen die Wand, als wir durch den engen Flur zu seinem Schlafzimmer torkelten, ließ ihn aufs Bett fallen, ging außen rum und packte ihn rein. Zog ihm die Schuhe aus, löste Schlips und Gürtel, knöpfte seinen Hosenbund auf.

Ich war schon fast wieder aus der Schlafzimmertür, als er »Lew?« sagte.

»Hier.«

»Du bist 'n guter Kerl. Lass dir von niemand was andres einreden.«

Ich saß die ganze Nacht über, obwohl zu der Zeit nicht mehr so viel davon übrig war, in der Küche, und mir war vollkommen klar, dass ich kein guter Kerl war, nie einer gewesen war und vermutlich auch nie einer werden würde. Die Welt draußen nahm langsam Gestalt an, wie ein Abzug in der Entwicklerschale. Und als sich die Magnolien allmählich wieder klar und deutlich vor dem wattig weißen Himmel abzeichneten, verkniff ich mir alle weiteren Gedanken, trank den Bourbon aus und setzte Kaffee auf. Kurz darauf schellte Dons Wecker. Ich goss uns zwei Tassen *Café au lait* ein, ging rein, schaute ihn einmal an und stellte das verdammte Ding ab.

12

Als er wieder von den Toten auferstanden war, kam er in die Küche, genauer gesagt, er kam etwa gegen neun reingetorkelt, schaute auf die Uhr, auf mich, dann wieder auf die Uhr, grummelte kurz und ergeben *Scheiße* und ließ sich auf einen Stuhl sacken.

Ich goss ihm frischen Kaffee ein und stellte die Tasse vor ihm hin. Er saß da, schaute sie an, schätzte seine Chancen ab. Überall taten sich Abgründe auf. Washington am Delaware. Napoleon auf der Überfahrt nach Elba. Das Floß der Medusa. Einwanderer, die nach Ellis Island kamen, ihre Geschichte und Kultur abstreiften wie alte Kleider. Boote voller frischer Sklaven, die tief im Wasser liegend auf die Sammellager bei Point Marigny zuhielten, drüben auf der anderen Seite vom Fluss, vis-à-vis vom heutigen Stadtzentrum von New Orleans.

Zu guter Letzt streckte er die Hand in den Abgrund. Zittrig zwar, aber er bekam die Tasse zu fassen und trank den Kaffee fast in einem Zug aus.

»Hab ich letzte Nacht viel gequasselt?«, sagte er, als er bei der zweiten Tasse war.

»Einiges.«

»Am Telefon, bevor du hergekommen bist? Oder danach?«

»Hauptsächlich vorher.«

»Dann hab ich dir die Sache mit Josie erzählt?«

Ich nickte.

»Und dass ich irgendwann auf dumme Gedanken gekommen bin. Ansonsten kann ich mich nicht mehr an allzu viel erinnern.«

»Du hast überhaupt nicht mehr gedacht – dich hat's bloß noch umgetrieben. Aber ansonsten, na ja – eine Zeitlang hat's wirklich so ausgesehen, als ob du nie mehr auf dumme Gedanken kommst.«

»Tja, na ja.« Er schaute sich um, blickte zu Boden. »Jedenfalls is das schon mal vorbei. Hast du die Pizza gegessen? Das Zeug ist klasse zum Frühstück, kalt, weißt du?«

»Tut mir leid. Sie ist davongekrabbelt, quer über den Teppich und auf die Tür zu. Ich musste sie erschießen.«

Er schüttelte den Kopf. »Du bist bescheuert, Lew.«

Wir tranken die Kanne aus, und er rief in der Dienststelle an, während ich die Eier verrührte. Wir aßen, saßen dann bei einer zweiten Kanne Kaffee beisammen. Irgendwann steuerte er wieder sein Schlafzimmer an, blieb unter der Tür stehen. Schaute den Flur entlang.

»Danke, Mann. Das vergess ich dir nie.«

»Du hast einiges gut.«

»Jetzt nicht mehr.«

In der Speisekammer entdeckte ich neben fünf Dosen Tomaten im eigenen Saft, einem Stapel Glasnudeln und zwei leeren Erdnussbuttergläsern einen namenlosen Scotch, goss einen Schuss davon in eine Kaffeetasse mit zahllosen feinen Sprüngen unter der Glasur und wählte Clares Nummer. Als mir ihr Anrufbeantworter mitteilte, was ich machen musste, und lospiepte, sagte ich:

»Hier ist Ihr Seemann, Madame. Der Sie heut Abend gern zum Essen einladen würde, wenn Sie frei sind. Ist das Garces recht? Ruf mich an.«

Das Garces, ein kleines kubanisches Restaurant, das gut versteckt in einem heruntergekommenen Wohnviertel ein paar Querstraßen von der Carrollton Avenue entfernt liegt, war für Clare und mich fast so was wie ein Stammlokal. Es wird von der Familie des Inhabers bewirtschaftet, der dort vor Jahren mit einem Lebensmittelladen anfing, und bietet eine Reihe erstaunlich einfacher und guter Tagesgerichte, unter anderem eine Paella, für die ein Mord lohnt, auch wenn man etwa eine Stunde darauf warten muss. Aus der Paella wurde übrigens das Jambalaya, mit gewissen Freiheiten bei Übersetzung und Zubereitung.

Ich lief sechs, sieben Straßen weit und erwischte an der Magazine Street einen Bus. Kam heim, ging die Post durch, hörte den Anrufbeantworter ab. Jemand, den ich nicht kannte, wollte, dass ich sofort zurückrief. Die Sekretärin vom Fachbereich Englisch musste mich bei Gelegenheit sprechen. Und Clare sagte: »Lew, ich war über Mittag auf einen Sprung zu Hause und habe deine Nachricht vorgefunden. Wünschte, du hättest dich früher gemeldet, jetzt habe ich schon was vor. Was macht der Seegang? Wir sprechen uns später.«

Ich legte mich auf der Couch lang und dachte über Don nach, daran, wie er in letzter Zeit ausgesehen hatte, an seinen langen, schweren Absturz gestern Abend, heute Morgen. Der vermutlich unerschütterlichste Mann, den ich je gekannt habe. Aber wenn man lang genug dasteht und über die Kante schaut, wird einem schummrig vor Augen. Man sieht Sachen, die das ganze Leben verändern.

Mir wurde klar, dass das Telefon schon eine ganze Weile klingelte. Ich hatte geträumt, es wäre ein Zug, der in der Ferne pfeift.

Das Band schaltete sich gerade ein, als ich ranging, und ich hämmerte mehr oder weniger willkürlich auf die Tasten ein, *Sprechen*, *Pause*, und versuchte es anzuhalten. Die Ansage und die Bitte »Einen Moment, ich bin da, bleiben Sie dran« überschnitten sich, und es gab eine Rückkoppelung, die eigenartig dumpf und hohl im Zimmer widerhallte.

»Darf ein Mädchen seine Meinung ändern?«, sagte Clare, als sich das Band ausgetobt hatte.

»Warum nicht? Irgendwo läuft stets ein anderes Schiff im Hafen ein.«

»Gut. Dann sag ich die andere Sache ab und sehe dich im Garces. Ist sechs in Ordnung? Soll ich dich abholen?«

»Ich weiß nicht genau, wo ich vorher bin. Wir treffen uns dort.«

»Vielleicht kann ich dich dann wenigstens nach Hause bringen.«

»Wie ist denn das gemeint, meine Liebe?«

»Hmmmm …«

Ich war, wie sich herausstellte, vorher nirgendwo, nur auf der Couch, auch wenn ich zweimal aufstand und zur Tür ging, erst einer Privatschülerin, die noch in Uniform war (weiße Bluse, blauer Schlips, karierter Rock, flache schwarze Schuhe), mitteilen musste, dass ich weder Bonbons noch Geschenkpapier brauchte, später dann einem alten Latino klarmachte, dass ich das Gras in meinem innenhofgroßen Vorgarten sozusagen ein bisschen höher haben wollte.

Gegen fünf raffte ich mich endgültig auf, duschte und rasierte mich und rief ein Taxi.

Clare, ein Corona, Salsa und Chips erwarteten mich. Ein über unserem Tisch in der Decke eingelassener Lautsprecher beschallte uns in rasant rollendem Spanisch mit den Nachrichten. Wir bestellten – Reis und schwarze Bohnen, in Zwiebeln und Paprika gegarte Fleischstreifen, eine Tasse kubanischer Kaffee für mich; Nachos, Empanadas und Croquetas für Clare – und erzählten uns das Allerneueste, wie es sich für gute Freunde gehört. Ich berichtete ihr von dem Hinweis auf Alouette und sagte, dass ich ein paar Tage unterwegs sein würde. Sie erzählte mir, dass Bat sein Stammquartier oben auf dem Kühlschrank aufgeschlagen habe, und gab die neuesten Erkenntnisse aus dem Kurs über flämische Kunst zum Besten, den sie an der Tulane belegt hatte.

Irgendwann mittendrin, als die Bohnen und der Reis halb alle waren, sagte ich irgendwas von wegen, mir sei klar, dass wir uns in den letzten Monaten irgendwie aus dem Weg gegangen wären, und stellte fest, dass sie schwer in ihren Teller vertieft war.

»Lew«, sagte sie, als ich mir noch einen Kaffee bestellt hatte, »ich habe nicht die geringste Ahnung, was das Gerede soll. Ist dir das klar? Ich bin dir nicht aus dem Weg gegangen. Du bist das gewesen. Ich musste mich weiß Gott mit aller Macht zusammennehmen, so gut es nur ging, damit ich nicht den ersten Schritt tue. Auf dich zugehe. Wo ich doch die ganze Zeit nichts lieber wollte als das.«

Mein Kaffee kam, schwarz, schwer und süß wie Sommernächte, in einer Mokkatasse samt Untersetzer aus Edelstahl.

»Ich will dir mal sagen, was der Unterschied zwischen dem Tänzer und dem Tanz ist«, sagte sie. »Früher oder später muss sich der

Tänzer immer erklären, sagen, warum er dies oder das getan hat. Der Tanz geht einfach los.« Sie lachte. »Yeats – was zum Teufel hat der schon davon verstanden? Den Großteil seines Lebens impotent. Schreibt erst lauter romantisches, dann nichts als mystisches Zeug. Und am Ende war er selber wieder wie ein Kind.«

Ich schob mir mit einem Tortillachip Bohnen auf die Gabel, tunkte den Chip in die Salsa und dann in eine kleine Schale mit gehackten Pfefferschoten.

»Und nun? Ich nehme an, das heißt, dass du mich nicht heimbringst, was?«

»Nein«, sagte sie und fing meinen Blick auf. »Nein, das habe ich damit ganz und gar nicht gemeint. Ich weiß nicht, was es heißen soll. Vielleicht überhaupt nichts. Vielleicht geht's hier gar nicht um irgendwelche Meinungen.«

Sie faltete ihre Serviette und legte sie auf den Tisch.

»Kommst du mit?«, sagte sie.

O ja.

Ich bin so lang auf See gewesen.

13

Früher, bevor er es endgültig aufgab – bevor er so gut wie alles aufgab –, hat mein alter Herr mich ein paarmal mitgenommen, wenn er zu Beginn der Jagdsaison auf Pirsch ging. Irgendwas sollte da draußen im Wald zwischen uns beiden ablaufen, nehme ich an, zwischen Vater und Sohn, Männern unter sich, die beide einem uralten Ritual huldigten, aber es tat sich nichts. Schießen hatte ich vorher schon gelernt, auf Flaschen, die vor dem Hang hinter unserem Haus aufgebaut waren, und das fand ich ganz spannend. Und so marschierte ich neben Papa her, hatte mein altes, einschüssiges 410er in die Armbeuge geklemmt, den Lauf zu Boden gerichtet, so wie er es mir beigebracht hatte, träumte vor mich hin, anfangs von echten und in Frage kommenden Freunden aus der Nachbarschaft, mit denen man am Wochenende das eine oder andere anstellen könnte, später von den Sachen, die ich allmählich in Büchern entdeckte, während unser Atem in der kühlen Morgenluft dichte weiße Wolken bildete, die langsam zu Boden sanken. Papa legte ein ums andere Mal die Schrotflinte an (es kam mir immer so vor, als ob er ununterbrochen damit herumhantierte), drückte ab und verstaute Tauben, Wachteln oder Eichhörnchen in der Packtasche seiner kratzigen Segeltuchjacke. Alle zwei Stunden machten wir Pause, hockten uns auf einen Baumstumpf, tranken heißen Kaffee aus einer Thermoskanne und wärmten uns die Hände an den Plastiktassen. Wenn es richtig krachkalt war, nahm er einen Handwärmer mit, der ungefähr so groß wie ein Flachmann war; man füllte ihn mit Spiritus, zündete den Docht an, steckte ihn in das mit Filz bezogene Futteral und ließ ihn in der Hosentasche vor sich hinköcheln. Wir reichten ihn hin und her, so wie man im Jagdlager die Jim-Beam-Flaschen herumgehen lässt, wie Sportler, die sich nach einem Sieg zuprosten. Aber wir beide waren keine Sportler. Und allzu viele Siege sollten wir auch nicht erleben.

All das, Sachen, an die ich jahrelang nicht mehr gedacht hatte, fiel mir wieder ein, als ich auf dem I-55 durch das Ackerland fuhr, das sich meilenweit ohne Zaun oder Begrenzung bis zum Horizont erstreckte, vorbei an renovierten Plantagen, an kleinen Flugplätzen für die Giftsprühmaschinen, an Dorfläden, in denen es alles gab, was der Mensch brauchte, *Benzin, Lebensmittel, Bier* – dieser lange Seufzer des ewig postkolonialen alten Südens. Ich kehrte auf einen

Kaffee in Fernfahrerkneipen und Mini Marts ein, wo sich die Leute selbst heute noch und trotz (oder vielleicht gerade deswegen) meines dunklen Anzugs, dem Chambray-Hemd und dem Seidenschlips in meiner Gegenwart sichtlich unwohl fühlten. An Tankstellen beobachteten mich die Angestellten von ihren verglasten Kassenhäuschen aus ganz genau. Als ich zum Essen in den Finer Diner in der Nähe von Greenville einkehrte, drehten sich zwei Staatspolizisten, die in einer Sitznische bei der Tür mit ihrem Roastbeef beschäftigt waren, wiederholt nach mir um, berieten sich.

Paranoia. Na klar doch. Mein Erbteil.

In der Stadt, in der ich aufgewachsen bin, gab es eine Hauptstraße, Cherry Street hieß sie in meinem kleinen Kuhkaff, Main, Sumpter oder Grand Street in Hunderten anderer, die genauso aussahen. Am einen Ende der Straße gab es ein Café, Nick's genannt, wo mein Vater und ich uns am Samstagmorgen, wenn wir bei tiefster Dunkelheit zur Jagd loszogen, am Schalter für »Farbige«, der direkt in die Küche führte, Frühstück auf Papptellern bestellten (die einzigen Gelegenheiten, soweit ich mich entsinnen kann, bei denen irgendjemand aus der Familie auswärts essen ging), und am anderen, zehn Querstraßen entfernt, stand die Bronzestatue eines Soldaten aus dem Ersten Weltkrieg mit präsentiertem Gewehr und aufgepflanztem Bajonett, von jedermann schlicht und einfach der Stoppelhopser genannt.

Als ich etwa dreizehn war, brachte es jemand mehrere Monate lang fertig – keine leichte Aufgabe, da Rathaus und Polizeirevier unmittelbar an dem Rondell lagen –, jeden Samstagabend mit schöner Regelmäßigkeit Gesicht und Hände des Stoppelhopsers mit schwarzer Schuhcreme einzuschmieren. Jeden Sonntagmorgen konnte man hingehen und zusehen, wie einer der schwarzen Freigänger aus dem Bezirksgefängnis mit Eimer und Putzlappen zugange war und ihn abschrubbte.

Dann, genauso plötzlich, wie es angefangen hatte, hörte es wieder auf. Manche sagten, weil der aufmüpfige Nigger, der dafür verantwortlich war, die Schule abgeschlossen hatte und, Gott sei's gepriesen, an ein College im Norden gegangen war. Manche sagten, weil Chief Winfield und seine Jungs ihn auf frischer Tat ertappt und das einzig Richtige mit ihm gemacht hätten.

Und mein Vater, von dem ich, soweit ich mich erinnern kann, zuvor nie eine Klage über Rassendiskriminierung gehört hatte, dieser Mann, der die Kinder der Weißen, für die er arbeitete, *Mistah Jim* und *Miz Joan* nannte, sagte: »Lewis, du siehst ja, wie es ist. Wir ziehen seine Kinder für ihn auf, kochen für ihn, bestellen ihm die Felder, schlachten seine Schweine – tragen sogar seine Kriege für ihn aus –, und er will nach wie vor nicht anerkennen, dass es uns gibt.«

Wir saßen eines frühen Morgens, vielleicht dem letzten, an dem ich ihn begleitete, in der Dunkelheit auf der Treppe vor dem Lokschuppen gegenüber von Nick's und aßen unser Frühstück. Dampf stieg von den Eiern und der Grütze in die kalte Luft auf; unsere Pappteller waren durchsichtig vom Fett.

»Du weißt doch über diese Dracula-Filme Bescheid, die du dir bei jeder Gelegenheit anschaust, Lewis? Dass er sich nicht im Spiegel sehn kann? Tja, das bist du, mein Sohn – das sind wir alle. Wir ziehn über diese Erde, arbeiten, lieben, gründen Familien und kämpfen für das, was wir für richtig halten, und die ganze Zeit sind wir völlig unsichtbar. Wenn wir weg sind, gibt es keinerlei Hinweis darauf, dass wir jemals hier gewesen sind.«

Jahrelang war das für mich der Tag, an dem mein Vater in meinen Augen zu schrumpfen begann.

Jetzt, viele Jahre später, stellt er für mich im Nachhinein eine von mehreren Gelegenheiten dar, bei denen er es fertigbrachte, sich vorübergehend aus dem Trott seines Daseins zu lösen und mir ein Beispiel dafür vorzuhalten – mir genau genommen seinen Segen dazu zu geben –, dass mir meinerseits mehr Möglichkeiten offenstanden.

Schrecklich, dass ich diese Momente je vergessen konnte, beziehungsweise sie nicht richtig verstanden hatte.

Komischerweise musste ich in diesem Zusammenhang, während ich mit dem Mazda durch Faulknerland in Reinkultur rollte, *Oxford, Tupelo*, an einen Abend mit Clare denken, ganz am Anfang unserer Beziehung, als wir uns in einer Pizzeria an der Maple Street trafen und danach ins Maple Leaf zu einem Klezmerkonzert gingen, dieser Musik mit ihren unglaublich fröhlichen Molltönen, der flehenden und jauchzenden Klarinette, der stoisch marschierenden Bass- und Akkordeonbegleitung, deren Chorusse vom Tod eines großen Teils der osteuropäischen Juden künden.

Wenn sich meine Phantasie in höhere Gefilde aufschwingt, denke ich mir Folgendes. Einst gab es Wesen, ein Geschlecht, eine Spezies (man kann es nennen, wie man will), die wahrhaftig auf diese Welt gehörten. Dann zogen sie irgendwann, aus irgendeinem Grund weiter, und wir traten an ihre Stelle. Seither versuchen wir einen endlosen Tag um den anderen, ihre Stelle einzunehmen. Aber wir werden hier immer Fremde bleiben, wir alle. Und trotz aller Mühen und sosehr wir uns auch verstellen mögen, werden wir nie ganz hierherpassen.

14

Lichter tauchten hinter mir auf, kaum dass ich aus Greenville raus war – meiner Ansicht nach die beiden jungen Männer, die sich im Finer Diner an ihrem Roastbeef gütlich getan hatten.

Sie, die Lichter, waren zunächst nur kleine blinkende Punkte im Rückspiegel, verharrten in weiter Ferne – möglicherweise Neonreklame, andere Verkehrsteilnehmer oder eine Leuchtbake am Straßenrand. Doch dann näherten sie sich rasend schnell, wie etwas, das vom Himmel fällt, und plötzlich waren sie hinter mir, knallten in den Rückspiegel und strahlten die ganze Straße aus.

Ich fuhr rechts ran und sah zu, wie der Mann auf dem Beifahrersitz ausstieg und vorsichtig, ganz nach Lehrbuch, auf mich zukam. Vor Jahren hatte ich mal den Fehler gemacht, das Auto zu verlassen und dem Staatspolizisten entgegenzugehen, und eh ich mich versah, lag ich bäuchlings auf dem Asphaltbankett und hatte ein Knie im Rücken. Daher saß ich jetzt ganz ruhig da, griff nicht mal nach meiner Brieftasche, und verfolgte im Rückspiegel, wie er auf mich zukam, verschwand, im Seitenspiegel wieder auftauchte, dann am Fenster.

Er musste mindestens Mitte zwanzig sein, sah aber aus wie allenfalls sechzehn, trug einen kurzgestutzten Schnurrbart, eine verspiegelte Sonnenbrille aus dem Supermarkt, eine schwarze Schnurkrawatte. Er baute sich neben mir auf, beugte sich runter und nahm mit der linken Hand schwungvoll die Brille ab, unter der erstaunlich grüne Augen zum Vorschein kamen.

»Führerschein und Fahrzeugpapiere, Sir? Versicherungsnachweis?«

Vermutlich bildete ich mir die kurze Pause vor und die Betonung bei *Sir* nur ein.

Ich griff langsam ins Handschuhfach und reichte ihm die Fahrzeugpapiere (in einer Kunstledermappe) sowie meinen Führerschein und den Mietvertrag. Er musterte alles genau, schaute von dem Bild auf meinem Führerschein zu mir und wieder auf das Foto. Ging hinter die Karre und verglich das Nummernschild mit dem aufgeführten Kennzeichen.

»Würden Sie mich einen Moment entschuldigen, Mister Griffin?«

Er ging zum Streifenwagen zurück und reichte die Papiere durchs Fenster. Wartete. Wechselte ein paar Worte mit dem Fahrer, richtete sich auf und kam wieder zu mir – über Rückspiegel, Seitenspiegel, Fenster.

»Entschuldigen Sie, dass wir Sie angehalten haben, Sir. Kennen Sie einen Lieutenant Walsh? Von der Polizei in New Orleans?«

Ich nickte.

»Er möchte sich bedanken. Hat in der Dienststelle hier angerufen und uns gebeten, Sie anzuhalten und Ihnen das auszurichten. Hat gesagt, Sie kämen mit einem Mietwagen von Sears hier durch, hat uns die Nummer genannt. Hat bloß gesagt, dass wir Ihnen seinen Dank bestellen sollen, er würde das nicht vergessen – Sie wüssten schon, was er meint.«

Ich lächelte. Vor einigen Jahren, als es ganz schlimm um mich stand, war es Walsh gewesen, der zu mir gehalten hatte. Erst er, dann Vicky hatten dafür gesorgt, dass ich weitermachen konnte, hatten mir geholfen, einen lang verschollenen Lew wiederzufinden und ihn herauszureißen aus der Lethargie und den Gewissensbissen, in denen er sich verheddert hatte.

Und Verne. Wie viel von dem, was aus mir geworden war, geht

auf Vernes Konto? Ich konnte ihr nie sagen, was sie mir bedeutete; war mir nie richtig darüber im Klaren, bis es zu spät war. Und dennoch hatten wir uns in all den Jahren, in denen wir uns umkreist und einander angenähert hatten wie ein Doppelgestirn, bei all den Trennungen und halbherzigen Neuanfängen irgendwie, auf eine unerklärliche Art und Weise, gegenseitig gestützt, waren in der Lage gewesen, gemeinsam (selbst wenn wir auseinander waren) aus der Ödnis unserer Vergangenheit herauszufinden.

Warum war mir das nicht klar gewesen?

»Mister Griffin?«

»'tschuldigung. Ich musste bloß an was denken.«

»Gut.« Er schaute mich neugierig an. »Lieutenant Walsh lässt Ihnen außerdem ausrichten, dass Sie ihn anrufen sollen, wenn Sie ihn brauchen. Egal wozu, hat er gesagt – vollkommen egal.«

Ich nickte und dankte ihm noch mal.

»Fahren Sie vorsichtig, Mister Griffin.«

Er tippte kurz mit der Hand an die Hutkrempe und begab sich wieder zu seinem Streifenwagen.

Eine Stunde und ein paar Zerquetschte später stand ich in meiner frisch angemieteten Hütte im Magnolia Branch Motel und trank den Rahm von einer frisch geköpften Dreiviertelliterflasche Teacher's aus einem dieser stämmigen Schwenker, die man sonst nirgendwo sieht. Ich musste das Glas sogar wie ein Weihnachtsgeschenk aus dem zerknitterten, zusammengedrehten Papier wickeln. Quer über dem Klositz klebte ein Papierstreifen. Eine geblümte Gummimatte lag am Boden der Wanne. Das Bett konnte einen angeblich massieren, aber mit zwei Vierteldollarmünzen war es zu nichts zu bewegen.

Missagoula, Mississippi, sah genauso aus wie Hunderte anderer Städte überall im Süden. Der Interstate Highway führte nur ein paar Meilen dran vorbei, doch er hätte genauso gut in China liegen können. Am alten Marktplatz, soweit noch vorhanden, befanden sich zwei Tankstellen (eine davon diente außerdem als Postamt), ein Café und Steakhaus, die Stadtbibliothek mit Aula, ein Donutbäcker, ein, zwei Ramschläden und eine Versicherungsagentur. In der näheren Umgebung, zwei, drei Straßen im Umkreis, gab es etliche Farb- und Eisenwarenhandlungen, Versorgungsbetriebe, Läden für gebrauchte Möbel und Klamotten. Danach kamen nur noch offenes Ackerland, Bäume und der weite Himmel. Bislang hatte ich vier Kirchen gezählt.

Das Magnolia Branch Motel lag auf der Grenze zwischen Stadt und Umland. Ich kann mir nicht vorstellen, wer dort absteigen sollte, in so einer Stadt, aber die Preise waren günstig und die Zimmer tadellos. Meiner Meinung nach war man immer noch nicht ganz daran gewöhnt, dass hier Schwarze abstiegen. Auf meine Anfrage, ob ein Zimmer frei wäre, gab es auf der anderen Seite der Wand eine längere Diskussion, ehe der Mann an der Rezeption (und Inhaber, wie ich später herausfand) zurückkehrte, mir die Schlüssel zuschob und zwei Tagesmieten im Voraus kassierte. Ich fragte, ob man irgendwo was zu trinken auftreiben könnte, und erfuhr, dass ich unten im Café ein Bier bekommen könnte, aber wenn ich was anderes wollte, müsste ich rüber zum Nathan's.

Das Nathan's war, wie ich erfuhr, die Tankstelle, die nebenbei als Postamt diente. Ich lud mein Gepäck in Hütte Nummer sechs ab, ging zu Fuß in die Stadt zurück, sagte, meines Wissens gäb's hier Schnaps zu kaufen, und wurde in einen Schuppen hinter der Tankstelle geleitet. Die Flaschen standen auf billigen Eisenregalen, vor denen der Tankwart ungeduldig verharrte. Ich deutete auf den Teacher's und gab ihm das Geld. Er kam hinter mir raus und schloss wieder ab.

Und nun stand ich unter meiner Tür im Magnolia Branch, schlürfte die ersten heißersehnten Mundvoll Scotch und schaute raus (Dixieland!) in die dunstig-staubige Weite des Deltas. Am Fernseher hinter mir liefen die Nachrichten. Ein Putschversuch irgendwo in Lateinamerika, Bürgerpreis der Stadt Philadelphia aberkannt, weil man herausfand, dass sich der Empfänger ständig an den Halbwüchsigen verging, die er in seinem Behüteten Haus beherbergte, das FBI ermittelte gegen das Soziale Wohnungsbauamt von New Orleans.

Unmittelbar nach meiner Rückkehr zum Hotel hatte ich Clare angerufen. Ihre Bandansage hatte sich eingeschaltet, und so gab ich ihr nur kurz durch, wo ich war und wie sie mich erreichen konnte. Ich war gerade bei Missagoula angelangt, als sie ranging.

»Ich bin da, Lew. *Wo*, hast du gesagt, bist du?«

Ich buchstabierte es. Möglicherweise sogar richtig.

»Und dort soll das Mädchen angeblich sein?«

»Im Krankenhaus hat sie zuletzt eine hiesige Adresse hinterlassen, sagt Richard. Hat behauptet, sie wohnt bei einer Verwandten. Ich zieh gleich los und seh zu, ob ich die Adresse finde.«

»Na denn viel Glück.«

»Danke. Ich ruf dich wieder an.«

»O welch Glück, welch großes Glück wird mir zuteil!«

Ich trank aus, spülte das Glas ab und stellte es umgekehrt auf das Trockentuch. Ich hatte kaum die Tür hinter mir zugezogen, als das Telefon klingelte. Ich schloss auf und ging wieder rein.

»Lew«, sagte Clare, »weißt du noch, wie du das mit dem andern Mann gesagt hast?«

»Was?«

»Du hast meinen Kater gemeint. Im Scherz gesagt, dass ich einen andern Mann hätte.«

»Ja, richtig.«

»Na ja, es gibt einen.«

»Was gibt es?«

»Einen andern Mann.«

Ich sagte gar nichts, und nach einer Weile sagte sie: »Bist du noch da, Lew?«

»Ich bin dran.«

»Ich wusste nicht, wie ich's dir sagen sollte. Ich habe ständig auf den richtigen Moment gewartet, aber er kam nie. Dann bist du weg, und je mehr ich darüber nachgedacht habe, desto schlechter ging es mir. Nachdem ich eben aufgelegt hatte, ist mir klar geworden, dass ich's dir sagen muss, dass ich es nicht mehr vor mir herschieben darf.«

»Ist schon gut, Clare.«

»Eigentlich wäre es ja völlig egal, aber ich mag dich von Herzen gern. Wirklich, weißt du? Ich weiß nicht, was sich ergeben wird, aber ich weiß ganz genau, dass ich dich nicht verlieren möchte.«

Wir schwiegen uns beide an, horchten auf den Singsang der geisterhaften Stimmen im Hintergrund, der kaum zu verstehen war.

»Ach, Lew, meinst du, wir kriegen das hin?«

»Wir beide haben schon Schlimmeres durchgemacht.«

»In der Tat, Seemann. In der Tat.«

Wieder schwiegen wir einen Moment, horchten, doch auch die Stimmen waren verstummt. Horchten wahrscheinlich uns zu.

»Rufst du an und sagst mir Bescheid, wie es läuft?«
»Mach ich.« Auch wenn ich es letztlich doch nicht machte.
»Tschüss, Lew. Ich liebe dich.«
Und weg war sie.

15

Ich machte bei Nathan's halt, um mich nach dem Weg zu erkundigen, und nachdem sich der mürrische Schwarze hinter dem Ladentisch, der eine kalte Pizza mampfte, mit einem Mechaniker beraten hatte, in dessen Hautfalten sich Öl und Wagenschmiere so tief festgesetzt hatten, dass sein Gesicht wie eine primitive Maske wirkte, fuhr ich aus der Stadt, weg vom Interstate, landete nach ein paar Meilen auf einer unbefestigten Straße und tastete mich mit dem hüftsteif schaukelnden kleinen Mazda zwischen bachlaufartigen Spurrillen hindurch.

Ab und an tauchten ein Stück abseits der Straße vereinzelte Häuser auf, schlichte Holzhütten, die etwa einen viertel bis einen halben Meter über dem Boden standen, die meisten seit langem nicht mehr gestrichen und mit allerlei Bauholzresten, Wellblech, Dachpappe oder dickem Pappkarton geflickt. Viele hatten vorne raus Veranden voller Krempel und ordentlich angelegte Gemüsegärten. Bäume standen rund um Haus und Garten; dahinter erstreckte sich nach allen Seiten Ackerland.

Ich hielt, so wie man es mir bei Nathan's erklärt hatte, vor einem gelblichen Haus auf der rechten Seite, dem ersten, zu dem ich kam, nachdem ich die Bahngleise überquert und zwei Wegkreuzungen weitergefahren war. Eine alte Frau in einem verblichenen Sommerkleid streute neben dem Haus Körner für die Hühner aus. Sie war eigenartig farblos, schwammig wie Holz, das zu lange im Freien gelagert hat, im Lauf der Jahre in sich zusammengesunken. Sie musterte mich in etwa so aufmerksam wie ein Baumstumpf.

»Hallo M'am. Entschuldigen Sie die Störung, aber ich suche Alouette.«

Sie verzog keine Miene. »Sie störn mich nicht«, sagte sie. Dann drehte sie sich um und ging weg, zu einem primitiven Schuppen, der auf der einen Seite an das Haus genagelt und auf der anderen offen war. Ich folgte ihr mit ein paar Schritten Abstand. Sie kippte die übriggebliebenen Körner in einen Getreidesack, deckte ihn mit dem oberen Teil ab. Hängte den Eimer an einen Nagel unmittelbar darüber.

»Könnten Sie mir vielleicht sagen, ob sie da ist?«

»Muss ich erst wissen, was Sie mit ihr zu schaffen haben.«

»Ich habe einem Freund versprochen, dass ich sie aufsuche.«

Sie schniefte. Es klang eher wie eine knarrende Tür als nach einem Schniefen. »Adams heiß ich. Wo kommen Sie her, junger Mann?«

»Aus New Orleans.«

»Mmm. Dacht ich mir doch.« Sie schaute nach den Hühnern. Die waren allem Anschein nach mehr mit ihrer Hackordnung beschäftigt als mit dem Futter. »Ich war mal oben in Memphis. Schon mal dort gewesen?«

»Ja, M'am, bin ich.« In Memphis war mein Vater gestorben, doch damals war ich nicht dort.

»Machen Sie sich viel draus?«

»Nicht besonders. Ist genau wie jede andere Stadt hier in der Gegend, nur um einiges größer.«

Sie ächzte – es hätte auch ein Lacher sein können – und sagte, das sei weiß Gott wahr. Dann schaute sie mich eine Weile an, ehe sie nachschob: »Na dann, ich glaub, ich weiß, wer Sie sind. Dieser Griffin, der Kerl, mit dem sich LaVerne eingelassen hat. Mag Sie nicht besonders, nicht nach dem, was ich weiß. Können Sie auch nicht erwarten.«

»Dann haben Sie LaVerne also gekannt?«

Wieder der lange ungerührte Blick.

»Eine Mutter kennt für gewöhnlich ihre einzige Tochter.«

»Entschuldigen Sie, Mrs Adams«, sagte ich kurz und knapp. »Das habe ich nicht gewusst. Ich hatte keine Ahnung, dass Vernes Eltern noch leben.«

»Bloß der eine Teil. Aber sie hat auch nichts dergleichen getan, junger Mann, nicht so, dass man's gemerkt hätte. Nicht, dass ihr Daddy und ich es hätten anders haben wollen, müssen Sie wissen. Vernie hat da unten in New Orleans ihr eigenes Leben geführt, und das hat ihr auch zugestanden, aber wir wollten nicht dran teilhaben. Hat ein-, zweimal geschrieben.«

»LaVerne hat später die Kurve gekriegt. Sie hat vielen Leuten dabei geholfen, mit ihrem Leben wieder klarzukommen. Sie hätten das beide bereinigen können.«

»Vielleicht. Vielleicht auch nicht.« Sie schaute wieder nach den Hühnern, blickte zum Himmel auf. Die Dunkelheit rückte langsam an. »Hier hat sich auch einiges verändert.«

»Alouette ist also hierhergekommen, weil Sie ihre Großmutter sind?«

»Wenn man so einen Kummer am Hals hat wie die Kleine, geht man naturgemäß zu einer Frau. Meines Wissens hat's da unten, wo ihr daheim seid, so gut wie niemanden gegeben, zu dem sie hätte gehn können.«

»Ihre Mutter hat vor ihrem Tod versucht, Kontakt mit ihr aufzunehmen. Deswegen bin ich jetzt hier.«

»Die Kleine hat das nicht gewusst. Hat auch nie viel von ihrer Mutter geredet. Nicht dass ich was hätte hören wollen.«

»Wie hat Alouette Sie gefunden? Beziehungsweise, woher hat sie das überhaupt gewusst?«

»Vor langen Jahren, kurz nachdem Vernie mit ihr niedergekommen ist, hab ich der Kleinen ein Märchenbuch geschickt, auf das ich hinten in einem Schrank gestoßen bin. Eins, das mal Vernie gehört hat, als sie noch klein war. Hab gedacht, sie könnte vielleicht irgendwas damit anfangen. Auf dem Umschlag hat der Absender gestanden, und sie sagt, ihre Mutter hat ihn ausgeschnitten und vorne in das Buch reingepicht. Hat der Kleinen sonst nie was geschickt. Aber ich bin natürlich nie umgezogen. Und sie hat's noch gehabt.«

»Wo ist Alouette jetzt, Mrs Adams?«

»Kann ich Ihnen leider nicht sagen.«

»Aber Sie ist doch hier? Bei Ihnen?«

Ihre Augen waren so leblos wie abgestreifte Heuschreckenpanzer auf einem Baum. »Is 'n paar Tage hiergeblieben. Als es dann so ausgeschaut hat, als ob's bei der Geburt Schwierigkeiten geben könnte, hab ich die Kleine von Mister Simpson nach Clarksdale ins Krankenhaus bringen lassen. Ich bin früher mal Hebamme gewesen. Da vergisst man nicht, wie es aussieht, wenn's eine schwere Geburt gibt.«

»Haben Sie sie mal im Krankenhaus besucht? Oder jemand anders?«

»Hab sie nicht mehr gesehn, seitdem Mister Simpson vorbeigekommen is und sie abgeholt hat.«

»Haben Sie sich nicht gefragt, wie es ihr geht? Ob sie Sie vielleicht braucht?«

»Kann mir nicht ständig Sorgen machen und den Kopf zerbrechen. Ich sag mir, die Kleine hat einmal hergefunden. Wenn sie will, kommt sie schon wieder. Von mir aus gern.«

»Wissen Sie, wie es ihrem Baby geht?«

»Mister Simpson hat mir gesagt, dass es noch lebt.«

»Mrs Adams, ich muss Sie etwas fragen. Verstehen Sie das bitte nicht falsch. Hat Ihre Enkelin Drogen genommen, als sie hier war?«

Sie dachte einen Moment nach. »Weiß nicht recht, wie ich's ausdrücken soll. Normal war sie nicht. Hat die meiste Zeit wie im Tran rumgelegen, hat keinen rechten Appetit gehabt. Hätt auch davon sein können, dass mit ihr inwendig was nicht in Ordnung gewesen is.«

»Dann haben Sie also keine Ahnung, wohin sie gegangen sein könnte, nachdem sie das Krankenhaus verlassen hat.«

»Hab gar nicht gewusst, dass sie raus is.«

»Nun ja, dann will ich mal weitermachen. Danke, dass Sie so viel Zeit für mich erübrigt haben.«

»Hab ich nicht. Sie haben Sie sich genommen.«

»Recht haben Sie, aber trotzdem besten Dank. Wenn ich Alouette finde, gebe ich Ihnen garantiert Bescheid.«

Ich zog los, am Haus vorbei zu meinem Auto.

»Junger Mann?«

»Ja, M'am.«

»Fahren Sie vielleicht zufällig rüber nach Clarksville?«

»Ja, M'am.«

»Das Baby besuchen.«

»Ja, M'am. Und weil ich noch ein paar Fragen loswerden will.«

»Haben Sie vielleicht noch einen Platz für eine alte Frau übrig? Klingt so, als ob das Baby jemand gebrauchen könnte.«

»Ja, M'am. So klingt es. Und ich nehme Sie gern mit.«

»Dass Sie mir ja warten.«

Sie ging ins Haus und kehrte im nächsten Moment mit ihrer besten Sonntagstasche zurück, vermutlich die einzige, die sie hatte. Sie war mit lauter kleinen roten, blauen und grünen Perlen bestickt.

»Auf geht's, junger Mann«, sagte sie. »Die Finsternis kommt geschwind.«

So wie immer.

16

Und so traf ich um Mitternacht, bei Regen, meilenweit ab vom Kurs, an der Krippe ein, in der Baby McTell die große Fahrt antrat, die wer weiß wohin führen mochte.

Unterwegs, im Auto, hatte Mrs Adams von mir wissen wollen, was Verne in den letzten Jahren gemacht hatte, gab aber keinerlei Kommentar von sich, als ich damit fertig war. Die übrige Zeit, knapp über eine Stunde, saßen wir schweigend da und sahen zu, wie sich ein schweres Gewitter zusammenbraute – erst eine gewisse Schwere am Horizont, dann Donnergrollen in dichten Wolkenschichten, kreuz und quer aufzuckende Blitze am dunklen Himmelszelt.

Mrs Adams hatte sich kurz vor der Stadt absetzen lassen, bei einer aus Bimsstein gebauten Kirche (*Zion Redemption Baptist* stand dran) neben dem Highway, wo ihre Schwester wohnte, hatte sie gesagt und mit ihrer tonlosen Stimme, in der (so kam es mir vor) sowohl Hohn als auch Bewunderung mitschwangen, hinzugefügt: »Die Frau des Pfarrers.« Sie wollte gleich morgen früh ins Krankenhaus gehen.

Ich fuhr weiter, machte bei einer dieser Monstrositäten halt, die wie ein Schlachtschiff aussehen und in denen es scheinbar so gut wie alles gibt, ob Benzin, Getränke oder was zu knabbern, die neuesten T-Shirts, Turnschuhe und gelegentlich einen Truthahn zu Thanksgiving. Vermutlich kriegte man dort sogar einen Fernseher oder neuen Computer. Ich schob der halbgaren Kleinen, die ziemlich viel Jeanszeug trug – Hemd, Hose, Boots, Jacke, sogar Ohrringe –, einen Dollar über den Tresen zu, goss mir eine Tasse Kaffee ein und stellte die Kanne wieder auf die Warmhalteplatte (*Bitte nur einmal nachgießen*) neben den Ständern mit Strumpfhosen, Schnupftabak und Fettstiften. Dann fuhr ich zum andern Ende vom Parkplatz, saß im Auto, atmete den dunklen, erdigen Kaffeeduft ein, ließ mir die Hitze und den Dampf ins Gesicht steigen und trank ab und zu einen Schluck. Gegen den Kaffee, den man in New Orleans bekommt, ist alles andere nur Plürre, aber derzeit war ich weit, weit weg, ein Wandersmann, und ich kam damit klar. Außerdem gilt für einen wahren Kaffeetrinker in etwa das Gleiche, was Woody Allen über Sex gesagt hat – selbst im schlimmsten Fall ist er immer herrlich.

Seinerzeit im Krankenhaus, später bei den Anonymen Alkoholikern, wurde massenhaft Kaffee getrunken, geradezu eimerweise. Das waren regelrechte Kaffeesäufer. Irgendeiner war so gut wie immer mit einer neuen Kanne zugange, kippte die Neige aus, füllte Wasser nach, schmiss eine luftfiltergroße Tüte in den Müll und maß das nächste halbe Pfund Röstfrischen mit Zichorie ab. Ständig strömten scharenweise Lieferanten mit schweren Fünfzigpfundsäcken auf der Schulter zur Hintertür. Die hätten gleich einen Tanklaster draußen vorfahren und einen Schlauch reinlegen lassen sollen.

Und so ließ ich, müde von der langen Fahrt und vorerst jeder Pflicht entbunden, meine Gedanken schweifen.

Zu einem Aufenthaltsraum, in dem ein junger Mann sitzt und wie gebannt auf den Fernseher starrt, wo einmal mehr *Lassie, Maverick, Bezaubernde Jeannie* und *Jeopardy!* wiederholt werden, wattig weich versunken in der trügerischen Ruhe des Drogenrauschs, während es in seinem Kopf funkt und irrlichtert wie zwischen den unsichtbaren Punkten auf dem Bildschirm.

Zu einem noch jüngeren Mann, der an irgendeiner Straße in New Orleans, vor einem Haufen Mülltonnen, verstreutem Abfall und einer halb abgekokelten Matratze aufwacht, von da unten aus nichts als schmale Häuser sieht, kaum breiter als die Türen, die sich dort wie Dominosteine aneinanderreihen, so weit das Auge reicht, sich fragt, wie er von gestern Nacht plötzlich in diesen grauen, grässlichen Morgen geraten ist, wieso er hier gestrandet ist, wo immer er auch sein mag, feststellt, dass das bisschen Geld, das er noch übrig hatte, selbstverständlich weg ist.

Danach zu einem halbwüchsigen Jungen, der krumm wie ein Fragezeichen über Baldwin oder den *Aufzeichnungen aus dem Untergrund* brütet, während die Fliegen vor dem Drahtfenster surren und sich draußen ein neuer Tag durch die Dunkelheit nagt, ein Junge, der gerade voller Furcht und Hochgefühl begreift, wie groß die Welt wirklich ist, der glaubt, dass er, wenn er in diesen Büchern blättert, diese Spiegel anspricht, geheime Türen und Gänge entdecken wird, auf die noch kaum jemand in diesem Schloss gestoßen ist.

Danach unverhofft zu einem Mann von Mitte vierzig, der bei einem Drink die letzten Korrekturfahnen eines Romans mit dem Titel *Der alte Mann* durchgeht, sich fragt, ob er jemals so etwas fertigbringen wird, was er wie durch ein Wunder geschafft hat, noch einmal ein so klares, wahrhaftiges Abbild der Welt wird erstehen lassen können.

Zwei junge Schwarze hielten vor einer Zapfsäule. Sie fuhren einen Ford, der aussah, als ob er mal ausgebrannt, dann bis aufs blanke Blech abgeschliffen worden wäre; der Rücksitz war ausgebaut und durch ein Sperrholzbrett voller Lautsprecher ersetzt. Selbst aus dieser Entfernung wummerten mir die schweren Bässe, das Einzige, was ich hören konnte, in die Eingeweide. Ich trank den letzten Schluck kalten Kaffee, ließ den Motor an und fuhr auf den Highway. Etwa eine Meile weiter tauchte ein Schild mit der Aufschrift *Clarksville* und einem Pfeil nach rechts auf. Ich landete auf einer zweispurigen Straße, auf der erstaunlich viel los war – nagelneue Karossen, Pick-ups und etliche sperrige, schwerfällige landwirtschaftliche Fahrzeuge, die langsam dahinzockelten wie verirrte Dinosaurier, die sich mit dem Tempo der Moderne nicht zurechtfinden.

Das Krankenhaus lag auf einem Hügel, soweit es so was in Mississippi überhaupt gibt, auf der anderen Seite der Stadt, deren Geschäftsviertel etwa zehn Straßenkarrees umfasste, wobei der überwiegende Teil der Gewerbeflächen allem Anschein nach an Lebensmittelgroßhandelskonzerne, Kosmetikmärkte und Autozubehörhändler vergeben worden war. *Clarksville Regional Hospital.* Ein

Münzautomat stand vor dem Parkplatz Wache, doch das Tor war offen. Ich fuhr rein, parkte und wollte gerade zum Gebäude gehen, als der Regen einsetzte.

Selbst drin, im Foyer, hörte ich ihn runterklatschen. Wasser strömte über die Fenster, schloss die Außenwelt ab, und als das Licht kurz aus- und wieder anging, hatte ich einen Moment lang das scheußliche Gefühl, in einem Aquarium zu sein. Ich streckte die Hand aus und stützte mich an der Wand ab.

»Ist alles in Ordnung, Sir?«

Ein junger Mann kam durch eine der Türen, dicht dahinter zwei ältere Frauen. Alle waren sie schwarz, alle trugen weiße Klamotten und Mäntel drüber.

»Falls Sie die Notaufnahme suchen, die ist ein Stück den Gang entlang, auf der rechten Seite. Wenn Sie wollen, kann ich jemand rufen, der Ihnen hilft. Oder Sie selber hinbringen, nachdem es eh nicht so aussieht, als ob ich in nächster Zeit irgendwo hinkönnte.«

Ich sagte ihm, mir fehle nichts, ich sei nur müde, und dass ich aus New Orleans käme und den ganzen Tag gefahren sei. Weiteres Personal kam aus diversen Gängen und Türen, und alle schauten gereizt und wütend hinaus in den Wolkenbruch. Aber während sie noch zuguckten, ließ der Regen nach und pendelte sich auf einen langsamen, einlullenden Rhythmus ein. Die meisten sprinteten zu ihren Autos, hielten sich Mäntel und Zeitungen über den Kopf. Ich fragte den jungen Mann, wie ich zur Intensivstation für Neugeborene käme.

Dann ging ich seinen Anweisungen gemäß zu einem Fahrstuhl in der Nähe und begab mich in den zweiten Stock, um Baby McTell kennenzulernen.

17

Seit langem hatte ich meine Sauferei im Griff, und damit meine ich, dass ich nur noch selten aufwachte und mich nicht mehr erinnern konnte, was am Abend zuvor gelaufen war, und überhaupt nicht mehr in Krankenhäusern oder im Knast.

Ich wusste natürlich, dass es so einfach nicht war. Aber was ist das schon?

Eins der typischen Anzeichen dieser Abhängigkeit, weil nur wahre Alkoholiker sie haben, sind Aussetzer. Wir nehmen weiter am Alltagsleben teil, fahren Auto, führen Gespräche, kochen Mahlzeiten, während haufenweise Schaltkreise und wichtige Funktionen ausgefallen sind, sind sozusagen blinde Passagiere in unserem eigenen Leib.

Ich steckte inzwischen in einem wahren Sumpf von Wissen über Abhängigkeit. Ich könnte Diagramme zeichnen, Statistiken zitieren, mich über Noradrenalin, Dopamin und Rezeptoren auslassen. Ich wusste, dass der Körper eines Alkoholikers Rauschmittel aus irgendeinem Grund nicht so abbaut, wie das bei anderen Leuten der Fall ist. Dass die Abhängigkeit sich dort einnistet, wo sich Realität und schöner Schein in sanftem Schwung voneinander entfernen, sich auswächst und die beiden weiter auseinanderdrückt. Dass in einem Alkoholiker, da kann er machen, was er will, ein Leben lang ein physikalischer, psychologischer und ontologischer Dialog stattfindet, und dass er, wenn er weitermacht, egal, wie gut er es im Griff zu haben scheint, eines Tages, früher oder später, in zehn oder auch in zwanzig Jahren, einmal mehr aufwachen wird, und die ganze Welt bebt und zittert hinter einer hauchdünnen Membran, und die Gedanken biegen sich unter der Anziehungskraft der schwarzen

Sonne Alkohol langsam, aber unaufhörlich immer weiter auseinander.

Die Membran erwartete mich, als ich am nächsten Nachmittag aufwachte. Als ob ich fast, aber noch nicht ganz auf der Welt wäre; fast, aber noch nicht ganz bei Sinnen. Und als ob beim geringsten Fehltritt, dem leichtesten Riss in der Membran, die Wassermassen einer endlosen Nacht von der anderen Seite über mich hereinbrächen.

Ich hatte mir, als ich aus dem Krankenhaus rauskam, etwas zu essen besorgen wollen, unterwegs meine Meinung geändert und war stattdessen nach Missagoula zurückgefahren, zu meinem Zimmer im Magnolia Branch Motel und dem Teacher's. Ich kann mich noch erinnern, dass ich den Fernseher eingeschaltet habe – ein Teil einer Talkshow, eine Wiederholung von *Columbo* und ein Film über Außerirdische (möglicherweise habe ich da irgendwas nicht richtig mitgekriegt), die überlebten und es sich wohlergehen ließen, indem sie sich als Colaautomaten verkleideten. Offensichtlich hatte ich in kürzester Zeit die ganze Flasche ausgesoffen. Ich wollte gar nicht dran denken, was ich sonst noch alles gemacht haben könnte. Im Müll lag eine zerknüllte Tüte, darunter die Überreste von irgendeinem Sandwich, folglich musste ich mir irgendwann was zu essen besorgt haben, aber ich hatte keine Ahnung, wo.

Unter Aufbietung aller mir noch verbliebenen Willenskraft duschte und rasierte ich mich, zog mich an, brachte das Zimmer halbwegs wieder in Ordnung, schleppte das Gepäck zum Auto, ging ins Büro und checkte aus. Ich frühstückte unterwegs am Highway, Biskuits mit dicker Soße und jede Menge Kaffee, fuhr dann zurück nach Clarksville und nahm mir ein Zimmer im Dee's-Lux

Inn. Helle Kiefernholzmöbel und Nierentische aus einer Zeit, als Motels noch Touristenherbergen waren und auf ihrer Neonreklame *Klimatisierte Zimmer* stehen hatten.

Ich packte meinen Koffer aus, lud alles in die oberste Schublade der niedrigen Kommode, stellte meinen Kulturbeutel neben das Waschbecken, und in den folgenden Tagen lief mein Leben fast immer nach dem gleichen Schema ab. Ich ging ständig auf der Intensivstation ein und aus, war aber meistens nachts da, nachdem Mrs Adams, die den ganzen Tag Wache hielt, mit steifem Rücken neben dem Bett saß, gegangen war und Teresa Hunt, die britische Schwester, Dienst hatte. Wenn ich nicht im Krankenhaus war oder ein paar Stunden Schlaf zu finden versuchte, hechelte ich hinter Hinweisen auf Alouette her.

Ich lernte die Monitore kennen, erfuhr, wozu sie da waren und was für Töne sie von sich gaben; lernte Begriffe wie Blutgasanalyse und Hematokrit, interstitielles Ödem und Fibrose, Lipide und Hyperalimentation, Überinfusion und Surfactant. Ich lernte etliche Ärzte und Schwestern mit Namen kennen, und mir entging auch nicht ihr müder, betroffener Blick, wenn sie meine Fragen beantworteten oder mir mitteilten, das alles noch so ziemlich genauso aussähe wie zuvor. Ich saß stundenlang auf einem Eisen- oder Schaukelstuhl neben Baby McTells Brutkasten, starrte sie an und redete leise vor mich hin (einmal zitierte ich, weil ich nicht wusste, was ich sonst sagen sollte, »Der Rabe« und den Großteil des Prologs aus den *Canterbury Tales*), half Teresa und den anderen Schwestern, wann immer ich eine Kleinigkeit für sie tun konnte.

Draußen auf der Straße hingegen, wo ich mich nach Alouette erkundigte, mit Jungstenzen in schimmernden Joggingklamotten

Pool spielte, proppenvolle Friseursalons aufsuchte, so tat, als ob ich wartete, bis ich an der Reihe war, und unterdessen mit den anderen redete, Zigaretten an ältere Männer verteilte, die in verwilderten Parkanlagen, vor Bars und Kolonialwarenläden zusammengluckten, erfuhr ich gar nichts.

Teresa und ich aßen zweimal zusammen zu Abend, handelten uns im Denny's und in einem Grillschuppen jede Menge verstohlene und den einen oder anderen unverhohlen bösen Blick ein, gingen dann eines Morgens, als wir aus der Klinik kamen, und ohne dass es jemand groß überraschte, glaube ich, gemeinsam frühstücken und anschließend zu ihrem Haus an der Biscoe Street. Es passierte nie wieder; es stand eigentlich auch nie zur Debatte; und Teresa und ich blieben Freunde.

Die Unterlagen im Krankenhaus nützten, wie zu erwarten war, überhaupt nichts. An keiner der üblichen Anlaufstellen, an denen eine abgängige Frau kurz aufkreuzen könnte – Obdachlosenasyle, die einzige (von der Kirche betriebene) Suppenküche von Clarksville, eine Reihe von Musikclubs rund ums Herz der Stadt –, fand sich auch nur die geringste Spur von Alouette. Ich zeigte ihr Foto in Einkaufszentren herum, in Spielsalons, auf den Straßen rund um die noblen Innenstadthotels, soweit es hier überhaupt so was gab, überall dort, wo für gewöhnlich Frischfleisch feilgeboten wird.

Zu guter Letzt, nachdem Don und ich zweimal hin und her telefoniert hatten, traf ich mich mit einem Sergeant Travis auf einen Kaffee und ließ mich von ihm über die hiesige Drogenszene aufklären. Größtenteils, sagte er, finde die rund um die Schulen und in den Bars im Stadtzentrum statt; nichts Neues. Und hauptsächlich handle es sich um kleine Fische, zehn, zwölf Wirrköpfe, die Pillen, Gras und Kokain vertickerten, damit sie ihrem eigenen Affen Zucker geben konnten.

Ich erkundigte mich nach Crack.

Das ebenfalls, sagte er, auch wenn es hier nicht so angesagt wäre wie in größeren Städten. Noch nicht jedenfalls.

Und was tat sich hinter diesen zehn, zwölf Eigenbedarfsengeln?

Er wartete, bis uns die Bedienung Kaffee nachgegossen hatte und wieder weg war. »Sie sind sich wohl nicht darüber im Klaren, dass es sich hier um ein laufendes Ermittlungsverfahren handelt?«

»Ich bin kein Cop oder FBIler. Ich komme niemand ins Gehege. Oder reite mich irgendwie rein.«

»Tja, na ja. Ich bin bloß dem NOPD zuliebe hier. Wir wissen wirklich nicht, *was* Sie sind.«

Also erklärte ich es ihm kurz.

Hinterher saß er einen Moment lang schweigend da.

»Ein Typ, der sich Camaro nennt, könnte vielleicht der richtige Mann für Sie sein.«

»Soll ich raten, was er fährt?«

»Nicht nötig. Er ist hier in der Gegend derjenige, der Bescheid weiß, wer außer ihm was, wo und wann verdealt. Hat überall die Finger drin.«

»Überall, hm.«

»Ich will Ihnen nichts vormachen: Wir haben uns ein-, zweimal gegenseitig einen Gefallen getan. Öfter sogar. Sie wissen ja, wie das ist.«

»Sie nehmen jemand hops, er wird die Konkurrenz los.«

»Das alte Lied.«

»Wo treibt sich dieser Camaro um diese Tageszeit rum?«

»Wenn er nicht im Chick'n Shack oben an der Jefferson ist, dann ist er im Broadway, einer Bar mit Grill, steht jedenfalls auf dem Schild, auch wenn ich noch nie gesehen habe, dass dort jemand irgendwas gekocht beziehungsweise gegessen hat – an der Lee, Ecke Twelfth Street.«

»Kann ich sagen, dass Sie mich hingeschickt haben?«

»Sagen können Sie, was Sie wollen. Anhören wird er sich trotzdem bloß das, was er will.«

Ich stand auf, bedankte mich und schüttelte ihm die Hand.

»Keine Ursache«, sagte er. »Vielleicht muss ich eines Tages dort auch mal jemand um einen Gefallen bitten, wer weiß?«

Ich fand den Pusher mit Künstlernamen in einer Sitznische im Broadway, bei der Fensterfront, wo er seine Karosse im Auge hatte. Es war wahrhaftig ein herrliches Fahrzeug, käfergrün, mit blitzenden Chromzierleisten um Fenster, Türen, Haube und Kofferraumdeckel, filigranen Silberschnörkeln, die sich über beide Seiten zogen. Sein beziehungsweise ihr Name prangte in schwungvoller Silberschrift auf der Kante des linken vorderen Kotflügels.

Camaro trug einen beigen Anzug, allem Anschein nach hauptsächlich aus Baumwolle, dazu ein blaues Hemd und einen rostfarbenen, locker um den Hals geschlungenen Schlips. Die Klamotten betonten das tiefe Kaffeebraun seiner Haut. Als er sein Glas hob, sah ich kurz die goldene Uhr und den Siegelring auffunkeln. Alle Welt hätte ihn für einen erfolgreichen Buchprüfer halten können, der nach einem langen Tag am Computer ein bisschen ausspannen wollte.

Er musterte mich, als ich hinging und mich gegenüber von ihm in die Nische setzte. Sofort war die Bedienung da und legte eine dieser kleinen, steifen Servietten vor mir auf den Tisch. Ich bestellte einen Scotch, dazu ein Glas Wasser. Saß da, trank und lächelte ihn an.

»Ich hoffe, es stört Sie nicht, dass ich hier rumsitze«, sagte er nach einer Weile.

Ich schüttelte den Kopf, lächelte weiter.

»Ich meine, wenn Ihre Freunde kommen oder die andern Jungs von Ihrer Band, müssen Sie bloß Bescheid sagen, dann mach ich gern Platz, okay?«

Er nahm einen tiefen Schluck, machte sein Glas so ziemlich alle. Hielt die Hand hoch und gab der Bedienung ein Zeichen.

»Wollen Sie auch noch einen, mein Guter?«

Ich legte einen Zehner auf den Tisch. »Meine Runde.«

»Wie Sie meinen.«

Ich stellte mich vor, und beim nächsten und übernächsten Glas unterhielten wir uns so ungezwungen, wie das zwei schwarze Männer, die ihre Geheimnisse haben, sich wildfremd sind, überhaupt fertigbringen. Camaro hatte Köpfchen und blickte durch; seine Welt war wie eine Art Teich oder Tümpel, auf dem einzelne Informationsfetzen aneinander vorbeiglitten und manchmal hängenblieben. Als ich ihm von Baby McTell berichtete, sagte er, er hätte vor Jahren auch mal ein Kind gehabt, als er selber noch fast eins war, dass es im Brutkasten noch drei Wochen gelebt hatte, immer mehr zusammengeschrumpelt war, bis es wie ein Stück Dörrobst aussah, und dann starb.

Ich sagte, dass ich die Mutter der Kleinen suchte. Erklärte, dass sie das Krankenhaus verlassen habe, aber nicht zu ihrer Großmutter zurückgekommen sei, sich nirgendwo habe blicken lassen.

»Und sie gibt sich die Düse«, sagte er und fügte auf meinen jähen Blick hinzu: »Der einzige Grund, dass Sie hier sind. Is das Baby deswegen vermurkst?«

Ich nickte.

»Kommt von dem Zeug. Die Leute sollten das wissen. 'türlich sollten sie überhaupt allerhand wissen.« Er hielt sein Glas hoch, schaute durch das Bernsteingelb nach draußen ins Licht. Ich wusste aus Erfahrung, wie weich und warm es die Welt wirken ließ. »Wollen Sie noch einen?«

»Lieber nicht. Muss noch allerhand erledigen. Sind wir mit der Rechnung quitt?«

»Alles klar.« Er schaute auf seine Uhr. »Tja, ich hab ebenfalls einen Termin. Ich sag Ihnen eins.« Er rutschte aus der Nische und stand auf. Bückte sich und ergriff, jawohl, einen Aktenkoffer. »Ich frag mal rum, seh zu, was ich rauskriege. Haben Sie ein Bild von der Kleinen?«

Ich holte meine Brieftasche raus und gab ihm einen Abzug. Außerdem eine meiner Karten, schrieb die Telefonnummer vom Motel hinten drauf, dann, nach kurzem Nachdenken, die Nummer von der Säuglingsintensivstation und dazu *Teresa.*

»Wenn Sie mich nicht erreichen, können Sie bei ihr eine Nachricht hinterlassen. Und danke, Mann.«

Er zuckte die Achseln. Ich saß da und sah zu, als er in den Camaro stieg, sich anschnallte, den Motor anließ, den Blinker setzte und sich in den Verkehr einfädelte, in die Sonne, die auf dem Chrom gleißte.

18

Ich war die zweite Woche in Clarksville, an einem Dienstag war's, als ich vormittags zum Motel zurückkam, nachdem ich etwa gegen fünf das Krankenhaus verlassen hatte und seither auf der Straße gewesen war (mit einer kurzen Zwischenstation und einem tüchtigen Frühstück bei Mama's Homestyle), und zwei Nachrichten vorfand. Die zweite schaute ich mir erst später an. Aber Teresa hatte angerufen und gesagt, dass Baby McTell »ein bisschen Kummer macht« und sie sich gedacht habe, ich wollte vielleicht vorbeikommen.

Eine Schwester, der ich vorher noch nicht begegnet war, Kristi Scarborough hieß sie, informierte mich über den neuesten Stand der Dinge. Gegen sechs Uhr morgens war die Körpertemperatur auf unter dreißig Grad abgesunken und nicht mehr hochgegangen; eine arterielle Blutgasanalyse ergab, dass die pO_2-Werte zu niedrig waren und die pCO_2-Werte stetig stiegen. Das konnte natürlich alles Mögliche sein: eine Herzschwäche, ein Anzeichen dafür, dass die Lunge so kollabiert war, dass wir sie nicht mehr ventilieren konnten, eine Infektion, ein Lungenödem. Die Kleine bekam wieder hundertprozentigen Sauerstoff, und der Beatmungsdruck war erhöht worden. Die Blutgaswerte wurden allmählich wieder besser. Ich stand vor einem Röntgenbetrachter und starrte auf die weißen Ringe in Baby McTells Bauch. Wie die Abbildungen in alten Atlanten, auf denen die runde, unbekannte Welt in der Mitte aufgeschnitten und flach hingebreitet ist. Darmnekrose, erklärte mir Schwester Scarborough; eine weitere Komplikation. Bei solchen Winzlingen komme es fast immer zu so was. Aber vorerst hielt sie noch durch.

Kristi war früher mal voll berufstätig gewesen, erzählte sie mir, aber letztes Jahr hatte sie einen der Fachärzte geheiratet und machte jetzt nur noch so viele Stunden, wie unbedingt notwendig waren, damit sie ihre Schwesternzulassung behielt, alle paar Wochen ein, zwei Tage, während John, ihr Mann, drüben in Tennessee, gleich hinter der Grenze, eine Notaufnahmestation leitete – hauptsächlich Knochenbrüche, Unfälle bei der Feldarbeit, Verletzte aus der Bezirksstrafanstalt (einmal hatte einer eine Hacke im Schädel stecken) –, und dass »sie« sich nach besten Kräften bemühten, »ein Kind zu kriegen«.

Gegen drei, vier Uhr ging ich schließlich, sobald Baby McTell aus dem Gröbsten raus war, und nahm mir bei einem Cheeseburger mit Pommes die zweite Nachricht vor.

Ruf mich an. Clare.

Ich ging auf mein Zimmer und machte es. Sie meldete sich beim dritten Klingeln, atmete schwer.

»Beste Grüße aus dem großartigen Staat Mississippi.«

»Lew! Ich habe mir Sorgen um dich gemacht.«

Ich berichtete ihr von Baby McTell.

»Krankenhäuser sind schlimm. Demnach hast du Alouette noch nicht gefunden?«

»Die ist einfach verschwunden. Aber ich kriege sie.«

»Ich weiß. Du hast mir gefehlt, Lew. Irgendeine Ahnung, wann du wieder da bist?«

»Eigentlich nicht. Ich weiß nicht, was mich hier erwartet oder wie lang es dauert. Ich ruf dich wieder an.«

Draußen fuhren ein Löschzug und ein Polizeiwagen mit heulenden Sirenen vorbei.

»Ich habe als Teenager mein halbes Leben lang gewartet, dass sich die Leute melden, die gesagt haben, sie rufen wieder an, Lew.«

»Tut mir leid«, sagte ich einen Moment später.

»Ich weiß. Du meinst es ernst – deswegen ist es ja so schwer.« Ich hörte, wie die Sirenen verklangen. Fragte mich, ob sie sie hören konnte, so weit weg. »Aber es tut gut, deine Stimme zu hören.«

Im Zimmer nebenan wurde die Tür zugeknallt, und eine Frau stolzierte zu ihrem Auto, einem perlgrauen Tempo. Sie stieg ein, ließ ihn an und saß dann bei laufendem Motor da. Ein Mann kam aus dem Zimmer und beugte sich zum Fenster runter, hielt die Hände hoch.

»Du bist mir sehr viel wert, Clare.«

»Ich weiß, Lew. Das weiß ich doch.«

Der Mann ging um das Auto herum und stieg ein. Sie fuhren weg.

»Wenn ich zurückkomme – das heißt, wenn es geht und du Lust dazu hast –, würde ich gern ein bisschen Zeit mit dir zubringen. Ziemlich viel sogar.«

Sie schwieg einen Moment, sagte dann: »Dazu hätte ich auch Lust, Lew.«

»Gut. Ich glaube, ich versuche jetzt lieber ein bisschen zu schlafen.«

»Pass auf dich auf.«

Ich legte auf und sah, wie meine Nachbarn mit ihrem Tempo wieder auf den Stellplatz stießen, ausstiegen und in ihr Zimmer gingen.

Eine Stunde später stand ich auf, setzte mich nackt auf die Bettkante und schrieb mit allerlei improvisierten Abkürzungen, weil ich alles so schnell wie möglich zu Papier bringen wollte, zehn Seiten von meinem Notizblock voll.

In einem ecken- und kantenlosen Raum, in den von schräg oben, durch ein hoch in der Wand eingelassenes Fenster Licht einfällt, verabschiedet sich ein Mann von einem Trupp Männer, seinen Mithäftlingen, wie uns allmählich klar wird, der Gemeinschaft, in der er fast zehn Jahre seines Lebens zugebracht hat. Er wird entlassen, weil ein anderer Mann den Mord gestanden hat, wegen dem er verurteilt wurde und den er auch begangen hat. Er verteilt seine Habseligkeiten: eine halbe Stange Zigaretten, ein Transistorradio, eine ziemlich fadenscheinige und verfilzte Strickjacke. Keiner sagt viel. Er dreht sich um und geht zur Tür, wo ihn ein Wachmann in Empfang nimmt und hinausgeleitet. »Tu ja nix, was ich nicht auch tun täte«, sagt Bad Billy hinter ihm, aber er kann sich beim besten Willen nichts vorstellen, was Bad Billy nicht tun würde – beziehungsweise getan hat. Er wird raus in die Welt kommen und feststellen, dass er völlig allein und absolut untauglich für das beschränkte Leben ist, das ihm da draußen offensteht. Und daher wird er sich ein Leben erfinden, ein Gebilde, bei dem er seine Außenseiterrolle zum Ideal hochstilisiert, zusammengestopselt aus Alltagseindrücken, falschen Erinnerungen, alten Filmen, halb gelesenen Büchern. Bis eines Tages, plötzlich und unverhofft (»wie ein Nagel durch den Kork«), eine Frau in das Stückwerk, das sein Leben ist, eintritt und alles durcheinanderbringt; und als er sich aus seiner Einsamkeit rauswurstelt, als er gegen seine Instinkte und die Umstände ankämpft, die sein Leben bestimmt haben, weil er diese eine zwischenmenschliche Beziehung eingehen will, bricht sein ganzes sorgsam zurechtgezimmertes Leben in sich zusammen. Wenn er jetzt hinaus in die Sonne geht, blendet sie ihn.

Diese zehn Seiten, buchstäblich Wort für Wort genau so, wie

ich sie in dieser Nacht im Motelzimmer hingeschrieben hatte, wurden das erste Kapitel und das eigentliche Herzstück von *Maulwurf*, einem Roman, wie ich zuvor noch nie einen geschrieben hatte, reine Fiktion insofern, als jede Figur, jede Szene frei erfunden waren, die reinste Wahrheit insofern, als es unser aller Lebensgeschichte in Reinform ist.

19

Gute Freunde würden der Empfangsmensch im Motel und ich offensichtlich nie werden. Er war es nicht gewöhnt, Nachrichten für die Gäste entgegenzunehmen und stand auch nicht drauf, und als ich am nächsten Morgen vom Krankenhaus kam, gestikulierte er mir durch das Glasfenster zu (er hielt eine Hand hoch, öffnete und schloss sie zweimal, als ob er sich selber zum Abschied zuwinken wollte), schob mir wortlos zwei Zettel rüber.

Natürlich musste man ihm zugutehalten, dass er allem Anschein nach rund um die Uhr im Dienst war – wann immer mich mein unstetes *va et vient* an seinem Büro vorbeiführte, ob bei Tag oder Nacht, sah ich ihn dort sitzen –, und da würde sogar einer von Rilkes Engeln missmutig werden.

Teresa hatte angerufen, um mir mitzuteilen, dass mich heute Morgen, kurz nachdem ich die Station verlassen hatte, jemand hatte sprechen wollen. Ich nahm mir den zweiten Zettel vor, auf dem bloß *Camaro* stand, dann wieder den ersten. *Sagte, Du solltest Dich vielleicht mal bei einem Haus in Moon Point umgucken. Keine direkte Verbindung, soweit er weiß, aber da draußen ist einiges geboten. Hoffe, Du kannst damit was anfangen, Lew.* Dazu eine Adresse oder so was Ähnliches.

Da draußen bei den Wasserläufen, wo's die vielen Welse gibt, wachsen taffe Jungs ran, damit das mal klar ist, und die denken nicht dran, vor 'nem Großstadtmacker mit Sakko und Schlips den Bückling zu machen.

Ich vergesse immer, wie sehr sich die Umgangsformen auf dem Land und in der Stadt gleichen.

Nachdem ich mich im Motelbüro, an einer Tankstelle in der Nähe, einer andern am Highway und schließlich bei einem Postboten erkundigt hatte, an dem ich auf der unbefestigten Straße etwa sechs, sieben Meilen außerhalb von Clarksville zweimal vorbeigefahren war, fand ich das Haus, einen einstöckigen Holzbau, der vor vielen Jahren mal weiß gewesen war. Ein aufgebockter Jeep und ein 55er Chevy rosteten im Vorgarten vor sich hin. Es gab noch mehr technisches Gerät, unter anderem einen originalgetreuen Uraltkühlschrank, der krumm und schief neben dem Haus stand. Einen mit wildem Wein überwucherten Traktor dahinter. Dazu zwei Mustangs und ein BMW auf der geschwungenen Auffahrt.

Ich klopfte an die Tür und erkundigte mich bei dem jungen Mann in dem beigen Seidenanzug und dem schwarzen T-Shirt, der irgendwann aufmachte, höflich nach Alouette.

»Is nich da«, sagte er im nächsten Moment.

»Ich danke Ihnen. Aber lassen Sie mich mal eine Vermutung äußern, auch wenn sie demnach wahrscheinlich unbegründet ist. Nur spaßeshalber – sie ist zwar derzeit nicht da, ist aber früher irgendwann mal hier gewesen.«

»Was sagst du?«

Ein anderer junger Mann, den ich nicht sehen konnte, kam zu ihm an die Tür. »Was'n los, Clutch?«

»Der Nigger sucht seine Büx.«

»Aha? Denkt der etwa, wir ham hier so 'ne Art Partnerschaftsvermittlung? Sag ihm, er soll abzischen.«

»Sie ham den Mann gehört«, sagte der Seidige.

»Was für einen Mann? Ich habe lediglich gehört, dass sich Ihr Junge hinter der Tür versteckt.«

Der Seidige seufzte, und besagte Tür flog auf. Ich muss schon sagen, er war ein richtig ekelhafter Schwarzer. Jemand hatte sich mit einem Rasiermesser künstlerisch an seinen beiden Backen zu schaffen gemacht und ihm einen langen gezackten Schmiss quer über den Hals verpasst. Die Nase dürfte in etwa ebenso oft verpflastert gewesen sein wie heil. Er hätte jeden in Furcht und Schrecken versetzt, wenn da nicht die Statur gewesen wäre: Er war deutlich unter eins fünfzig. Der Rumpf hatte einigermaßen Normalgröße, aber alles andere wirkte eigenartig unterentwickelt. Hals, Arme, Beine, Finger. Geduld.

»*Ich* hab deine Vermutung mitgekriegt. Genau hier.«

»Entschuldigen Sie«, sagte ich und schaute schnurgeradeaus, »ich höre was, aber ich sehe niemand.«

Und so kam es, dass ich wieder einmal windelweich geprügelt wurde. Jedenfalls fing es so an. Mir unverdrossen wie im Comic die Hucke vollhaun lassen, brächte ich nie fertig, glaube ich.

Der erste Typ ging mich tief an, brachte mich zu Fall, während mir sein zu kurz geratener Freund wie ein Affe auf den Buckel kraxelte und mit erstaunlicher Wucht auf die Schläfen einhämmerte und in die Nieren trat. Der Größere versuchte keckerweise, mir das Knie in den Unterleib zu rammen. Ich griff runter, bekam seine Eier zu fassen und drückte sie mit der Hand zusammen, dass er vom Boden hochfederte wie ein Epileptiker.

Gleichzeitig schnappte ich mir, ohne loszulassen, mit der linken Hand einen dicken Holzkeil, mit dem an warmen Tagen die Tür offen gehalten wurde. Rammte ihn dem Zwerg mit aller Kraft in den Mund, bis die Zähne festsaßen und Sehnen, womöglich auch die Mandeln, nachgaben. Ließ ihn stecken.

Dunkel meinte ich aus den Augenwinkeln andere Männer wahrzunehmen, die dicht bei der Tür standen, zusahen.

Ich rappelte mich auf die Knie. Blut lief mir über das Gesicht. Ich schüttelte den Kopf, damit ich wieder klar sehen konnte. Mein Kreuz tobte vor Schmerz, und noch tagelang färbte sich das Wasser in der Kloschüssel beim Pinkeln rot.

»Wo ist Alouette?«

»Mann, wenn wir's wüssten, würden wir's dir sagen.«

Das kam von dem Großen, der es irgendwie rausgrunzte, sich mit beiden Händen die Eier hielt.

»Weiter.«

»Sie is zwei-, dreimal da gewesen. Is 'ne Weile her.«

»Wie lange?«

Keine Antwort. Ich stützte mich mit dem Handballen auf den Keil und trieb ihn tiefer rein. Diesmal gaben die Mandeln mit Sicherheit nach.

»Herrgott, Mann«, sagte der Seidige. »Ich weiß es nicht. Eine Woche, vielleicht auch zwei.«

»Mrff, gdfftm, lfft«, sagte der Zwerg. Blut blubberte ihm beim Atmen aus der Nase.

»Das wär nicht notwendig gewesen«, sagte der Seidige.

Vermutlich nicht.

Ich schaute in der Notaufnahme des Clarksville Regional vorbei, ließ mich nähen und röntgen. Gebrochen war nichts, aber so gut wie alles tat mir höllisch weh. Was gab's sonst noch Neues? Ich lehnte das Tylenol 3 ab, ging ins Hotel zurück, schluckte eine halbe Handvoll Aspirin und goss mir drei Fingerbreit Scotch in den Plastikbecher. Schaute mir eine Zeitlang einen Film über Kindsmissbrauch an. Goss mir noch einen Drink ein. Schlief auf dem Sessel ein.

Dann hämmerte jemand an meine Tür.

Ich machte auf. Sergeant Travis balancierte in der einen Hand zwei übereinanderstehende, bierkruggroße Styroporbehälter mit Kaffee, hatte in der andern eine Tüte Donuts.

»Dachte, Sie könnten so was vielleicht gebrauchen.«

Er hielt mir die Tassen hin, so dass ich mir eine nehmen konnte, und kam rein. Stellte die Tüte auf die Kommode. Der Fernseher war noch an, und er setzte sich hin, schaute sich *Tom und Jerry* an und trank Kaffee. Ich machte das Gleiche.

»Ihr Name ist irgendwie gefallen, Griffin.«

»Das haben Namen so an sich.«

»Hat mich so beschäftigt, dass ich Ihren Freund bei der Polizei in New Orleans angerufen habe, diesen Walsh, und mich mit ihm über Sie unterhalten habe. Er hat mir gesagt, wenn er Sie zum Zeitungholen an die nächste Straßenecke schickt, steht die Chance, dass er tatsächlich eine kriegt, etwa fifty-fifty, aber er würde Ihnen sein Leben anvertrauen. Ein ziemlich merkwürdiges Leumundszeugnis.«

»Zwei ziemlich merkwürdige Leute.«

Er trank seinen Kaffee aus und warf den Becher in den Mülleimer. »Ihr zwei kennt euch schon 'ne ganze Weile, was?«

»Es ist eine längere Geschichte, ja.«

»Wollen Sie eins?« Er hatte sich die Donuttüte geschnappt und eins rausgeholt. Kaute einen Moment lang drauf rum und warf es ebenfalls in den Müll. »Die verdammten Dinger sehn immer so gut aus. Aber sie schmecken wie gezuckerter Pappkarton und verklumpen einem bloß den Bauch. Die Sache ist die, dass wir eine Meldung vom Krankenhaus wegen Verdachts auf Körperverletzung bekommen haben –«

»Ich habe nichts dergleichen angegeben.«

»Mussten Sie auch nicht. Wir sind hier in der Gegend gern auf dem Laufenden, Griffin. Wenn jemand total zusammengeschlagen in die Notaufnahme kommt, sagt mir das Personal von Haus aus Bescheid.«

»Von juristischen Feinheiten wie zum Beispiel ärztlicher Schweigepflicht hält man nicht viel, entnehme ich dem.«

»Tja, wissen Sie, ich hab den Eindruck, dass es immer die Großstadtmenschen sind, die so viel Wert auf Anonymität legen. Vielleicht hat das irgendwas damit zu tun, wieso sie Großstadtmenschen sind. In einem Ort wie dem hier weiß für gewöhnlich sowieso jeder, was der andere treibt. Das muss eine von den neueren sein«, sagte er und nickte zum Fernseher hin. »Die alten waren grob wie Klotz – ruckelig und schlecht gezeichnet, vogelwild –, aber irgendwie hatten sie ihren Reiz.«

Er schüttelte den Kopf, als trauere er um all den Zauber, der verlorengegangen war.

»Und ich höre also von dieser mutmaßlichen Körperverletzung und frag mich unwillkürlich, ob da vielleicht ein Zusammenhang mit einem Vorfall besteht, der sich kurz zuvor draußen an der Bezirksstraße Nummer eins-siebzehn zugetragen hat. Weil da nämlich jemand, der groß und schwarz war, zugeschlagen hat wie ein

Racheengel – wofür er sich rächen wollte, weiß keiner – und zwei von unsern selbständigen Gewerbetreibenden fürchterlich verdroschen hat. Der eine dürfte grade den Kiefer verdrahtet kriegen, wird den Flüssigfraß bald über haben. Leute, die dabei waren, haben gesagt, der Typ wäre da aufgekreuzt und hätte sie niedergemacht, einfach so, ohne irgendeinen Anlass.«

»Vermutlich gab es einen Grund.«

»Tja.« Er hatte den Blick nicht vom Fernseher gewandt, wo eine Katze quer über den ganzen Bildschirm hinter einer Maus herhetzte, am Rand verschwand und kurz darauf zurückgerast kam, verfolgt von der Maus. »Vermutlich schon. Schaun Sie: Walsh sagt mir, dass Sie okay sind, und von mir aus geht das auch in Ordnung, zumindest so lange, wie ich nichts Gegenteiliges feststelle. Aber wenn Sie hier durch die Gegend laufen und den Leuten den Kiefer brechen, muss ich das auf der Stelle wissen.«

»Die Sache ist ein bisschen aus dem Ruder gelaufen.«

»Das haben solche Sachen so an sich. Ich will von Ihnen wissen, ob Sie sich künftig am Riemen reißen können, damit so was nicht noch mal vorkommt.«

Ich nickte.

»Ich buchte Sie genauso schnell ein wie jeden andern, wenn's drauf rausläuft, Freunde hin oder her. Ganz egal, wie ich persönlich dazu stehe. Es könnte dazu kommen. Das verstehen Sie doch, nicht wahr?«

»Ja.«

»Dann geh ich davon aus, dass Sie sich zusammennehmen und Obacht geben. Vor allem Obacht geben. Camaro konnte beim besten Willen nicht wissen, dass Sie da reinmarschieren wie John Wayne und die Jungs einfach aufmischen, sonst hätte er Sie nicht hingeschickt. Aber diese Jungs haben jede Menge Geschäftsfreunde.«

»Ebenfalls selbständig?«

»Tja, na ja, es handelt sich sozusagen um eine Art Heimarbeit. Aber ich will damit sagen, dass sie es persönlich nehmen könnten, ein paar von den andern jedenfalls. Vor allem dann, wenn Sie Ihnen noch mal auf den Pelz rücken.«

»Ich verstehe.«

»Dann machen Sie's mal gut, Griffin. Wenn Sie zu tief reingeraten, rufen Sie mich an.«

»Damit Sie mit der Kavallerie angeprescht kommen?«

Er lachte. »Nicht doch. Damit ich mich rechtzeitig raushalten kann.«

20

Jedes Mal, wenn mir alles heillos verfahren vorkommt und ich wieder einmal zutiefst an mir und dem Menschengeschlecht verzweifle, lese ich Thomas Bernhard. Niemand ist verbitterter, keiner hat je in einer trostloseren Welt gelebt als Thomas Bernhard. Der einzige Mitkonkurrent ist Jonathan Swift, dessen Grabspruch genauso gut zu Thomas Bernhard gepasst hätte: »Er ist dahin gegangen, wo grimmer Unmut ihm das Herz nicht mehr zerreißen kann.«

Thomas Bernhards ganzes Werk ist ein einziges Aufbegehren: voller Schmähungen wider seine österreichische Heimat, Auseinandersetzungen, die lediglich zwischen menschlichem Verstand und Phantasie ausgetragen werden, polternder Dialoge, die irgendwann ansatz- und übergangslos in beklemmende, hundert Seiten lange Selbstgespräche ausufern. Und unter alldem schwingt seine Überzeugung mit, dass Sprache vor allem die Verweigerung des Menschen darstellt, sich mit der Welt abzufinden, so wie sie ist, dass sie grundsätzlich ein Machwerk aus Lug und Trug ist.

Da ich nach Sergeant Travis' nachmittäglichem Besuch nicht mehr schlafen konnte, keinen Thomas Bernhard zur Hand hatte und so gut wie keine Aussicht bestand, dass ich hier im hintersten Hinterland irgendwo einen fand, machte ich das Nächstbeste. Ich ging auf Friedhofstour.

Konföderierte Soldatenfriedhöfe gibt es so gut wie überall im alten Süden, manchmal nur eine Handvoll alter Gräber, aber auch weitläufige Anlagen, die mit jedem Stadtpark mithalten können. Oftmals sind sie richtig prachtvoll, mit kunstvollen Grabsteinen und Inschriften, im Allgemeinen gepflegt und gut besucht. Und einer der berühmtesten befand sich, wie ich wusste, ganz in der Nähe von Clarksville.

Es war schon fast dunkel, als ich hinkam. Man muss kurz nach der Faith Baptist Church vom Highway abbiegen (ich hatte unterwegs zweimal angehalten und mich erkundigt), eine schmale Asphaltstraße entlangfahren (aufs Bankett ausweichen, sobald einem ein anderes Fahrzeug entgegenkommt) und danach einen breiteren, unbefestigten Fahrweg, durch den heutigen Friedhof mit den niedrigen Steinen und dem hellgrünen Gras hindurch, bis man zu einem Wäldchen kommt, wo halb lebensgroße Soldatenstandbilder zwischen den Bäumen aufragen. Weiter hinten, etwas abgelegen, befand sich ein Negerfriedhof mit schlichten Holzkreuzen.

Die Bäume, hauptsächlich Magnolien, hatten sich bereits zur Winterruhe begeben. Voller Laub, immer noch grün, aber eigenartig leblos, so als hielten sie den Atem an, warteten ab.

Marmor- und Zementsoldaten, Pferde, Engel, getreue Hunde, Pfeiler, Säulen, Klageweiber.

Ein Säulenstamm aus fein geädertem Marmor, auf dem eine Kinderstatue steht, auch wenn der Knabe einen Offiziersrock trägt: *BEDENKET DASS NACH MITTERNACHT DER MORGEN ANBRICHT.*

Ein sarkophagartiger Schrein mit einem schmiedeeisernen Türmchen in der Mitte: *Ehre. Familie. Glaube.*

Und auf einem kleinen, schlichten Grabstein, von Hand zu einer Art Schriftrolle zurechtgehauen, der eher nach New Orleans gepasst hätte (dort wäre es ein Hinweis darauf gewesen, dass der junge Mann beim Duell zu Tode gekommen war, nicht im Krieg): *Mort sur le champ d'honneur.*

Der arme alte Tom Jefferson mit seiner schwarzen Geliebten Sally Hemings und seinen zweihundert anderen Sklaven in Monticello, seinen Brandreden wider die Sklaverei, weil sie politisch und moralisch von Übel sei, und doch war ihm die ganze Zeit klar, dass er wirtschaftlich erledigt wäre, wenn er seine Sklaven freiließe. Und dass sich die Nachbarn das Maul zerreißen würden.

Das Leben, Mr Jefferson, ist ein nichtsnutziges, neomarxistisches Luder.

Letztlich läuft alles auf die Wirtschaftlichkeit raus, egal, wie feingeistig wir sind.

Ich blickte auf und sah einen weißen Jungen, etwa um die zwölf, am Rand des Gräberfelds stehen, eine Schrotflinte in der Armbeuge, der mich beobachtete.

Ich nickte ihm zu.

Er nickte zurück und beobachtete mich weiter.

Wie Robert Johnson sagte: Geht die Sonne unter, kriegt mich die finstre Nacht.

Vielleicht doch keine so gute Idee, nicht einmal jetzt, nicht im heutigen Amerika. Und so schwang ich mich in meinen Mazda und steuerte gen Sonnenuntergang, ließ die Toten, diese Toten, für immer hinter mir.

21

Baby McTell starb am 19. November, an einem sternenlosen, wolkenverhangenen Morgen, kurz nach zwei Uhr früh.

Das Telefon in meinem Motelzimmer riss mich aus dem Tiefschlaf. Die obersten Schichten meines Bewusstseins waren auf der Stelle wach; ich wartete, bis sich die andern dazugesellt hatten. Die Lichter eines Autos draußen warfen Schattenbilder auf meine Wand, alles übergroß und mit seltsamen Schrägen und Winkeln, wie im expressionistischen deutschen Film. Der Leerlauf des Autos war zu niedrig eingestellt; alle paar Sekunden begann der Motor zu stottern, und der Fahrer musste das Gaspedal antippen.

»Yeah?«, sagte ich.

»Mister Griffin?«

Ich sagte ja, und Doktor Arellano teilte mir mit, dass man alles Menschenmögliche getan habe.

Ich dankte ihm, sagte, ich würde später vorbeikommen und alles Notwendige erledigen, und legte auf. Ich hatte nichts zu trinken im Haus, sonst hätte ich es getrunken. Draußen wurde eine Autotür zugeknallt, und eine Frau schrie, als die Karre losfuhr: Du kannst mich mal! Hast du gehört! Du kannst mich kreuzweise!

Ich spritzte mir Wasser ins Gesicht, saß dann eine Weile da und starrte in die Dunkelheit, während im Radio hinter mir eine Nachtsendung lief. Dann drehte ich die Dusche auf, ließ das Wasser laufen, bis es warm war, und rasierte mich derweil. Ich stieg gerade rein, als das Telefon wieder klingelte.

»Lew? Teresa hier. Becky Walden hat eben angerufen. Die Schwester, die sich heute Nacht um unsere Kleine gekümmert hat. Sie wusste, dass ich Bescheid wissen wollte. Es tut mir so leid, Lew.«

Ich schaute auf meine Füße und sah zu, wie sich die Feuchtigkeit langsam auf dem Teppichboden ausbreitete.

»Lew, ist alles okay?«

»Bestens.« Ich räusperte mich, sagte es noch mal.

»Hör zu, ich habe heute Nacht frei. Möchtest du, dass ich vorbeikomme? Vielleicht solltest du heute Nacht nicht allein sein. Ich bin sowieso auf – ich kann einfach nicht richtig schlafen, so wie ein normaler Mensch, selbst wenn ich keinen Nachtdienst habe – und schaue mir alte Filme an. Ich könnte im Nu da sein, vorausgesetzt, du hast nichts gegen Räuberzivil und eine Sturmwindfrisur einzuwenden. Im Krankenhaus kannst du jetzt sowieso nichts ausrichten. Vor morgen früh um neun ist in der Verwaltung keiner da.«

»Ich möchte, dass du herkommst«, sagte ich einen Moment später.

»Dann mache ich mich auf den Weg.«

Ihr Räuberzivil entpuppte sich als Designerklamotten, französische und unlängst gebügelt. Die Sturmwindfrisur sah in etwa so aus wie immer.

Ich wiederum hatte mich nur zu einer Katzendusche, Jeans und einem T-Shirt aufraffen können.

»Lew«, sagte sie, als ich die Tür aufmachte, »ich möchte dir Beth

Ann vorstellen. Sie ist der einzige Grund, dass ich noch in den Staaten bin. Ich hoffe, du hast nichts dagegen, dass ich sie mitgebracht habe.«

Ihre Begleiterin war eine große, hinreißende Frau mit hellbrauner Haut, goldenen Augen und hervorragenden Manieren, wie sie im alten Süden üblich waren. Sie nahm meine Hand, und einen Moment lang kam es mir so vor, als ob sie einen Knicks machen wollte.

»Beth Ann stammt aus Charleston. Sie ist nie ganz drüber weggekommen.«

»Jetzt, wo ich sie sehe, würde es mich wundern, wenn Charleston jemals über sie weggekommen wäre.«

»Was habe ich dir gesagt?«, sagte Teresa zu Beth Ann.

»Du hast gesagt, er wäre ein gutaussehender Charmeur. Und das war zumindest halb richtig.«

»Fällt einem dazu vielleicht das Wort kokett ein?«, fragte mich Teresa.

»Unter anderem«, sagte ich. Die gegenseitige Bewunderung schoss fett ins Kraut. Demnächst mussten wir uns wahrscheinlich mit Macheten durchhacken.

»Mein Beileid wegen dem kleinen Mädchen, Mister Griffin.«

»Lew. Und besten Dank. Obwohl man, glaube ich, damit rechnen musste.«

»Das macht es aber nicht leichter.«

»Nein. Bestimmt nicht.«

Teresa stellte eine Papiertüte auf die Kommode und griff hinein, holte drei Tassen raus, alle mit einem Deckel versehen. Sie reichte jedem von uns eine, behielt eine für sich. Meine war so heiß, dass ich sie kaum halten konnte.

»Falsch«, sagte Teresa. »Wir müssen tauschen. Das hier ist Kaffee – für dich. B. A. und ich trinken Tee.«

»Tee ist wunderbar. Teilt ihr ihn mit mir?«

»Natürlich. Aber ich habe nicht gewusst, dass du Teetrinker bist. Du hast dir doch immer Kaffee bestellt.«

»Wennschon, dennschon«, sagte ich.

»Ganz recht.«

Ich hatte ihr nie von Vicky erzählt. Jetzt tat ich es.

»Du hast sie geliebt«, sagte Teresa, als ich fertig war.

»O ja.«

»Und du hast sie gehen lassen.«

»So wie man den Wind blasen lässt oder die Sonne aufgehen. Es war ihr eigener Wunsch, ihre Entscheidung. Dagegen konnte ich nicht viel tun.«

»Wir können immer etwas tun, Lew. Du hättest mit ihr zurückgehen können. Sie hat dich gefragt.«

Ich schüttelte den Kopf, so wie in all den vergangenen Jahren. Ich reichte Teresa die Tasse. Sie trank einen Schluck und gab sie mir wieder.

»Hast du noch was von ihr gehört?«

»Anfangs, eine Weile. Im Lauf der Zeit dann immer seltener. Sie hat Familie, einen Sohn, einen Mann, der viel beschäftigt ist, lauter wichtige Sachen macht, und neuerdings noch eine Tochter. Und ihren Beruf natürlich. Alte Bande lösen sich. Andenken werden an die Wand gehängt oder in der hintersten Schublade verstaut, und das Leben geht weiter.«

Teresa hielt mir die fast leere Tasse hin, und als ich den Kopf schüttelte, trank sie den letzten Schluck Tee selber. Dann hebelte sie den Deckel der Kaffeetasse auf, nippte dran, reichte sie an mich weiter. Wir saßen alle drei auf der mit Plastik bezogenen Couch unter dem Panoramafenster mit dem schweren Theatervorhang, schauten auf grün gestrichene Bimssteinmauern, und das Licht aus dem Badezimmer fiel auf den braunen Teppichboden.

»Du vermisst sie«, sagte Teresa.

»Ich vermisse eine Menge Sachen –«

»Sie war keine Sache, Lew.«

»– aber der Zug fährt weiter.«

»Als ich zehn war«, sagte Beth Ann, »hat mich meine Schwester, die mich aufgezogen hat, nachdem meine Eltern gestorben waren, in einen Zug nach Chicago gesetzt, wo ich meine Großeltern besuchen sollte. Ich war noch nie aus Charleston rausgekommen, war so gut wie nirgendwo gewesen außer zu Hause und auf der katholischen Schule, die ich besucht habe. Ich habe mich zu Tode gefürchtet. Ich wusste nicht mal, wo die Toiletten in dem Zug waren. Und ich hatte Hunger. Ich war um sechs Uhr morgens von zu Hause aufgebrochen, ohne Frühstück, und rundum haben alle gefuttert, hatten Tüten und Dosen mit Hühnchen und Sandwiches dabei. Ich habe mich die ganze Zeit nicht von der Stelle gerührt. Ich habe bloß dagesessen, hätte mir um ein Haar in die Hose gemacht, als ein Schaffner gekommen ist. Ich werde ihn nie vergessen. Ein Weißer, um die dreißig, schätze ich, auch wenn er mir seinerzeit furchtbar alt vorkam. Und er hat bloß gesagt: Komm mit, Kleine. Hat mich in den Salonwagen mitgenommen, mir gezeigt, wo die Toilette war, die er und die anderen Eisenbahner benutzt haben. Und die ganze weitere Fahrt über hat er mir ständig Schinkensandwiches gebracht. Bloß eine Scheibe Schinken, zwei Stück Weißbrot und Mayonnaise, aber sie haben besser geschmeckt als alles, was ich je im Leben gegessen habe.«

Wir hatten den Kaffee längst ausgetrunken, ließen aber spontan und einer unausgesprochenen Eingebung folgend die Tasse weiter hin und her kreisen. Wer sie hatte (so wurde uns mit einem Mal klar), musste reden.

Teresa: »Viele Frauen haben dich geliebt, Lew.«

Beth Ann: »Das Leben könnte auch ohne Terri weitergehen, das weiß ich. Es gäbe schon Gründe dafür weiterzuleben. Ich würde schon welche finden. Aber im Augenblick kann ich es mir einfach nicht vorstellen.«

Teresa: »Als ich hergekommen bin, um in den Staaten zu leben – nur ein Jahr lang, dachte ich damals –, hatte ich das gleiche Gefühl, das seinerzeit Kolumbus gehabt haben muss. Als würde ich über den Rand der Welt fallen, die ganze Zivilisation hinter mir lassen. Dann habe ich Einkaufszentren entdeckt! Schnellimbisse! Kreditkarten!«

Ich: »Ich weiß noch, dass ich in den Sechzigerjahren mal an die Wand von einem K & B gesprüht habe: Konsum macht kaputt.«

Teresa: »›Denn Arroganz und Hass sind die Waren, die am Straßenrand verschachert werden‹.«

B. A.: »Yeats.«

Ich: »›Ein Gedicht für meine Tochter‹. Jetzt bin *ich* der fünfzig Jahre alte ernste, unzugängliche Mann.«

»Ich glaube, wir sollten uns ein paar Gedanken übers Essen machen«, sagte Teresa. »Essen ist meiner Meinung nach etwas Wichtiges.«

»Ich glaube, wir alle warten nach wie vor auf diesen Schaffner«, sagte Beth Ann.

22

Die Sonne ging gerade auf, als wir in Teresas Auto stiegen und zu einem Restaurant draußen an der Umgehungsstraße fuhren. Ich saß zwischen ihr und Beth Ann auf dem Vordersitz. Das Morgenlicht färbte auch auf unsere Gesprächsthemen ab; die Schatten wichen. Als sie mich etwa eine Stunde später wieder beim Motel absetzten, nach einer Pecanwaffel und etlichen Litern Kaffee, sah auch ich allmählich wieder Licht am Ende des Tunnels.

Ich duschte mich, zog richtige Klamotten an (Verne nannte sie immer »Erwachsenenkleidung«, fiel mir plötzlich ein) und ging zum Krankenhaus, um alles Notwendige zu erledigen. Die Sachbearbeiterin, eine Endfünfzigerin namens Katherine Farrell, eher attraktiv als hübsch, aber nichtsdestotrotz reizend, sprach mir ihr Beileid aus und sagte, dass Mrs Adams die erforderlichen Papiere bereits unterschrieben habe.

Ich fand sie draußen in dem Wartehäuschen bei der Bushaltestelle. Ich setzte mich neben sie. Wir betrachteten den vorbeifahrenden Verkehr.

»Is nicht das erste Mal oder das letzte Mal, dass einer von uns was verliert«, sagte sie nach einer Weile.

»Nein, M'am.«

Ein Ford Pick-up, ein altes Arbeitspferd, die Kotflügel abgerissen, der Lack runter bis auf die letzte Grundierung, schleppte sich vorbei. Ein käfergrüner neuer Toyota hing dicht hinter ihm. Schwere Rapreime, dröhnende Bässe hallten auf uns ein.

»Wissen Sie, ich hab mit den Schwestern da drin gesprochen. Die haben mir erzählt, dass Sie die Kleine geliebt haben, dass Sie ein guter Kerl sind. Und nach dem zu urteilen, was Sie auf der Herfahrt gesagt haben, is auch aus meiner Tochter eine gute, anständige Frau geworden.«

»Ja, M'am. Ganz recht. Das ist sie immer gewesen.«

»Hab mich schon öfter geirrt.«

»Ja, M'am.« Dann, einen Moment später, als nichts mehr kam: »Ich danke Ihnen.«

Ich stand auf. »Mein Auto steht auf dem Parkplatz, Mrs Adams. Ich fahre Sie wieder heim, wenn Sie so weit sind.«

Sie streckte die Hand aus, und ich ergriff sie. Es war, als hielte man trockene Zweige.

»Dafür wär ich Ihnen sehr dankbar, Lewis«, sagte sie.

Nachmittags war ich wieder in Clarksville, und nachdem ich in einem Laden namens The Drop kurz etwas zu mir genommen hatte, legte ich mich im Motel ein paar Stunden schlafen. Ich war schon halb eingeschlafen, als das Telefon klingelte.

Ich raffte mich auf und sagte: »Ja?«

»Mein Beileid wegen der Kleinen. Ich weiß, wie einem da zumute is, und dass ich sagen kann, was ich will, aber es nützt nix. Sie wissen, wer dran is, ja?«

Ich nickte, wurde allmählich ein bisschen wacher und sagte: »Camaro.« Die Welt geriet allmählich wieder in die Fugen, wenn auch noch leicht verschwommen.

»Alles in Ordnung, Mann?«

»Bestens. Bin die letzten zwei Tage bloß nicht viel zum Schlafen gekommen.«

»Kenn ich nur zu gut. Ich kann später noch mal anrufen.«

»Nicht nötig. Was gibt's?«

»Tja ...«

Er brauchte etwa eine halbe Minute, bis er mit der Sprache rausrückte. »Vielleicht hätt ich Sie gar nicht anrufen sollen. Beim letzten Mal sind Sie, soweit ich gehört hab, durchgedreht und haben zwei Jungs krankenhausreif zugerichtet. Schon mal was davon gehört, dass man jemanden vorher fragt?«

»Ich habe gefragt.«

»Ach ja? Denken Sie auch dran, immer schön bitte zu sagen?«

»Hab ich bestimmt. Das vergess ich selten. Auch wenn ich vielleicht das Danke weggelassen habe, wenn ich's recht bedenke.«

»Hat man Ihnen schon mal den Unterkiefer mit Draht zusammengeflickt, Griffin?«

»Ein paarmal wär's fast so weit gewesen.«

»Garantiert. Wahrscheinlich haben Sie den Draht zerkaut und auf die Leute gespuckt. Tja, ach verflucht, die zwei Jungs sind sowieso ziemlich fertig. Wenn Sie sie nicht zur Schnecke machen, macht's jemand anders.«

»Also: Wollen Sie mir ein paar heiße Tipps geben, wie man die sozialen Klippen im postkolonialen Mississippi umschifft, oder bloß ein bisschen plaudern, alte Erinnerungen wieder aufwärmen? Nicht dass es da viel aufzuwärmen gäbe.«

»Wir wissen inzwischen, dass Sie ein schlimmer Finger sind, Griffin.«

»Tja, na ja, im Augenblick brauche ich Schlaf nötiger als irgendwelchen Bockmist.«

»Sie brauchen aber auch jemanden, der Ihnen bei der Suche nach der Kleinen hilft. Auch wenn ich beim besten Willen nicht weiß, wieso Ihnen jemand helfen sollte.«

»Das liegt an meinem ehrlichen Gesicht. Meinem reinen Herzen. Meiner hochwohlgeborenen Herkunft aus altem Südstaatenadel. Und an den Zwanzigern, die ich verteile. Was steht an?«

»Ich dachte, Sie sagen immer schön bitte.«

»Bitte.«

»Es gibt da ein Mädchen, Louette heißt sie, die seit einiger Zeit irgendwie im Haus von so 'nem Dealer wohnt, gleich auf der andern Seite der Staatsgrenze. Ich meine, man kommt da hin und schaut sich um, und dann wird einem klar, dass sie seit mindestens einem Monat da ist. Hat anfangs ausgeholfen, Sie wissen schon, die Jungs bedient, wenn sie noch zu irgendwas fähig waren, aber seitdem hängt sie bloß dort rum, gibt sich gewaltig die Düse. Dabei weiß doch jeder, dass so was schlecht fürs Geschäft is.«

»Danke.«

Ich schrieb mir die Adresse auf, die er mir nannte.

»Eins noch«, sagte er.

»Yeah?«

»Geht's diesmal vielleicht auch ohne großen Krach? Sie sind hier nicht in der Großstadt. Wir halten uns hier eher ein bisschen bedeckt, wollen nicht zu sehr auffallen.«

Ich sagte, dass ich mich bemühen würde. Keiner von uns glaubte es.

Das Haus befand sich oben in West-Memphis, in einem Außenbezirk, einem Stadtteil, der im Zweiten Weltkrieg sozusagen als Nebenprodukt des Militärstützpunkts von Memphis entstanden war – ein ganzes Areal aus lauter schlichten Holzhäusern, allenfalls anderthalb Zimmer groß, dicht auf dicht stehend, eine Reihe um die andere, wie die Karotten im Gemüsegarten. Kurze, schmale Auffahrten, die im Lauf der Jahre verwittert waren, von Gras und Heckenschösslingen überwuchert; oftmals waren die Autostellplätze zu Anbauten umgemodelt, zu Geräteschuppen, Veranden, die mit Fliegendraht umgeben waren; auf einigen anderen waren Wohnwagen abgeprotzt. Ausgemusterte Kühlschränke, Motorräder und vor sich hinmodernde Autos standen in den Gärten, daneben Kinderschaukeln und aufblasbare Planschbecken.

Ich fuhr in die Zachary Taylor Street und hielt vor Haus Nummer 3216. Durch das linke Seitenfenster konnte ich in weiter Ferne den schwungvollen Bogen der Arkansas-Mississippi-Bridge sehen. Ich hatte erst nach Memphis reinfahren, mich dann auf den Riverfront Drive klemmen und über die Brücke zurück nach Arkansas kurven müssen. Ich ging den kurzen Weg zur Haustür hoch, hörte von drinnen Musik, die wie eine Mischung aus Reggae und Country klang. Marley in Nashville eventuell, Jimmy Cliff & His Cowboy Shitkickers.

Ich dachte an Camaros mahnende Worte und klopfte höflich an die Tür. Niemand reagierte, daher klopfte ich noch mal höflich an. Dann, als sich immer noch nichts tat, trat ich so höflich wie möglich dagegen.

Die Tür ging auf, und ein Mann, vielleicht etwa halb so alt wie ich, stand vor mir. Blond, Bürstenschnitt, Tarnfarbenhose und weißes Hanes-T-Shirt, Cowboystiefel aus Eidechsenleder. Bodybuildermuskeln und ein Ohrring. Schnapsglas in der Hand. Tequila, dem Geruch nach.

»Was *willst* du denn?«

Hinter ihm, in zwei verschiedenen Zimmern, liefen in voller Lautstärke Randy Travis und irgendwelcher Reggae, kamen sich gewaltig in die Quere, harmonierten von Zeit zu Zeit aber auch auf eine seltsam wunderbare Weise.

»Oh. Entschuldigung. Ich dachte, Sie hätten mich nicht gehört.«

»Wir ham dich gehört. Dich hat man bis rüber nach Little Rock gehört, Mann.«

»Gut. Es ist so schwer, sich heutzutage Gehör zu verschaffen. Vielen Dank.«

»Die Mama hat dich aber anständig aufgezogen, was? Bei den Manieren kannst du meiner Meinung nach bloß einer von den Bibelfesten sein, die hier zirka einmal pro Woche aufkreuzen. Die ham auch immer Jacke und Schlips an. Hat sonst keiner hier.«

Er trank einen Schluck.

»Aber du bist selbstverständlich kein Bibelfester, was?«

»Nein, Sir. Ich muss gestehen, das bin ich nicht. Aber vielleicht könnten Sie mir trotzdem einen Gefallen tun und mir ein, zwei Fragen beantworten. Ich will Sie auch nicht lange aufhalten.«

»Und wieso sollte ich irgendwelche Fragen beantworten? Es sei denn, ich krieg irgendeinen Wisch vorgelegt.«

»Einen Wisch?«

»Ach, komm, du stinkst doch zehn Meilen gegen den Wind nach Bullenstall.«

Ein anderer, kleinerer Mann mit dichten, kurzgeschnittenen Haaren, die wie eine Elfenhaube wirkten, hatte sich zu ihm gesellt. Kniff die mächtigen Augenbrauen zusammen und sagte: »Ja, Mann, das is der *neue* Süden. Überall Niggerbullen.«

»Geh wieder rein, Bobo. Wir kommen hier bestens klar.«

»So läuft das heutzutage in Amerika. Weit ham wir's gebracht«, sagte er zu mir. »Wenn du das nächste Mal herkommst, hast du entweder eine amtliche Befugnis, oder wir kriegen dich wegen Hausfriedensbruch dran. Is das klar?«

Oh, oh. Der Typ schaute sich zu viele Polizeiserien an; ich steckte in der Klemme.

Er schlug die Tür zu.

Schaute runter, als ich sie mit dem Fuß stoppte.

Dann blickte er wieder auf, schaute einen Moment lang an mir vorbei, ehe er sich wieder fing.

Das reichte.

Ich duckte mich, rollte mich ab, als der Typ hinter mir ausholte und, weil er auf keinen Widerstand stieß, den Rechtskundigen mitten auf der Brust erwischte, ihn mit der Faust streifte, dann selber ins Straucheln geriet.

Ich fuhr herum wie ein Schwerttänzer, rammte dem Rechtskundigen die Füße in die Nieren. Seine Brille flog davon, prallte von der Wand ab, überschlug sich, segelte in den kleinen Vorsaal und blieb hoch oben an der pflegeleichten Wandverkleidung hängen, wo sie hin und her schaukelte. Ich schlang ihm, kaum dass er zu Boden war, beide Hände um den Hals. Trat dem andern mit aller Kraft in die Eier, spürte, wie er sich zusammenkrümmte.

»Du bist dran«, sagte ich. »Schon komisch, was man sich alles einbrocken kann, was?«

»Hör auf, Mann«, sagte er. »Wir können drüber reden.« Und kaum hatte ich Luftröhre und Schlagader losgelassen, schrie er: *»Bobby Ray!«*

Der kam aus einem Zimmer zur Rechten getrottet, wo sich ein Talkmaster, dessen Gesicht den Fernsehschirm ausfüllte wie ein Ei den Becher, mit echt treuherzigem Blick direkt an Studiopublikum und Zuschauer wandte.

Bobby Ray hatte eine echte Walther PPK in der einen Hand.

Ich hatte einen Garderobenständer.

Ich erwischte ihn volle Kanne an Hals und Brust. Kann sich noch jemand dran erinnern, wie Martin Balsam in *Psycho* rücklings die Treppe runtersegelt?

Er reckte den Kopf wie eine Schildkröte, hechelte nach Luft. Kriegte keine. Zog den Kopf wieder ein. Machte keinen Mucks.

Ich stellte den Garderobenständer wieder in die Ecke. Ein paar Jacken und Mäntel hingen noch dran; der Großteil lag am Boden.

»Wehe, du rührst dich von der Stelle«, sagte ich zu dem Rechtskundigen. »Wenn du aufstehst, mopp ich mit dir die Möbel ab. Hast du mich verstanden.«

Er nickte.

Ich nahm die PPK und ging ins nächstbeste Zimmer. Fratzen wandten sich mir zu wie fahle Blüten auf fauligem Holz. Auf einem Kartentisch war ein bescheidenes Büfett angerichtet: allerlei Joints, diverse Schalen voller kunterbunter Pillen, zwei kleine, abgedeckte Plastikbehälter, eine Marmorplatte mitsamt Rasierklinge und pudrig weißen Krümeln.

Wie zur Fütterungszeit im Zoo.

»Unser Erlöser.«

»*Ecce homo*. Und ich mein das ernst.«

»Endlich mal was los hier.«

»Je schwärzer, desto schöner.«

»Möchten Sie vielleicht Ihren Parkschein einlösen, Sir?«

»Der Pizzamann is da.«

»Hilfe.«

Alouette sagte gar nichts.

Hinten im Schlafzimmer fand ich sie, auf zwei übereinandergelegten Matratzen, splitternackt, zwischen einem dürren Schwarzen und einer fetten, vollbusigen Blondine. Die beiden ließen eine Flasche Southern Comfort über ihr hin- und hergehen. Aus dem Fernseher neben dem Bett tönte gerade die Erkennungsmelodie von *Green Acres*.

Ich tastete ihre Halsgrube ab. Der Puls ging noch, wenn auch schwach.

»Wo ist das Telefon?«

Der Dürre schaute mich an und reichte, ohne den Blick abzuwenden, der Blondine die Flasche rüber. Sie raffte danach, kriegte sie zu fassen und zog sie sich rein, dass die Brüste schlackerten.

Mit einer einzigen Handbewegung nahm ich sie ihr weg und schmetterte sie an das Kopfteil. Hielt dem Mann einen höchst zufriedenstellenden Griff samt messerscharfer Scherbe an die Kehle, sah, wie sein Ständer zusammenschnurrte, während uns der unglaublich süße Orangengestank einhüllte.

»*Sofort*«, sagte ich.

Sein Blick zuckte zu Boden. Wieder und wieder. Ich griff unter das Bett und zog das Telefon raus. Wählte die 911.

»Zachary Taylor Nummer drei-zwo-eins-sechs«, sagte ich. Überdosis, wollte ich sagen, hörte aber stattdessen: »Polizist am Boden.« Dafür würde ich bitter büßen. Aber der Krankenwagen war in vier Minuten da.

Während wir warteten, kamen weitere Gorillas in das Zimmer. Drei insgesamt.

»Das is der Typ, der Lonnie fertiggemacht hat«, sagte einer von ihnen. »Hat ihm den Kiefer kaputtgehaun.«

»Hundesohn.«

»Jetzt gibt's Saures.«

Ich hob die PPK.

Wir standen uns immer noch gegenüber, als der Krankenwagen und vier Polizeiautos angekachelt kamen.

23

Zeit, sich mal wieder an all die Gefängnisfilme zu erinnern. Der lispelnde Tony Curtis, an einen schwarzen Hünen gekettet, Löffelgriffe, die auf Zementböden zu Messern gewetzt werden, flackernde Lichter in der ganzen Stadt, als Big Lou ein paar Sekunden, bevor der Hinrichtungsaufschub eingeht, gegrillt wird, Collegestudenten, die in den Sommerferien im Süden von schmerbäuchigen Polizisten aufgegriffen und in Sträflingskolonnen zum Frondienst gepresst werden. Dazu die Romane: Malcolm Bralys *On the Yard*, Chester Himes' *Cast the First Stone*.

Auf der Hinfahrt im Streifenwagen hatte mich einer der Cops gefragt, was zum Teufel ich da überhaupt gemacht und was ich mir dabei gedacht hätte.

Gute Frage.

Eine *sehr* gute Frage an einen fünfzig Jahre alten, ernsten und entschieden unzugänglichen Mann.

Was machte ich denn?

Abgesehen davon, dass ich in einer Arrestzelle in West-Memphis, Arkansas, saß – endlich daheim, beziehungsweise so gut wie.

Abgesehen davon, dass ich den zumeist desinteressierten Anfängern, Fortgeschrittenen und dem einen oder anderen angehenden Magister keine Vorlesungen über den französischen Roman hielt – was ich eigentlich hätten machen sollen.

Mir fiel ein, dass ich mich ebenso überstürzt und stillschweigend von der Uni abgeseilt hatte wie mein Sohn David vor ein paar Jahren.

Ich wurde allmählich wirklich zu alt für so was.

Und außerdem ging mich die ganze Sache im Grunde genommen gar nichts an.

Und so saß ich da, sah zu, wie die Dämmerung zaghaft das hoch in der Wand eingelassene Fenster streifte, sich vortastete und dann hindurchfiel, trank eine Tasse Kaffee nach der anderen, die mir die Deputys brachten, und lehnte die mir angebotenen Zigaretten ab, während ich meinen Gedanken nachhing, den Erinnerungen, Sachen, die ich lange in die hintersten Winkel meines Bewusstseins verbannt hatte.

David: seine letzte Ansichtskarte und sein spurloses Verschwinden, das sekundenlange Schweigen auf meinem Anrufbeantworter.

Vicky: rote Haare, die wie eine Wolke über mir schweben, ein bleicher, weißer Leib, der sich unter mir auftut, rollende Rs, unausgesprochene Zustimmungen, *Ich kann das nicht mehr länger machen, Lew.* Wie ich sie zum Flughafen bringe und ein letztes Mal sehe, als sie in die Maschine nach Paris steigt.

LaVerne.

Bis das unstete Gedankengut schließlich auf eine Art Strand geschwemmt wurde.

Ich dachte an die beiden Fotos von meinen Eltern, die einzigen Sachen, die ich behalten hatte, als Francy und ich nach Mamas Tod das Haus durchstöbert hatten. Nach diesen Bildern, aufgenommen in dem Jahr, in dem sie heirateten, waren sie kamerascheu geworden; nur eine Handvoll Schnappschüsse sind übriggeblieben, und auf denen sind meine Eltern immer abgewandt oder wollen sich abwenden: schauen weg, weichen aus, bewegen sich zum Bildrand hin. Aber hier sitzen meine Mutter und danach, wie eine Art Spiegelbild, mein Vater auf der Haube eines Hudson Terraplane, so dass sie sich, wenn man die Bilder nebeneinanderlegen würde, in die Augen schauen. Und dieser Eindruck – dass sich jeder in seiner eigenen Welt aufhält, die ganze Verbindung auf einem sorgsam austarierten Arrangement beruht, auf Gegebenheiten – erscheint mir angesichts ihres weiteren Zusammenlebens durchaus passend, auch im Tschechow'schen Sinn, wonach es vielsagende Nebensächlichkeiten sind, die auf das Grundübel hindeuten.

All die lautlosen, unablässigen Kämpfe, die sie miteinander austrugen, kamen natürlich erst später. Hier, auf diesen Fotos, war die Welt für einen Moment verklärt. Sie ist förmlich aufgeblüht, eine eindeutig hübsche Frau, für die das Leben grade erst anfängt. Ihm sieht man das Erbteil seiner beiden Elternteile an den Wangenknochen und den glatten, kohlschwarzen Haaren an; seine Haut ist hell, so wie bei Charlie Patton. Sie sind ein schönes, ein stattliches junges Paar.

Als ich älter wurde, in die Pubertät kam, fiel mir zum ersten Mal auf, dass mein Vater allmählich immer unschärfer wurde, verschwommener, verblasste, bis er für mich so grünlich-braun und stumpf wirkte wie ein uraltes Polaroidbild. Ich weiß nicht genau, ob ich es seinerzeit so gesehen habe; die Einflüsterungen der Zeit sind mit Vorsicht zu genießen, und das Gedächtnis ist immer ebenso sehr Poet wie Reporter; und vielleicht handelt es sich auch nur um einen Versuch, im Nachhinein, in meiner Phantasie, etwas zu begreifen (wenn auch nur begrenzt), das mich damals verstört hat.

Meine Mutter war seinerzeit ebenfalls auf dem absteigenden

Ast, veränderte sich ebenfalls, wurde ihrerseits ein hartes, verbittertes Hutzelweib, das sich Tag für Tag dahinschleppte, als empfände sie jeden Moment als unangenehme Pflicht; als ob Lebensfreude eine Währung wäre, deren Wert so verfallen war, dass man sich nichts mehr damit kaufen konnte.

Wodurch war aus den zwei jungen Leuten auf dem Terraplane dieses traurige, grimmige und verbohrte Paar geworden, mit dem ich aufgewachsen bin? Was für schreckliche, verschwiegene Dinge waren da vorgefallen?

Wie werden wir denn alle zu dem, was wir sind – zu so was ganz anderem als dem, was wir werden wollten und zu sein meinten?

Wie kommt es zum Beispiel, dass ein außerordentlicher Aushilfsprofessor und Hobbyschriftsteller, der geglaubt hat, er hätte die Vergangenheit hinter sich gelassen, da, wo sie auch hingehörte (und das, was er nicht hinter sich lassen konnte, in seine Bücher gepackt hat), um neun Uhr morgens in einem Vernehmungsraum in West-Memphis, Arkansas, einem Polizistenquartett gegenübersaß?

Genau da befand ich mich nämlich wenige Minuten später.

Der Typ, der allem Anschein nach das Sagen hatte, hatte eingeölte Haare, einen buschigen Schnurrbart und hochgekrempelte Hemdsärmel. Einen Moment lang packte mich die helle Angst, dass man womöglich den harten Haufen zum Verhör auf mich angesetzt haben könnte. Dass sie jeden Moment ihr garstig Lied anstimmen könnten, und ich ihnen alles erzählen würde. Verdammt, ich würde denen Sachen erzählen, von denen ich nicht mal was wusste. Als Schriftsteller konnte ich so was ganz gut.

»Können wir Ihnen irgendwas besorgen, Mister Griffin, bevor wir anfangen?«

Musste der Bariton sein. Er und der kleine drahtige Typ, vermutlich der Tenor, saßen am Tisch. Die anderen hockten auf Klappstühlen hinter ihnen an der Wand. Der zwischen uns stehende Tisch war leer. Tisch, Flur und Wände waren tadellos sauber, ohne jeden Fleck. Es roch leicht nach Desinfektionsmittel und Zitrone.

»Nein, aber trotzdem danke.«

»Nun denn: Könnten Sie uns vielleicht erklären, wieso Sie sich über Notruf als Polizist ausgegeben haben?«

Ich dachte über eine schlagfertige Antwort nach. Marlowe wäre sicher was eingefallen.

»Strenggenommen habe ich das nicht«, war das Beste, was mir einfiel.

»›Polizist am Boden‹ haben Sie, glaube ich, gesagt.«

So in etwa lief die ganze Sache weiter. Sie stellten eine Frage, und ich beantwortete sie, sie stellten noch eine und kamen dann auf eine frühere zurück. Es kam mir fast so vor wie die Reime, die man als Kind beim Seilhüpfen singt. Oder wie Gamelanmusik.

»Ich habe dringend Hilfe gebraucht. Das Mädchen war ziemlich schlecht dran.«

Wir waren alle sehr höflich zueinander, sehr geschäftsmäßig. Es gab da gewisse Sachen zu regeln, praktische Sachen, und wir waren Männer von Welt.

Das Quartett tauschte von Zeit zu Zeit die Plätze. Gegen Ende zu, nachdem der Tag mindestens zwei Stunden älter geworden war, kam Sergeant Travis rein, der Freund und Helfer aus Clarksville, und setzte sich hinten an die Wand.

»Sie wollten dort Drogen kaufen und der Deal ist schiefgelaufen«, sagte einer von ihnen gerade. »Wir wissen das, Griffin.«

Ich schaute rüber zu Travis. Er schüttelte bekümmert den Kopf, schaute zu Boden.

Das lief eine Weile so weiter, so wie es schon vorher gelaufen war, bis Travis irgendwann aufstand, mir zunickte und ging. Ich kam mir vor, als hätte meine Platte einen Sprung.

Zehn Minuten später kam er hinter einem Typ im Anzug wieder rein und sagte: »Kommen Sie, Griffin, gehen wir.«

Ich hielt mich an ihn, folgte ihm einen leeren Flur entlang, während hinter uns aufgebrachte Stimmen laut wurden.

»Soweit ich weiß, läuft eine Überstellung etwas anders.«

»Kommt ganz drauf an, wer man ist und was man weiß«, sagte Travis. »Die Jungs da sind im Augenblick ein bisschen stinkig. Die haben seit drei Wochen eine Razzia in dem Haus vorbereitet. Gestern Abend sollte sie endlich stattfinden. Und dann kommen Sie daher und verderben ihnen alles. Glücklicherweise sind Douglas und ich zusammen auf die Schule gegangen. Der Typ in dem Anzug. Der ist dort der Chef. Hab mindestens hundert lange Pässe von ihm gefangen, wenn nicht noch mehr. Haben Sie auch mal gespielt?«

»Kann Football nicht ab.« Konnte auch nicht tanzen.

»Schaun aber so aus, als ob Sie locker hätten mithalten können.«

Wir standen vor dem Revier. Ich fühlte mich sonderbar schwerelos. Travis blieb stehen und wandte sich mir zu.

»Die hängen Ihnen nichts an. Aber Herrgott noch mal sind die stinkig.«

»Nehmen Sie mich ein Stück mit.«

»Gern, aber das ist nicht nötig.«

Er lächelte. Reichte mir einen Umschlag: Brieftasche, persönliche Habseligkeiten, Schlüssel.

»Ihr Auto steht hinten auf dem Hof. Ich hab einen Freigänger rausgeschickt und es holen lassen.«

»Ich nehme an, Sie wollen mir nicht sagen, warum Sie da zufällig aufgekreuzt sind.«

»Eigentlich nicht. Aber ich weiß aus Erfahrung, dass so gut wie gar nichts zufällig passiert. Wissen Sie, was ich meine?«

»Nein. Und glaube, ich will's auch nicht wissen.«

»Ist auch egal. Kommen Sie wieder runter nach Clarksville?«

»Ich weiß es nicht. Jedenfalls jetzt noch nicht. Womöglich auch gar nicht. Ich muss erst mal sehn, was Alouette macht.«

Wir gingen nach hinten. Ich öffnete die Autotür und reichte ihm die Hand.

»Danke. Für alles, was Sie für mich getan haben.« Aus welchen Gründen auch immer.

»Das Mädchen ist drüben im Baptist Hospital, zehnter Stock. Über die Brücke, auf die Union Avenue, und dann sind Sie schon fast da. Die wird schon wieder, Griffin. Vorerst jedenfalls.«

Ich stieg ein und ließ den Motor an.

»Vielen Dank noch mal, Sergeant.«

»Nicht der Rede wert.«

»Bestellen Sie auch Camaro meinen Dank, wenn Sie ihn sehen.«

»Wird gemacht. Falls ich ihn sehe.«

Es ist nach wie vor ein gewaltiger Fluss, aber als Kind kam er mir größer vor – nicht nur endlos, sondern auch unglaublich breit. Er war damals voller Boote, voller Sandbänke, die wie Inseln wirkten; und quer durch das Kielwasser der großen Schiffe fuhren Fähren hin und her, die Decks voller Autos, voller Menschen, die nach draußen starrten, warteten, dass sich etwas änderte.

24

Sämtliche Krankenhäuser, desgleichen Busbahnhöfe und Gefängnisse, ähneln einander. Als ob die Bauträger den Geist dessen, was da entstehen soll, heraufbeschwören, dann außen herum eine Hülle hochziehen. Das hier kam mir genauso vor wie jenes, in dem ich vor vielen Jahren aufgewacht war, als mir das Licht in die Augen stach und Vickys Gesicht über mir schwebte; wie das, obwohl ich es nie gesehen hatte, in dem mein Vater gestorben war; wie das, in dem Corene Davis nach ihrem schweren Absturz gelandet war; wie das, in dem Verne todsterbenskrank gelegen hatte.

In den zehnten Stock durfte nicht jeder rein, und nachdem mich die Stationsschwester abgewiesen hatte, musste ich runter in die Verwaltung, in eine völlig andere Welt, so kam es mir vor, um mir eine Genehmigung zu besorgen. Ich nannte einem verschreckt dreinblickenden Jüngling, der aussah, als ob er überhaupt nicht kapierte, was hier fortwährend vor sich ging, meinen Namen, gab an, was ich mit Alouette zu schaffen hatte, und fügte hinzu, dass er zur Bestätigung jederzeit Travis anrufen könnte.

»Oh, das wird nicht nötig sein, Mister Griffin«, sagte er und reichte mir einen Streifen Papier. »Sergeant Travis hat bereits angerufen. Ich wünsche Ihnen und dem Mädchen viel Glück. So was ist hart, ich weiß das.«

Ich fuhr mit einem Krankenbett, begleitet von zwei Pflegerinnen, vermutlich einer Schwester und einer Beatmungstherapeutin, wieder nach oben. Eine alte Frau, deren Haut runzlig und rissig wie ein ausgetrocknetes Sumpfloch war, lag auf dem Bett, umgeben von Monitoren, Sauerstoff-Flaschen, Infusionsbeuteln und mobilen Pumpen, einem Arzneimittelkasten, diversen Diagrammen. Allerlei Tuben und Schläuche schlängelten sich unter ihrer Zudecke hervor. Man hatte ihr einen Luftröhrenschnitt gelegt, und die Pflegerin am Kopfende des Bettes drückte ein ums andere Mal den Beatmungsbeutel zusammen. Sie ging mit mir auf Blickkontakt, und ich wunderte mich, wie klar und intelligent ihre Augen wirkten. Ihr Blick verfolgte mich, als ich im zehnten Stock ausstieg.

Ich reichte der Schwester am Eingang meinen Schrieb. Sie wirkte, als ob sie den Charon rufen wollte, auf dass er mich übersetzte. Doch sie warf nur einen Blick drauf, winkte dann einer Kollegin zu, die hinter der Doppeltür stand. Die betätigte den Summer, der die Tür entriegelte, und ließ den Finger auf dem Knopf, bis ich drin war.

Eine junge Frau, die unmittelbar dahinter an einem Schreibtisch saß, stand auf. »Mister Griffin?« Sie war Mitte zwanzig, eine Blondine mit makelloser heller Haut und einer Haarspange. Typisch heißer Käfer aus gutem Stall irgendwie, aber sie trug Jeans, Cowboystiefel und ein derbes Baumwollhemd mit Druckknöpfen. Wie Barbie in der Prärie, dachte ich bei mir.

Sie bot mir die Hand zum Gruß. »Mickey Francis, ich bin hier als Sozialarbeiterin tätig. Wir wissen leider nicht allzu viel über Alouette. Hätten Sie vielleicht ein paar Minuten Zeit, um einige Fragen zu beantworten? Das wäre uns eine große Hilfe.«

»Zeit habe ich, Miss Francis. Aber ich weiß nicht, ob ich irgendwelche Antworten für Sie habe.«

»Uns hilft jede Kleinigkeit weiter.«

Und so zogen wir uns in ein Besprechungszimmer zurück, das in etwa so aussah wie der Vernehmungsraum in dem Polizeirevier drüben auf der andern Seite vom Fluss, gossen uns zwei Tassen Kaffee ein und setzten uns hin. An der Wand hing ein Kalender mit einem Bilderbuchfoto von einem Wald in New England in vollem Herbstlaub, eine unglaubliche Palette aus Gold, Scharlach und Chromgelb, jedes Blatt an jedem Baum, so schien es, in einem anderen Farbton. Ich erzählte ihr alles, was ich wusste, fing mit Chip Landrieus Besuch bei mir daheim an, kam auf meine lange Beziehung mit Verne zu sprechen und landete schließlich beim Tod von Baby McTell.

Während ich redete, machte sie sich in einem Taschenkalender kurze Notizen. Ich musste an Eddie Lang denken, der die Notierungen für das gesamte Repertoire des Paul Whiteman Orchestra auf einer Karteikarte bei sich trug. Und wie sehr er sich in diesen wunderbaren Duetten mit Lonnie Johnson bemüht hatte, über sich und seinen schweren, europäischen Stil hinauszuwachsen. Lang konnte den Unterschied, dieses locker-gelöste Drängen, in Johnsons Spielweise hören – er spürte, worum es ging, bekam es aber irgendwie nicht hin.

»Haben Sie etwas dagegen, wenn ich mich mit Richard Garces in Verbindung setze?«, fragte sie, als ich fertig war. »Er könnte uns vielleicht ein paar Auskünfte geben, die wir benötigen. Von Rechts wegen, nehme ich an, müssen wir den Vater verständigen, aber das können wir vermutlich noch eine Weile aufschieben.«

»Machen Sie sich auf einen Angriff der Walküren gefasst, wenn es so weit ist.«

»Ach, Walküren sind wir hier gewöhnt, Mister Griffin.« Sie stand auf und streckte die Hand aus. »Danke für Ihre Hilfe. Wir tun, was wir können. Aber Alouette wird, wie Sie sicher wissen, einen Großteil selbst dazu beitragen müssen. Jane, meine Kollegin am Schreibtisch, wird Sie zu ihr bringen. Die Polizei hat sich übrigens damit einverstanden erklärt, dass sie den Haftbereich verlassen darf – sie wird auf die normale Intensivstation verlegt, sobald ein Bett zur Verfügung steht. Alles Gute.«

Sie ging weg. Weil sie wegen der Stiefelabsätze leicht frontlastig war und zum Ausgleich den Rücken ein bisschen zu sehr durchdrückte, wirkte sie von der Taille aufwärts etwas steif, so als hielte sie sich unnatürlich gerade. Aber die Beine, lange Beine, die durch die Jeans und hohen Absätze noch länger wirkten, schritten frei und ungezwungen aus.

Jane geleitete mich in ein Vierbettzimmer gleich hinter der Doppeltür. Zur Rechten lag, durch zusammengerollte Kissen in Seitenlage gehalten, ein haarloses Wesen mit zwei sich kreuzenden, wie Reißverschlüsse wirkenden Narben quer über dem Schädeldach. Er hatte einen Luftröhrenschnitt, und ein zischender Aerosolautomat an der Wand über dem Bett versorgte die Atemwege über eine gerillte Röhre samt T-Anschluss ständig mit Feuchtigkeit, die beim Einatmen verschwand und schaumig wieder hochstieg, wenn der Patient Luft ausstieß. Im Bett dahinter saß eine mittelalte Frau mit ausdrucksloser Miene, die mich nicht aus den Augen ließ, als ich ins Zimmer kam.

Alouette lag in der Ecke hinten links, hinter einem freien Bett. Knöchel und Handgelenke waren mit weichen Riemen an den Bettrahmen gebunden, ein halbes Dutzend Sandsäcke, die links und rechts an sie rangerückt waren, hielten sie an Ort und Stelle, so dass sie nur die Augen bewegen konnte. Handtücher bedeckten die Brüste und den Unterleib. Sie hatte periphere Zugänge in den Armen stecken, runde Grinsegesichter auf der Brust, mit denen die Sonden für den Herzmonitor angeklebt waren, einen weiteren

Schlauch am Hals. An ihrem Mund war ein Luftröhrentubus fixiert, der zu einem Beatmungsgerät neben dem Bett führte. Der Blasebalg entfaltete sich, verharrte und fiel wieder zusammen, wie bei einer Ziehharmonika.

Eine Schwester hatte sie gerade gewaschen und sammelte jetzt ihre Sachen ein, ein halbvolles Plastikbecken, Waschlappen, Talkumpuder, eine Flasche Flüssigseife, Zahnbürste, Zahnpasta. »Sind Sie der Vater?«

Ich schüttelte den Kopf. »Ein Freund.«

Alouette war auf Blickkontakt mit mir gegangen. Ich bildete mir ein, dass ich ihr allerlei Sachen an den Augen ansah. Vielleicht war es so. Sie versuchte zu sprechen, was prompt ein lautes Summen und ein Blinklicht am Beatmungsgerät auslöste.

»Sie dürfen nicht reden, meine Liebe, denken Sie dran?«

Sie stellte das Becken hin und griff zu einem Klemmbrett auf dem Nachttisch.

»Ich mache Ihren Arm los, Schätzchen, wenn Sie mir versprechen, dass Sie nichts abreißen. Und dann lass ich euch zwei einen Moment allein.«

Alouette schaute sie an und zwinkerte mehrmals.

»Sie müssen ihr helfen«, sagte die Schwester zu mir. »Sie ist noch ziemlich mitgenommen. Wird auch noch eine Weile so bleiben.«

Sie wollte den rechten Arm losbinden, doch als ich ihr sagte, dass sie Linkshänderin war (wie ihre Mutter), zog sie den Knoten wieder an und löste stattdessen den anderen. Reichte mir das Klemmbrett.

Ich ging auf die andere Seite und hielt es ihr hin, gab ihr den

Stift. Sie versuchte es mehrmals – lange zittrige Striche, teils offene Krakel, teils ineinandergekritzelt, und einmal brach der Bleistift ab –, ehe ich erkannte, was es hieß.

LEW.

Ich nickte, wunderte mich, dass sie wusste, wer ich war.

ICH –

Hasse? Hoffe?

Sie versuchte es noch mal.

Nein: habe.

ICH HABE SCHMERZEN.

Und alles, was ich danach sagte, sprudelte unverhofft, ohne jede Absicht, einfach aus mir raus.

25

»Ich war seit etwas über einem Jahr in New Orleans, als ich deine Mutter kennengelernt habe. Ich war ein ungehobelter Bauernbengel aus Arkansas, der ein paar Bücher gelesen hatte und dachte, er hätte darin sämtliche Geheimnisse erfahren, die er wissen muss. Ich hatte einen schwarzen Gabardineanzug, den ich ständig trug; jeden Morgen bügelte ich ihn und eins von meinen drei Hemden, band mir einen Schlips um, wienerte mit einem Handtuch meine Schuhe. Ich habe damals nicht viel getrunken. Das kam erst später. Aber ich wollte immer was hermachen.

Seinerzeit hatte ich schon etliche Jobs hinter mir. War eine Weile Page im Royal Orleans, habe im Busbahnhof am Fahrkartenschalter gesessen, sogar als Aushilfskoch und Hausmeister in einer Grundschule gearbeitet, als es mir richtig schlechtging. Ich wohnte mit etwa einem halben Dutzend anderer Leute, manchmal auch mehr – das änderte sich von Woche zu Woche, mitunter sogar von Tag zu Tag –, in einem Haus an der Dryades Street, einem alten Doppelhaus mit aufgestocktem Dach. Die Leute zogen mich auf, weil ich immer und überall diesen Anzug anhatte.

Eines Morgens hockte ich etwa gegen vier am Tresen von einem Diner und hielt mich an meiner Kaffeetasse fest, hatte wie üblich meinen Anzug an. Tags zuvor war ich geflogen, weil ich meinem Vorgesetzten ›eine freche Antwort‹ gegeben hatte (eigentlich hatte ich nur gesagt, er könnte mir den Buckel runterrutschen), worauf ich den Laden verlassen hatte, losgezogen war, mich bis zum Nachmittag ordentlich zugesoffen, irgendwie nach Hause geschleppt und dort abgelegt hatte, bis ich kurz vor Mitternacht durstig und tatterig wieder aufgewacht war.

Jemand setzte sich neben mich. Als ich sie anschaute, lächelte sie, trank einen Schluck Kaffee und sagte: ›Hübscher Anzug.‹

Ich dankte ihr, und einen Moment später sagte sie: ›Heut Abend läuft's nicht so recht, nehm ich an.‹

Und das war deine Mutter, dort habe ich sie zum ersten Mal gesehn. Und das war alles, was wir gesagt haben. Aber in der Nacht darauf war ich von zwei bis sechs im selben Diner, und in der übernächsten Nacht kam sie dann auch, so gegen fünf, und setzte sich neben mich, als sie mich sah, und wir haben uns unterhalten. Und danach haben wir morgens oft zusammen gefrühstückt. Und nach etwa zwei Wochen habe ich sie zum Abendessen eingeladen. ›Du meinst, du willst mich ausführen?‹, sagte sie. Und ich sagte: ›Ja, so was Ähnliches.‹

Bis Monatsende hatte ich zwei weitere Jobs hinter mir, hatte den einen von mir aus geschmissen und war beim andern geflogen, und ich war mehr oder weniger fest mit ihr zusammengezogen. Sie besorgte mir neue Arbeit – über jemanden, den sie ihrerseits kannte, und der wiederum jemand anders kannte, wie es halt so läuft. Ich landete bei einem Möbel- und Einrichtungshaus drüben an der Magazine Street. Dort hat man den Leuten allerlei Krempel zu weit überhöhten Preisen angedreht und sie Verträge unterschreiben lassen, wonach der Kauf hinfällig war, wenn sie auch nur eine Rate nicht bezahlen konnten. Meistens waren es arme Schwarze, und die meisten konnten die Verträge nicht mal lesen. Aber die Firma war anständig. Sie schickten immer jemand vorbei, der die Außenstände eintreiben sollte, bevor sie sich gezwungen sahen, ›den Kaufvertrag für ungültig zu erklären‹. Und ich war derjenige.

Und so klapperte ich die ganze Stadt ab, half den Leuten, so gut ich konnte, damit sie ihre Sachen behalten durften. Ich erklärte ihnen, dass sie bis Freitag oder allerspätestens bis Montag die nächste Rate aufbringen müssten, sonst würden wir einen Laster vorbeischicken und alles abholen lassen, und dass sie bei der Firma nach wie vor wegen der ausstehenden Ratenzahlungen in der Kreide stünden. Ein paarmal steckte ich ihnen sogar ein bisschen Geld zu.

Bis mich der Inhaber eines Tages in sein Büro zitieren ließ.

›Kommen Sie klar, Lew?‹, sagte er. Dann erklärte er mir, dass er erfahren hatte, wie ich abkassieren ginge, dass es so nicht liefe und er mich von vornherein nicht hätte einstellen wollen, dass ich ein schwarzes Arschloch wäre und gefälligst dahin gehen sollte, wo der Pfeffer wächst, fort aus seinem Laden, ob ich verstanden hätte.

So ging das eine Weile weiter, wenn auch nicht allzu lang. Zu guter Letzt langte ich über den Schreibtisch, zog ihn an der Hemdbrust zu mir her und haute ihm die Schnauze voll. Danach ging ich heim.

Die Polizei holte mich innerhalb einer Stunde ab. Ich saß draußen auf der Veranda, tadellos rausgeputzt, mit meinem schwarzen Anzug. Die Polizisten und ich waren höflich zueinander. Auch der Richter, vor dem ich ein paar Tage später stand, war höflich. Er machte mir in aller Höflichkeit klar, dass ich die Wahl hätte – entweder ich landete wegen vorsätzlicher Körperverletzung im Gefängnis, oder ich meldete mich freiwillig zum Militär, wo man womöglich mit jemandem, der so zulangen konnte, etwas anzufangen wusste. Ein Streifenwagen brachte mich vom Gerichtssaal aus direkt zum Werbeoffizier, der mich, kaum dass ich die Papiere unterschrieben hatte, sofort unter seine Fittiche nahm. Ich kam nicht mal mehr dazu, deine Mutter anzurufen.

Es dauerte nicht lange. Beim Militär war man keineswegs so scharf auf mich, wie der Richter gemeint hatte. Und als ich wieder entlassen wurde, stand deine Mutter am Busbahnhof von New Orleans und wartete auf mich. Sie hatte ein blaues Satinkleid und blutrote Stöckelschuhe an, weil sie in dieser Nacht gearbeitet hatte, und sah unglaublich schön aus.

Danach waren wir fast dreißig Jahre zusammen, auch wenn wir zeitweise auseinander waren. Sie hat mich nie im Stich gelassen. Sie war immer da, wenn ich sie brauchte, selbst dann, wenn ich gar nicht wusste, dass ich sie brauchte, auch wenn ich lange Zeit nur ein Haufen Elend war – länger, als du überhaupt auf der Welt bist. Ich habe nur wild um mich gehaun, die ganze Zeit, habe mir und andern Leuten weh getan. Am meisten aber deiner Mutter.

Ich will damit sagen, dass ich ein bisschen Bescheid weiß, mir vorstellen kann, was du durchgemacht hast. Und dass ich dir gern helfe, so gut ich kann. Wenn du willst, dass man dir hilft. Wenn du dazu bereit bist.«

Und dass ich deine Mutter geliebt habe.

26

Drei Tage später, als sie sich halbwegs wieder berappelt hatte, brachten wir Alouette bei, dass ihr Baby tot war, worauf sie sagte: »Na ja, hab ich mir fast gedacht.« Sie bekam nach wie vor Beruhigungsmittel, wirkte stumpf und wie versteinert.

Ich zog an diesem Nachmittag los und kaufte Klamotten für sie. Jeans und Sweatshirts hauptsächlich, aber auch ein schlichtes Baumwollkleid. Und genau das trug sie, als ich vorbeikam, um sie mit offizieller Erlaubnis zum Abendessen auszuführen.

»Und?«, sagte sie, stand mit hängenden Schultern in der Tür zu ihrem Krankenzimmer. Sie hatte die Haare, die durch monatelange schlechte Ernährung und mangelnde Pflege gelitten hatten, mit einer Spange am Hinterkopf zusammengesteckt und leicht auftoupiert, damit sie fülliger wirkten. Sie hatte einen Lippenstift aufgelegt, der, blass wie er war, nur ihren wächsern fahlen Teint betonte. Die Schuhe, marineblaue Pumps, hatte sie sich von einer der Schwestern geliehen, nehme ich an, dazu auch den Lippenstift und die Haarspange; ich hatte ihr ein Paar nachgemachte Nikes gekauft.

»*Tja*«, sagte ich. »Ganz die Tochter deiner Mutter. Da gibt's nichts dran zu deuteln.«

»Ja? Für einen alten Knacker kannst du ziemlich charmant sein, auch wenn du total beschissen bist.«

»Ich verstehe das als Kompliment.«

»Versteh's, wie du willst. Wo gehen wir hin?«

»Überlass ich dir. Stehn die Kids heutzutage immer noch auf Pizza?«

»Weiß ich nicht. Wenn ich das nächste Mal eins seh, frag ich es.«

»Ich nehme alles zurück und entschuldige mich. Wie wär's mit 'nem Burger?«

»Wie wär's mit 'nem Steak?«

»Das wollte ich danach vorschlagen.«

»Ein großes. Wann ist für mich eigentlich Sperrstunde?«

»Um zehn. Wir haben also auch noch jede Menge Zeit fürs Kino, wenn du magst.«

»Du bist ziemlich gewöhnlich, nicht wahr, Lewis?«

»Ich versuch's.«

»Okay«, sagte sie. Wir traten aus dem Krankenhaus in einen warmen Herbstabend hinaus, als das letzte verblassende Tageslicht den Himmel über den Bäumen rosa-grau färbte. »Ich versuch's auch.«

Der Laden, für den wir uns entschieden, trug den unwahrscheinlichen Namen Fred's Steak-Out und sah aus, als wäre er durch einen Zeitsprung aus Dodge City oder Abilene, etwa um das Jahr 1860, hierhergeraten. Die Ritzen zwischen den Brettern am Boden und an den Wänden waren so breit, das man durchschauen konnte, die Tische bestanden aus schweren Holzplatten, die auf lange Sparren genagelt und mit Pergamentpapier überzogen waren, und die Getränke wurden in alten Einmachgläsern serviert. Die Spucknäpfe waren vermutlich zum Putzen hinten rausgebracht worden. Und das Essen war natürlich wunderbar.

Alouette wählte eine Hochrippe, die aussah wie eine halbe

kleine Kuh, eine Backkartoffel, so groß wie ein Football, und Mischgemüse, hauptsächlich Grün- und Weißkohl. Ich bestellte mir gegrillten Thunfisch und einen Salat »Caesar«. Wir tranken beide Eistee. Jede Menge Eistee. Sie klagte immer noch über einen wunden Hals, der vom Beatmungsschlauch herrührte, und hatte nach all den Medikamenten großen Durst.

An diesem Abend erzählte ich ihr mehr von ihrer Mutter und mir, über die Zeit, die wir zusammen verbracht hatten. Spezielle Sachen, Sachen die sie wissen wollte – ob wir jemals hier oder da gewesen wären, dies und das gemacht hätten, und wie mir zumute gewesen war, als Verne geheiratet hatte und ich sie lange nicht sah, ob es mich gestört hätte, wenn sie anschaffen ging, wieso sie es schließlich aufgegeben hätte, wie sie es geschafft hätte. Wir redeten auch darüber, was aus ihr werden sollte, wenn sie aus dem Krankenhaus kam, wohin sie gehen wollte, was für Chancen sie hatte (wie man heutzutage so schön sagt), und als ich sie im Krankenhaus ablieferte, funkelten ihre Augen wieder ein bisschen und ihr Gesicht wirkte nicht mehr ganz so hart und verschlossen. Zumindest bildete ich mir das ein.

Alouette war nicht die Einzige, die wieder auf den Boden der Tatsachen zurückfinden musste.

Ich ging auf mein Zimmer und klingelte Chip Landrieu an. Er hatte offensichtlich geschlafen.

»Lew Griffin«, sagte ich.

Langes Schweigen.

»Normalerweise kriegt man nachts nur schlechte Nachrichten«, sagte er schließlich.

»Diesmal nicht. Schaun Sie, es tut mir leid, dass ich mich nicht gemeldet habe. Ich rufe aus Memphis an, und ich bin die letzten Wochen unten in Mississippi gewesen. Aber ich wollte Ihnen sagen, dass ich Alouette gefunden habe.«

Wieder Schweigen. Ein Atemzug.

»Geht's ihr gut?«

»Grundsätzlich ja, glaube ich. Sie ist auf ziemlich harten Drogen gelaufen, und eine Zeitlang wird's noch ganz schön happig werden. Aber wir haben in den letzten Tagen viel miteinander geredet. Ich glaube, die Aussichten, dass sie's schafft, stehen ganz gut.«

Ich berichtete ihm von dem Baby, von Mississippi und meiner langwierigen Suche nach Alouette.

»Sie kommt bald aus dem Krankenhaus.«

»Was dann?«

»Bin ich mir noch nicht sicher. Wir haben darüber gesprochen, dass sie hier oben in eine Therapieeinrichtung oder ein Resozialisierungsheim gehen könnte. Möglicherweise will sie auch wieder nach New Orleans. Im Augenblick denkt sie nur von einem Tag zum nächsten.«

»Sie sagen mir doch Bescheid, wenn ich irgendetwas tun kann, ja?«

»Auf jeden Fall.«

»Danke, Lew. Halten Sie mich auf dem Laufenden.«

»Mach ich.«

»Brauchen Sie irgendwas? Geld?«

»Ich komme klar.«

»Wenn ja, sagen Sie mir Bescheid. Ich nehme an, ich schulde Ihnen ein paar Mittagessen, wenn Sie wieder zurück sind.«

»Sie sind jedenfalls dran.«

Ich saß eine Weile da und schaute das Telefon an, schließlich wählte ich wieder, legte aber auf, als sich Clares Anrufbeantworter meldete.

Ein, zwei Minuten später rief ich noch mal an und sprach auf Band. »Lew hier, Clare. Ich bin in Memphis. Ich habe Alouette gefunden. Tut mir leid, dass ich nicht angerufen habe, aber ich habe an dich gedacht.«

Nachdem ich wieder aufgelegt hatte, fiel mir ein, dass ich meine Nummer hätte hinterlassen sollen, überlegte, ob ich noch mal anrufen sollte, entschied mich aber, es bis zum Morgen aufzuschieben.

Ich holte mein Notizbuch raus und suchte Richard Garces' Privatnummer. Sein Anrufbeantworter schaltete sich ein und rasselte in seltsam abgehacktem Spanisch die Ansage runter, doch dann meldete sich Garces mit »Rick«.

Ich gab mich zu erkennen, und er sagte: »Hey«, dehnte es in die Länge wie ein Gähnen, »schön, von Ihnen zu hören.«

Er hatte mit Mickey Francis im Krankenhaus gesprochen und war weitestgehend auf dem Laufenden.

»Ich brauche Hilfe, Richard. Einen Rat genau genommen.«

»Geht in Ordnung.«

»Wie ist die Rechtslage in Alouettes Fall?«

»Unsicher – wie immer, wenn Unstimmigkeiten wegen der geistigen Zurechnungsfähigkeit mit hineinspielen. Natürlich gibt es in diesem Fall keine gesicherten Anhaltspunkte, die auf eine psychische Störung hindeuten, und außerdem ist das Mädchen volljährig.«

»Ihr Vater wird es bald erfahren, wenn er nicht inzwischen schon Bescheid weiß. Ich rechne damit, dass sich die Anwälte auf sie stürzen wie ein Schwarm Krähen.«

»Da müsste ich mich erst sachkundig machen. Die Gesetze dort könnten anders sein; ist häufig so, da hier bei uns alles auf dem Code Napoléon beruht. Aber gerichtlich wird sie nicht belangt, stimmt's? Keine Vorladung zu einer psychiatrischen Untersuchung oder dergleichen?«

»Nichts.«

»Wahrscheinlich würde er folgendermaßen vorgehen. Behaupten, dass das Mädchen finanziell abhängig ist, darauf verweisen, dass sie von zu Hause fortgelaufen ist, ihr Baby im Stich gelassen hat, das anschließend gestorben ist. Das ist alles aktenkundig. Die Anwälte könnten sich darauf versteifen, dass es sich bei der Überdosis um einen Selbstmordversuch gehandelt habe. Danach käme es hauptsächlich auf den Richter an. Hier bei uns könnte ich es ziemlich genau vorhersagen, je nachdem, welche Kammer dafür zuständig ist. Aber da oben kenne ich mich einfach nicht aus. Vermutlich könnten die durchsetzen, dass ihr bestimmte Auflagen gemacht werden. Einweisung in eine Diagnoseeinrichtung, damit man sie beobachten kann, wahrscheinlich, oder eine gerichtlich überwachte Therapie.«

»Gibt es irgendwas, das wir dagegen unternehmen könnten?«

»Wir haben es hier nicht mit konkreter Wissenschaft zu tun, Lew. Nicht mal mit Rechtsfragen genau genommen – und die Rechtsauslegung lässt sich schon ziemlich schwer voraussagen. Das ist eher eine Art Hexerei, bei der man sich einen gemeinsamen Nenner zurechtzimmert und sich die Regeln, so weit vorhanden, ständig ändern. Muss ich mich erst kundig machen. Ich klinke mich mal ins Netzwerk ein und sehe zu, was dabei rauskommt. Ich habe da oben ein paar Ansprechpartner. Ich melde mich wieder bei Ihnen. Kann aber 'ne Weile dauern. Kann die Kleine aufrecht sitzen und sagen, was *sie* möchte?«

»Ja. Wenn sie sich dazu aufrafft.«

»Sieht sie einigermaßen aus?«

»Ja. Ein bisschen angeschlagen.«

»Gut. Das ist viel wert. Okay, ich lass mal ein paar Drähte glühen und deute die Rauchzeichen. Wo erreiche ich Sie?«

Ich nannte ihm meine Telefonnummer und sagte, falls wir uns verpassen sollten, was unter den Umständen durchaus wahrscheinlich wäre, würde ich mich morgen irgendwann wieder bei ihm melden.

Ich legte auf, saß da und dachte daran, wie mir einst das Licht in die Augen gestochen hatte.

Als ich vor vielen Jahren nach wochenlanger Sauftour in einem Diner mal kurz zu mir kam, stellte ich fest, dass mir Mephistopheles höchstpersönlich in der Nische gegenübersaß und Tabascosoße in seinen Kaffee goss. Seinerzeit kam mir das wie das Natürlichste auf der Welt vor. Wir redeten eine Weile miteinander (ich weiß noch, dass die Bedienung vorbeikam und fragte, ob ich irgendwas bräuchte, sich ein paarmal erkundigte, ob mit mir alles in Ordnung wäre, und einige andere Leute zu uns rüberglotzten), ich lehnte seine Angebote ab, und er ging, sagte noch, ich sollte weiter Gutes tun.

Natürlich habe ich die ganze Sache später für einen Roman verwendet.

Morgen früh wollte ich auch in der Universität anrufen und zusehen, dass ich das zerfetzte Segel so gut wie möglich zusammenflickte, falls es sich überhaupt flicken ließ. Danach Clare. In der Hoffnung auf günstige Winde und ruhige See.

27

Sie stand am Rand des zweispurigen Highway, als ich sie fand, in der Nähe einer Kreuzung mit der üblichen Tankstelle samt Lebensmittelladen, trug das Baumwollkleid und die marineblauen Pumps.

Mein Telefon hatte an diesem Morgen um acht losgezirpt. Grillen fraßen den Superdome weg, dann kamen Raketen angeflogen. Die Tür von meinem Fahrstuhl wollte nicht zugehen, obwohl ein formloses Etwas da draußen im Dunkeln lauerte. Als mein Pieper losging, drehte sich das Ding, das mich verfolgte, kurz um, irritiert durch das Geräusch – dann surrte nur noch ein Telefon.

Jemand streckte die Hand aus und bekam es zu fassen.

»Mister Griffin?«

Ich gab es zu.

»Doris Brown, von der Klinik. Ich bin eine der Schwestern auf Ost-drei. Wir würden gern wissen, ob Sie Alouette gesehen haben?«

Ich war plötzlich hellwach.

»Seit gestern Abend nicht mehr. Ich habe sie gegen halb zehn zurückgebracht.«

»Die Schwester vom Dienst erinnert sich, dass sie zurückgekommen ist, aber irgendwie hat sie sich hier nicht wieder gemeldet. Und als Trudy gegen zwei Uhr morgens ihre Zimmerrunde gemacht hat, war Alouettes Bett leer.« Sie wandte sich ab, hustete. »Tut mir leid, dass es so lange gedauert hat, bis wir uns bei Ihnen melden, aber es war nicht ganz einfach, Ihre Telefonnummer ausfindig zu machen. Dann haben Sie also keine Ahnung, wo Alouette ist?«

»Nein.«

»Wird sie sich bei Ihnen melden, was meinen Sie? Oder gibt es jemand anders, an den sie sich wenden würde? Selbstverständlich ist sie aus freiem Willen bei uns untergebracht, nachdem sie ja aus der Geschlossenen entlassen wurde, aber wir machen uns trotzdem Sorgen.«

»Ich verstehe.«

»Würden Sie uns Bescheid sagen, wenn Sie etwas von ihr hören?«

»Mach ich.«

Ich legte auf und stellte mich lange unter die Dusche, drehte das Wasser immer heißer. Ich war fast die ganze Nacht wach gewesen, dann endlich eingeschlafen, als sich die Dämmerung bereits zum Fenster vortastete. Ein unruhiger Schlaf, in dem sich unstete Traumgespinste leicht und lautlos aufblähten wie seidene Fallschirme und davontrieben.

Die Stunden davor hatte ich mich mit meiner schäbigen, verschlissenen *Symphonie fantastique* beschäftigt, weil mir etwas eingefallen war, ebenfalls fast wie im Traum, das sich vor vielen Jahren zugetragen hatte.

Jeder Dozent weiß etliche Geschichten über Studenten zu erzählen, die dem Druck nicht standhalten. Am Anfang kommen sie ständig und ohne ersichtlichen Grund zu den Sprechstunden, sie verschwinden eines Tages auf Nimmerwiedersehn, sie stören die Vorlesungen mit Zwischenrufen und dringenden Anfragen oder sitzen in der hintersten Reihe und sagen kein Wort, liefern Arbeiten ab, in denen sie sich wenig mit dem Thema, aber umso mehr mit sich selbst auseinandersetzen.

Komischerweise war mir in all den Jahren, in denen ich teils im, teils außer Dienst war, nur ein Fall untergekommen.

Robert hieß der junge Mann. Er war gut gekleidet, trug meistens Chinos und Oxfordhemden, sprach mit einem leicht gezierten, weichen Südstaatenakzent; er wirkte irgendwie devot, wie jemand, der hauptsächlich unter Frauen aufgewachsen ist. Er konnte ausgezeichnet Französisch. Kam bei jeder Vorlesung mühelos mit, zeigte in allen schriftlichen Arbeiten, dass er Vokabeln und Grammatik bestens beherrschte, aber er tat sich schwer, wenn er selber etwas sagen sollte, so als ob ihm die Wörter und Formulierungen wie eine Art Schleimbrocken im Hals steckenblieben und er sie nur mir größter Mühe hervorbrächte.

Eines Nachmittags, bei der Diskussion – wir unterhielten uns über Montaigne, soweit ich mich entsinne –, musste Robert zweimal passen, und als er wieder an der Reihe war, saß er einfach da und schaute mich groß an, bis ich die Frage jemand anderem stellte. Als ich einen Moment später zu ihm hinblickte, sprang er von seinem Pult auf und ging daneben in die Hocke.

»*Ça va?*«, fragte ich ihn.

Worauf er sich aufrichtete und mit lauter Stimme und in perfektem Französisch bekanntgab: »Gegen mich ist eine Verschwörung im Gange, Mister Griffin. Das wissen Sie doch sicher.«

»Nein, das war mir bislang nicht bewusst, Robert. Aber können Sie mir vielleicht verraten, wer an dieser Verschwörung beteiligt ist?«

Er schaute sich hektisch um, sagte aber nichts mehr. Im Zimmer herrschte völlige Stille. Niemand rührte sich.

»Ich möchte alle bitten, die nicht unmittelbar an dieser Verschwörung beteiligt sind, das Zimmer zu verlassen«, sagte ich.

Die anderen rafften rasch ihre Sachen zusammen und verzogen

sich. Ich ging zu Robert, der nach wie vor stocksteif neben seinem Pult stand.

»Jetzt sind also nur noch wir zwei übrig«, sagte er.

Und als ich ihm in die Augen schaute, wurde mir klar, dass er nicht mit mir redete. Ich glaube, er wusste gar nicht, dass ich noch da war.

Der Sicherheitsdienst kam, und Robert ließ sich widerstandslos wegführen. Ein paar Wochen später teilte uns Dean Vidale bei einer Fachbereichsbesprechung mit, dass Robert eines Nachts in der staatlichen Klinik aufgestanden, in die Duschkabine gegangen war und sich mit einem von der Matratze abgerissenen Streifen Inlett erhängt hatte.

Ich musste an diesem Morgen wieder daran denken, als ich mit einem riesigen Becher Kaffee und einer Tüte Donuts ins Auto stieg und auf den Highway 61 fuhr. Ich weiß nicht genau, warum es mir einfiel. Ich hatte jahrelang nicht mehr daran gedacht. Aber jetzt ging es mir nicht mehr aus dem Kopf.

Es gab nur einen Ort, an den sich Alouette begeben konnte. Und nur zwei Gründe dafür, wovon der eine, wenn auch der am wenigsten wahrscheinliche, ihre Großmutter war.

Ich war knapp eine Stunde gefahren, der Kaffee war längst alle, in der Tüte noch ein halbes Donut, als ich sah, wie vor mir ein Sattelschlepper aufs gegenüberliegende Bankett zog, jemanden absetzte, wieder ausscherte, ohne dass sich der Fahrer umschaute, und einen verschreckten Camry auf die Gegenspur scheuchte. Der Fahrer eines Lieferwagens vor mir stieg auf die Bremse und wich aufs Bankett aus. Er geriet ins Schleudern und landete mit der Schnauze voran in einem flachen Graben neben der Straße, wo er mit in der

Luft hängendem Rad liegenblieb. Ich bremste ebenfalls ab, wurde zusehends langsamer, machte hinter der Kurve, nachdem der Camry wieder auf seine Spur eingeschert und an mir vorbeigeschossen war, gemächlich kehrt.

Ich sah, wie sich ihre Miene veränderte, als ich näher kam und neben ihr anhielt.

»Hab mir gedacht, du möchtest ja vielleicht mitgenommen werden.«

»Ich glaube schon. Der Letzte hat 'nen Preis verlangt, den ich nicht zahlen wollte. Mann, kaum ist man sauber, fangen die Leute an zu stinken, weißt du, was ich meine?«

Sie stieg ein, setzte sich und schlug die Beine unter.

»Er ist nicht mal in die richtige Richtung gefahren. Ich hab ihn an der Fernfahrerkneipe am Highway angehalten, und er hat mir erzählt, dass er nach Vicksburg fährt. Aber als wir zum Highway kommen, hält er nach Norden. Und als ich was sage, sagt er: ›Is das nicht wurschtegal, Kleine? Sieht doch überall gleich aus.‹«

»Und wie hast du ihn dazu überredet, dich rauszulassen?«

»Ich hab ihm gesagt, ich könnte nicht nach Memphis, weil mein Vater, der dort Sheriff ist, da oben überall Personenbeschreibungen von mir aufgehängt hat.«

Ich saß bei laufendem Motor da. Der Lieferwagen setzte mit durchdrehenden Rädern zurück, schleuderte Staub und allerlei Splitt auf. Ein Steinchen flog quer über die Straße und knallte mit einem eigenartigen, überhaupt nicht metallisch klingenden *Dong* gegen den Mazda.

»Von mir aus kann's losgehen«, sagte sie. »Ich bin dabei.«

»Okay. Welche Richtung?«

»Du meinst, du bist nicht hier rausgekommen, um mich wieder zurückzuschaffen?«

»Wozu? Wenn es dir dort nicht passt, würdest du eh nur wieder abhaun. Dagegen kann ich nicht viel tun. Niemand kann da was tun.«

»Außer mir, meinst du.«

Ich zuckte die Achseln.

»Ich habe früher immer eins gemacht«, sagte ich einen Moment später. »Ich habe mir grundsätzlich jeden Schuh angezogen, so dass ich einfach notgedrungen eins auf den Deckel kriegen musste. Hab mich manchmal halb totgeschuftet, damit ich das so hinbekam.«

»Du meinst, als du getrunken hast?«

»Ich trinke immer noch.«

»Dann eben, als du ein Säufer warst.«

Ich nickte.

»Und du willst damit sagen, dass ich genau das Gleiche mache.«

»Nein. Ich will damit sagen, dass ich das erst gar nicht mehr versuche. Wenn du nicht nach Memphis mitkommen willst, brauchst du bloß die Tür aufzumachen und auszusteigen. Oder du kannst mich bitten, dass ich dich selber nach Clarksville fahre.«

»Das isses, genau da will ich hin«, sagte sie.

»Okay.« Ich ließ zwei andere Autos vorbei, steuerte den Mazda auf den Highway und beschleunigte.

»Lewis?«, sagte sie.

»Ja.«

»Du hältst mir keine Predigten, sagst mir nicht ständig, was richtig ist, was ich machen muss, so wie alle andern.«

»Nein.«

»Wie kommt das?«

»Ich denke mir, dass du selber weißt, was richtig ist, so wie jeder von uns. Entweder du hörst darauf, oder du hörst auf gar nichts – auf mich am allerwenigsten. Und du allein weißt, was du brauchst. Dahinter musst du her sein, egal, was es ist. Macht jeder. Aber Bedürfnisse ändern sich, und man merkt das nicht immer. Außerdem«, fügte ich hinzu, »wer ist schon so blöde und lässt sich von mir einen Rat geben?«

»Wer unter euch ohne Sünde ist …«

Ich lächelte, dachte dran, wo ich das zum letzten Mal gehört hatte: Als ich zur Entgiftung im Krankenhaus war, seinerzeit, als ich Vicky kennengelernt hatte.

»So ungefähr. Aber wer hält denn hier die Predigten?«

Schweigend fuhren wir weiter.

Nach einer Weile sagte sie: »Lewis, ich glaube, du bist da hinten falsch abgebogen.«

Es gab keine Abfahrten, nur Feldwege, die sich auf beiden Seiten wie trockene Zungen zum Horizont erstreckten.

Ich schaute sie an.

»Memphis liegt dahinten.« Sie deutete mit dem Daumen über die Schulter.

»Bist du sicher?«

»Ganz sicher.«

»Dann also auf nach Memphis.« Ich fuhr aufs Bankett. »Und unterwegs vielleicht was essen?«

»Oh, besten Dank, Sir«, sagte sie mit breitem Hollywood-Südstaatenakzent. »Gar liebend gern würd ich mit einem feinen, starken Mann wie Ihnen speisen. Einem, der bezahlt.« Sie seufzte theatralisch. »Eine Dame hat kein Geld bei sich, müssen Sie wissen.«

Als wir zurückfuhren, erzählte ich ihr von Bob, wie er damals in der Vorlesung plötzlich ausgerastet war.

Sie saß eine Zeitlang still da, als ich fertig war, dann sagte sie: »Wieso hast du mir das erzählt?«

»Weiß ich nicht.«

Ein Traktor fuhr rechts ran und ließ uns vorbei, tuckerte hinter uns wieder auf die Straße.

»Ich schon, glaube ich.«

»Und zwar?«

»Weil du dich irgendwie dafür verantwortlich fühlst. Du meinst, du hättest irgendwas tun können, dir hätte auffallen müssen, dass was nicht in Ordnung war. Aber keiner von uns kann die Verantwortung für andere Menschen übernehmen, Lewis. Du in deinem fortgeschrittenen Alter solltest das doch wissen.«

Sie hatte recht.

Ich sollte.

Ich schaute rüber zu ihr, bemerkte jetzt, dass ihr Kleid unter dem Arm eingerissen war. Ihre Augen waren erstaunlich klar, und sie lächelte. Ich überlegte, ob ich sie schon mal hatte lächeln sehen.

28

Die Krähen fielen am nächsten Tag ein, stießen aus heiterem Himmel auf uns herab.

Ich schaute mir den Tag von meinem Sitzplatz in einer versteckten Nische am Ende des Ganges an. Sogar die Wolken leuchteten, als würden sie von innen weiß angestrahlt.

Zwei waren älter, der eine etwa in meinem Alter, der andere um die sechzig, mit Silberhaar und Augenbrauen, die wie bereifte Hecken aussahen. Begleitet wurden sie von einem schlaksigen Mann, etwa Mitte zwanzig, dessen Juradiplom von der Tulane ihn in die beneidenswerte Lage versetzt hatte, ihnen den Aktenkoffer tragen zu dürfen. Er war genauso gekleidet wie sie, dreiteiliger dunkler Anzug und Krawatte, aber seine Frisur erinnerte mich an alte britische Filme. Eine Stirnlocke fiel ihm ständig ins Gesicht; er strich sie ständig mit zwei Fingern zurück.

Sie kamen in Keilformation aus dem Fahrstuhl und marschierten fast im Gleichschritt zum Schwesternzimmer, wo Silberbraue kundtat, dass sie Miss Alouette Guidry sprechen wollten, die derzeit den Namen (er warf einen Blick zu Stirnlocke, der es ihm steckte) McTell führe.

Jane fragte, ob sie Verwandte wären.

»Wir sind Anwälte, die vom Vater des Mädchens mit der Wahrnehmung ihrer Rechte betraut wurden.« Ein leichter Wink über die Schulter, und Stirnlocke überreichte ihr eine Visitenkarte.

»Hmmm«, sagte Jane. Sie griff zum Telefon, sprach kurz hinein, legte auf. »Alouette möchte nicht mit Ihnen sprechen«, sagte sie.

»Das können wir so einfach leider nicht hinnehmen, junge Frau.«

»Vermutlich nicht, aber ich muss die Herrschaften trotzdem bitten zu gehen, es sei denn, Sie haben noch ein anderes Anliegen.«

»Wie heißen Sie, junge Frau?«

Sie deutete auf das Namensschild, das deutlich sichtbar an ihrer Tracht hing.

»Dann müssen wir Sie, nehme ich an, um ein Gespräch mit Ihrem Vorgesetzten ersuchen. Einem Leiter? Dem von Rechts wegen für die Station zuständigen Arzt eventuell?«

Und so nahm die Sache ihren Lauf, angefangen mit der Oberschwester, einem Assistenzarzt und danach seinem Facharzt, bis schließlich der verschreckt dreinblickende Jüngling aus der Verwaltung an der Reihe war, der blinzelnd aus dem Fahrstuhl kam.

»Wir sind hier –«, fing Silberbraue an, kaum dass er ausgestiegen war.

»Ich weiß, weshalb Sie hier sind, Mister Eason.«

Er erklärte ihnen geduldig, genau wie die anderen, dass Alouette volljährig sei; dass sie, nicht ihr Vater, hier in Behandlung sei und man sich medizinisch wie auch anderweitig einzig nach ihren Bedürfnissen richte; und dass sie, falls sie die Sache weiterverfolgen wollten, die entsprechenden Schritte unternehmen und sich an die zuständigen Stellen wenden müssten, wie sie sicher wüssten, und nicht mehr das Krankenhauspersonal belästigen und von der Arbeit abhalten sollten, denn das habe anderswo Dringenderes zu tun.

»Ich weiß nicht, wie es in Louisiana ist, meine Herren, aber hier in Tennessee nehmen wir die Rechte unserer Patienten ernst. Und jetzt verlassen Sie uns bitte.«

Wie auf Stichwort ging die Fahrstuhltür auf, und zwei Wachmänner traten raus. Sie standen zu beiden Seiten der Tür, als die Anwälte einstiegen, begaben sich dann zu ihnen. Die Tür schloss sich.

»Jane, sagen Sie mir Bescheid, wenn es weitere Schwierigkeiten geben sollte«, sagte der Verwaltungsangestellte, drehte sich dann um, sah mich in der Nische sitzen und kam her.

»Mister Griffin.« Er streckte die Hand aus. Ich stand auf, und wir begrüßten uns. »Ich weiß über den Vorfall gestern Bescheid. Wir alle sind ziemlich froh, dass Sie da sind.«

»Im Augenblick sind wir alle ziemlich froh, dass *Sie* da sind.«

Er wirkte einen Moment lang verdutzt, sagte dann: »Oh, das. Das sind wir gewöhnt. Wenn sie's ernst meinen oder halbwegs etwas auf der Hand haben, sind sie bereits bei einem Richter gewesen und haben eine Vollmacht. Ansonsten ist das bloße Angeberei.«

»Mit Respekt begegnet man denen trotzdem.«

»Mach ich doch.«

»Glauben Sie, die kommen wieder?«

»Hierher? Nein. Aber drunten in der Verwaltung werden wir meines Erachtens bald noch mehr davon zu sehen kriegen. Kein Grund zur Aufregung. Falls ich unterdessen irgendwas für Alouette tun kann, oder für Sie, dann sagen Sie mir bitte Bescheid.«

Wir schüttelten uns wieder die Hand. Er zückte einen Schlüssel und steckte ihn in die Schalttafel neben den Fahrstuhltüren; in kürzester Zeit war eine Kabine da. Er nickte mir zu, als sich die Tür schloss.

Ich saß da und beobachtete die Tauben, die draußen vor dem verschlossenen Fenster über den Sims spazierten. Die eine war ein Albino, Flügel und Schwanz so zerrupft, dass man sich kaum vorstellen konnte, wie der Vogel noch fliegen sollte.

Kurz darauf ging Jane ans Telefon und sagte zu mir: »Sie sind so weit, Mister Griffin.« Ich dankte ihr und ging den Flur entlang zu einem Konferenzzimmer. Drinnen an einem Tisch saßen Alouette und Mickey Francis. Die Sozialarbeiterin hatte einen Styroporbecher mit tüchtig zerkautem Rand in der Hand.

»Danke, dass Sie gekommen sind, Mister Griffin. Darf ich Ihnen einen Kaffee bringen?«

»Nein danke.«

»Ich habe Sie kommen lassen, weil Alouette mich darum gebeten hat. Ich hoffe, es bereitet Ihnen keine Unannehmlichkeiten.«

»Ganz und gar nicht. Um diese Tageszeit ist im Motel nicht viel los.«

Sie wusste nicht genau, ob das scherzhaft gemeint war oder nicht, rang sich dann ein Lächeln ab. Wartete ein paar Takte. Ich stellte sie mir bei anderen Gesprächen dieser Art vor, in Räumen, die fast genauso aussehen wie der hier, mit mir als Hauptperson.

»Sie hat mir allerhand darüber erzählt, was gestern vorgefallen ist. Und im Laufe der letzten Monate. Ich weiß, dass Sie beide sich bereits darüber unterhalten haben, wie es weitergehen soll, wenn sie entlassen wird. Therapie, Resozialisierungsheime und dergleichen mehr. Wir halten es für zwingend geboten, dass sie weiterhin betreut wird.«

»Ich glaube, damit ist sie einverstanden.«

»Ist sie. Und es wird allmählich Zeit, dass wir diesbezüglich zu einer Entscheidung kommen.«

»*Wir* nicht, Miss Francis. Es ist einzig und allein ihre Entscheidung.«

»Sie haben recht, natürlich.« Sie schaute auf einen Stapel Aktenorder, der vor ihr auf dem Tisch lag. »Alouette hat mir gegenüber den Wunsch geäußert, wieder nach New Orleans zu gehen. Sie möchte nicht hierbleiben.«

Ich nickte. Es war immerhin ein Zuhause, egal, was es sonst noch alles war.

»Sie möchte sich dort einen Job suchen, ungebunden sein und währenddessen an einer ambulanten Therapie teilnehmen.«

»Klingt nicht schlecht.«

»Sie hat sich gefragt, ob Sie vielleicht bereit wären, sie währenddessen bei sich aufzunehmen. Sie möchte mit *Ihnen* wieder nach Orleans, Mister Griffin.«

Ich schaute zu Alouette. Sie nickte. »Ja, Lewis. Genau das möchte ich. Wenn es dir recht ist. Ich weiß, dass ich da viel verlange.«

»Sie können darüber nachdenken, Mister Griffin. Sie müssen sich nicht gleich entscheiden. Das kommt für Sie sicher sehr überraschend.«

»Ich bin kein allzu gutes Vorbild«, sagte ich, »aber das Haus ist für mich allein schon immer viel zu groß gewesen. Wäre nicht schlecht, wenn noch jemand anders mit drin wohnt.«

Alouette schaute einen Moment lang zu Boden, dann zu mir, lächelnd. Mit den Augen ihrer Mutter.

29

Jetzt ging es ans Eingemachte.

Am Donnerstag darauf traf ich um neun im Krankenhaus ein, um Alouette nach Hause zu bringen, stieg aus dem Fahrstuhl und sah sie, ins Gespräch vertieft, bei einem vornehmen, hageren Mann in Blazer, Strickhemd und schwarzgrauer Hose stehen, der ihrem Blick folgte, sich umdrehte und unverzüglich auf mich zukam. Italienische Schuhe aus weichem Ziegenleder.

»Sie müssen Griffin sein«, sagte er und bot mir die Hand zum Gruß. Drückte meine fest, aber zwanglos und eher kurz.

»Lewis, das ist mein Vater.«

Ich nickte.

»Als ich mich geweigert habe, mit seinen Anwälten zu sprechen, hat er alles abgesagt und ist selber hergeflogen. Er will mir eine eigene Wohnung beschaffen, hat sogar einen Job für mich aufgetrieben – keine Fragen, keine Verpflichtungen.«

»Ein großzügiges Angebot. Heutzutage gibt's nicht viel umsonst.«

»Ich bin davon überzeugt, dass Sie sich an meiner Stelle genauso verhalten würden, Griffin. Haben Sie Kinder?«

Ich hatte den Verdacht, dass er genau Bescheid wusste, wie die Antwort lautete, dazu über meine finanzielle Lage, persönliche Geschichte und (unvorstellbar war das nicht) den Inhalt meiner Mülltonne.

Und ich vermutete, dass ich seine Frage mit nein beantworten musste, also machte ich es.

Alouette sprach mich über seine Schulter an. »Ich hab mich bedankt, aber gesagt, dass ich lieber mit dir heim nach New Orleans will.«

»Was, wie Ihnen sicherlich klar ist, einfach nicht … möglich ist«, fügte Guidry lächelnd hinzu. Unter Männern.

Ich lächelte zurück.

Weiße Zähne schimmerten sich an.

Vielleicht hätte ich einen Gesang anstimmen sollen: O Massah, wie schwer wird mir ums Herz.

»Aha. Dann muss ich also annehmen, dass Sie ebenso wenig Vernunft annehmen wollen wie sie.«

»Es ist ihre Entscheidung, Guidry. Nicht die Ihre, nicht meine.«

»Sie ist ein Kind. Ein verwirrtes Kind.«

»Laut Gesetzgebung ist sie volljährig, und damit genießt sie die gleichen Rechte wie Sie und ich.«

»Man muss sich schon fragen, was *Sie* sich davon versprechen.«

»Fragen Sie sich ruhig.«

Unwillkürlich hatte er sich vor mir aufgebaut. Jetzt wich er einen halben Schritt zurück. »Ich weiß über Sie Bescheid, Griffin. Sie sind ein Schwächling. Schon seit jeher. Ein kräftiger Schubs, und Sie gehen in die Knie.«

»Schubsen Sie ruhig. Überzeugen Sie sich.«

»Ein Säufer. Und ein von Natur aus gewalttätiger Mann – ein Mörder, sagen manche. Das ist kein Umgang für eine verstörte junge Frau, die dringend mit sich und der Welt ins Reine kommen muss.«

Er wandte sich wieder an Alouette, ohne näher hinzugehen.

»Ich hoffe inständig, dass du dir die ganze Sache noch mal gründlich überlegst, zur Besinnung kommst. Zusiehst, dass alles Notwendige getan wird. Ich habe mich immer um deine Bedürfnisse gekümmert. Und werde es auch immer tun.«

»Bedürfnisse ändern sich«, sagte sie mit einem Seitenblick zu mir. »Vielleicht kannst du dich gar nicht mehr um meine Bedürfnisse kümmern, Daddy.«

»Und dieser Mann kann es?«

»Ich weiß es nicht. Vielleicht kann nur ich das. Oder auch nicht. Das muss ich unter anderem erst rausfinden.«

»Ich sage dir hier und jetzt, dass es dazu nicht kommen wird. Ich kann das einfach nicht zulassen.«

»Ich habe mit den Sozialarbeitern und Anwälten im Krankenhaus gesprochen, Daddy. Solange du mich nicht wegen Einbruchs in den Knast werfen lässt, kannst du so gut wie gar nichts dagegen machen.«

»Das werden wir ja sehen.«

»Mach, was du deiner Meinung nach machen musst. Ich mache genau das Gleiche.«

»Wir werden uns alle drei wieder sprechen – sehr bald.«

Er ging zum Fahrstuhl, stand da und drückte mit dem Finger auf den unteren Knopf.

»Daddy.«

»Ja?«

»Eins möchte ich gern wissen. Ich habe dich nie danach gefragt, weil ich immer das Gefühl hatte, es ist dir nicht recht, aber das ist jetzt vorbei.«

Er streckte den Arm aus, um die Fahrstuhltür aufzuhalten. Ruckartig fuhr sie zurück. »Worum geht es?«

»Wieso hast du gemeint, du hättest ein Recht, mir meine Mutter vorzuenthalten?«

Er stand da und schaute sie an, und in seinem Gesicht zuckte es einen Moment lang verdächtig, dann drehte er sich um und stieg in den Fahrstuhl.

Die nächste Stunde brachten wir damit zu, Alouette aus den Schlingen des Krankenhausbetriebs zu befreien. Eine offizielle Entlassungsvisite vom zuständigen Arzt; ein kurzer Abstecher runter in die Verwaltung, wo unser verschreckt dreinblickender Meister schon alles bereitliegen hatte und wir nach wenigen Minuten wieder draußen waren, nachdem Alouette die nötigen Papiere unterschrieben hatte, wonach sie ihre Rechnung in niedrigen zweiwöchentlichen Raten abbezahlen konnte; dann wieder rauf, um die Klamotten zu holen, die ich ihr gekauft hatte, und sich vom Personal und den anderen Patienten zu verabschieden.

Dann zogen wir in einen weiteren strahlend schönen Tag hinaus. Saßen im Mazda und kurvten den Riverside Drive entlang. Ich fragte sie, ob wir anhalten und was essen wollten, da wir hinterher eine ganze Weile keine Gelegenheit dazu bekämen, und sie sagte nein. Sie fand einen Musiksender, kurbelte sowohl Radioton als auch Beifahrersitz runter, lehnte sich zurück und schlief prompt ein. Tunica, Mound Bayou, Cleveland und Greenville zogen an ihren geschlossenen Augen vorüber. Hollandale, Redwood. Hauptsächlich aber umgepflügtes Ackerland, die immer gleichen schnurgeraden Fahrwege und Staubschwaden, endlose, spindelige Bewässerungsanlagen, zusammengesteckt wie Baukastenteile, kaum mehr als Schöpfräder und löchrige Rohre.

Spätnachmittags, als wir uns Vicksburg näherten und der Verkehr ab und zu ins Stocken geriet, wurde sie wach. Sie schlug ein Auge auf und schielte durch die Windschutzscheibe, wandte sich dann an mich und sagte heiser: »Essen?«

Was wir in einer Fernfahrerkneipe am Highway machten, auf ihren ausdrücklichen Wunsch hin (als ich sie gefragt hatte, worauf sie Lust hätte), wonach sie »essen, einfach bloß essen« wollte, »jede Menge, so fett und triefend wie möglich«.

Unsere Erwartungen wurden nicht enttäuscht.

Und uns entgingen auch nicht die Blicke, die man uns zuwarf, bloß Blicke, aber dafür jede Menge und manche (mangels einer treffenderen Umschreibung) durchaus triefend.

Es war ein grundsolider Laden: draußen eine Reihe Zapfsäulen neben der anderen, ein spartanischer Restaurantbereich, kistenweise billige Zigarren, Taschenmesser und Gürtelschnallen unter der Glasplatte am Kassentresen, und daneben ein Ständer voller

T-Shirts mit schlauen Sprüchen, bunkerartige Baderäume mit Mietkabinen für Trucker, die sich duschen wollten.

Seit einiger Zeit waren Wolken aufgezogen, stießen gegeneinander, und als wir bei einem brenzlig riechenden, ölig schimmernden Kaffee saßen, schmolzen etliche zu einer einzigen, großen zusammen, als hätte sich eine dunkle Faust geballt, und dann setzte der Regen ein, trommelte an die Fenster und auf den Asphalt draußen.

Ich hing in diesen langen Stunden, die wir unterwegs waren, allerhand Gedanken nach.

Zum Beispiel darüber, dass ich letzten Endes doch nicht dazu gekommen war, in der Universität anzurufen.

Beziehungsweise mich bei Chip Landrieu zu melden.

Oder mit Clare zu reden.

Beschäftigte mich mit dem zweiten Kapitel von dem Buch, aus dem *Maulwurf* werden sollte.

Und ich dachte darüber nach, inwieweit sich unwillkürlich das Bewusstsein verändert, wenn man unterwegs ist. Den Blick in weite Ferne gerichtet hat, auf etwas Unerreichbares, während man einfach eine Funktion erfüllt, ohne dass sich ein Ende oder Ziel abzeichnet; Steuern, Sprit fassen, Pedale betätigen; und die Zeit an sich, die sich wie eine endlose Ebene vor einem auftut, eine Art ödes Buschland, ein Horizont, der immer weiter wegrückt, beinahe gegenstandslos wird.

Das hätte durchaus auch eine Beschreibung für das Leben sein können, das Alouette und, wenn ich's recht bedachte, mir in den kommenden Monaten bevorstehen könnte.

Womöglich sind wir letzten Endes, trotz allen Geredes von wegen Flexibilität, Besserung oder persönlicher Reife, trotz unserer

Abhängigkeit von Therapeuten, Religionen oder muntermachenden Medikamenten, legalen wie illegalen, schlicht und einfach dazu verdammt, uns ein Leben lang ein ums andere Mal zu wiederholen, uns zu verkleiden wie Kinder beim Spiel, damit wir so tun können, als würden wir uns nicht wiedererkennen, wenn wir in den Spiegel schauen.

Nach der Mittagspause, als wir durch Vicksburg und dichte Regenschleier in Richtung Natchez fuhren, erzählte Alouette von ihren Erlebnissen im Krankenhaus. Obwohl sie seinerzeit kaum bei Bewusstsein gewesen war, konnte sie sich noch daran erinnern, wie man ihr einen Schlauch eingeführt hatte, wie sie sich dagegen gewehrt hatte, weil es ihr schlimmer vorgekommen war als jeder sexuelle Übergriff, schlimmer als alles.

»Aber dann, mit einem Mal, war ich *frei*. Richtig frei. Ich bin geschwebt, dahingetrieben, nichts konnte mir was anhaben, keiner mich halten. Ich weiß noch, dass ich gedacht habe: Wunderbar, ich muss nicht mal Luft holen.«

Später dann, als der erste Schmerz einsetzte, auch wenn sie ihn noch mühelos verdrängen konnte: medizinisches Personal, das ihr eine Nadel in den Unterarm setzte, für eine arterielle Blutgasanalyse, wie sie hinterher erfuhr.

»Lange Zeit bin ich einfach dahingetrieben. Ich konnte jederzeit auftauchen oder auch bleiben, wo ich war, zumindest ist es mir so vorgekommen – aber ich bin lieber dageblieben.«

Doch dann, nach einiger Zeit, einer halben Ewigkeit, so lange, wie es gedauert hat, die Welt zu erschaffen, fiel Licht ein. »Alles war voller Licht, so voll Licht, dass es wehgetan hat. Herrgott, hat das weh getan!«

Sie lehnte sich wieder zurück und schloss die Augen, setzte sich vermutlich mit ihrem und dem Elend der Welt auseinander, während ich dahinfuhr.

Kurz vor neun Uhr abends kamen wir in New Orleans an.

30

Auf der anderen Straßenseite wurden neue Apartments hochgezogen. *Broussard General Constructors* hatte das 140 Jahre alte, im griechisch-römischen Stil erbaute Herrenhaus mit dem abbröckelnden Stuck, den geborstenen Säulen und verfallenden Friesen, dem linken Flügel, der seit Jahren immer weiter absackte, einfach abgerissen. Türen, Treppengeländer, Kachelöfen und Fenster waren kurzerhand auf einen Laster verladen und zur Wiederverwertung weggeschafft worden. Nur ein paar Stützpfeiler standen wie Totempfähle um den einstmals umfriedeten Innenhof, das eigentliche Herzstück, das nun offen dalag, um das jetzt Luxusapartments entstanden. Auf den dazugehörigen Balkons würden in vier, fünf oder auch sechs Monaten junge Männer und Frauen stehen, in die Sonne blinzeln, ohne die leiseste Ahnung zu haben, wo sie waren und was da mal gewesen war.

Wir saßen draußen an einem gelb-grün gestrichenen Eisentisch, und über uns am Himmel zogen schwere, dunkle Wolken auf, die mich an dicke Wandpolster und verhangene Decken im alten Russland erinnerten. Ab und zu ging ein heftiger Wind, und Clare legte dann immer die Hand auf ihre Serviette.

»Tut mir leid, Lew.«

Ich hatte ihr gerade erzählt, was aus Alouettes Baby geworden war. »Das ist so besser für beide.«

Sie schüttelte den Kopf. Unwillig, wie ich das schon oft bei ihr erlebt hatte, wenn die rechten Worte nicht rauskommen wollten oder sie gar keine fand. »Das habe ich nicht gemeint.«

Ich schaute wieder zu den Wolken auf, die jetzt tiefer hingen. Irgendwas braute sich da oben zusammen, zog über den See an.

»Ich weiß nicht, wie ich es sagen soll. Ich weiß nicht mal, was ich eigentlich sagen will. Und große Reden halten konnte ich noch nie – schon vorher nicht.«

Ein leichtes Zittern überlief sie, verriet, wie schwer ihr alles fiel.

»Aber ich werde es nie schaffen, nicht mal ansatzweise, wenn ich nicht irgendwann damit anfange.«

Zaghaft fuhr sie mit der Gabel durch die Pasta. Der Teller war mit einer Schwertlilie bemalt, und sie hatte die grünen Pfefferschoten auf das eine Blütenblatt geschoben, die roten auf das andere.

»Ich habe mir noch nie so sehr gewünscht, dass es mal so funktioniert wie diesmal, Lew. Nicht, dass ich wirklich dran geglaubt hätte.«

Ich langte über den Tisch und nahm ihre Hand.

»Irgendwie wird uns Frauen eingetrichtert, dass man ständig ›tut mir leid‹ sagen muss. Als ob das eine Art Allheilmittel in allen Lebenslagen wäre, für alles anwendbar. Dabei tut es uns oft überhaupt nicht leid; und wir wollen uns nicht entschuldigen, allenfalls ›ist schon klar‹ oder ›na schade‹ sagen. Aber im Augenblick ist mir genau danach zumute.«

Sie schaute mich an und lächelte.

»Woher kommen solche Erkenntnisse? Wieso nehmen wir die mit einem Mal wahr, ohne dass uns überhaupt klar ist, dass es sie gibt?«

Ich musste wieder einmal an ein Gedicht denken, das ich vor einiger Zeit in einer Illustrierten bei Beaucoup Books gelesen hatte: *Du musst die Zeichen deines Leids verschlüsseln lernen.*

»Darauf läuft doch das ganze Leben raus, Clare. Die meisten Erkenntnisse – vielleicht sogar die allerwichtigsten – dringen nicht zu uns durch.«

»Vermutlich.«

Sie nahm einen Bissen Pasta, kaute langsam, trank einen Schluck Wein. Zügelte sich, nahm sich zurück. So wie ein Läufer oder ein schwerer Säufer, der die Sache langsam angehen lässt, sich solange einredet, bis er fast selber daran glaubt, dass er eine kleine Stärkung braucht.

»Ich glaube, ich liebe ihn, Lew. Ich glaube, er liebt auch mich. Und ich muss meinerseits alles dazutun, damit das gutgeht. Vielleicht können wir uns später mal wiedersehen, falls du möchtest. Aber im Augenblick ... Es passt ihm nicht, Lew. Er sagt nichts dazu, aber ich weiß es. Es tut ihm weh, irgendwie, so unterschwellig, dass er's wahrscheinlich selber nicht mal merkt. Aber ich spüre es. Und ich kann das nicht mehr machen.«

Bedrängt von Reue und Bedenken hatte sie die Hand, die unter meiner lag, zu einer kleinen Faust geballt.

»Ist schon okay, Clare.«

»Nein, es ist nicht okay, Lew. Ganz und gar nicht. Aber es muss so sein. Meinst du, wir könnten jetzt gehen?«

Auf dem Weg zu ihrem Auto, als uns der Wind stoßweise Papierverpackungen und Magnolienblätter um die Knöchel wirbelte, fragte ich sie, was Bat machte.

»Weg. Ich bin letzten Dienstag heimgekommen, und er war nicht oben auf dem Kühlschrank, wo er sonst immer ist. Auch nirgendwo anders. Ich weiß immer noch nicht, wie er rausgekommen ist. Beziehungsweise wieso er raus ist, da er sonst überhaupt keine Lust hatte rauszugehen. Ich habe gewartet, gedacht, er würde schon wieder aufkreuzen. Gestern Abend habe ich mir schließlich eingestanden, dass er nicht zurückkommt, und seine Sachen in der Speisekammer verstaut, seinen Napf und alles.«

Sie schloss die Tür auf, und ich griff um sie herum und öffnete sie für sie. Ich sagte ihr, dass mir die Sache mit Bat leidtäte.

»Das Leben geht weiter«, sagte sie. Wir küssten und verabschiedeten uns. »Ich rufe dich an, Lew. Wenn ich kann.«

Ich schaute ihr nach, als sie wegfuhr, hob die Hand und winkte kurz, als sie an der Ecke in die Joseph Street abbog. Ich ging zurück, überquerte die Straße und stand eine Weile in dem verlassenen Innenhof, schaute rüber zu dem Restaurant mit den gelb-grünen Tischen und den Stühlen, den lachenden, plaudernden Menschen. Ich stellte mir vor, dass die neuen Apartments wie im Zeitraffer hochgezogen wurden, langsam die Welt da draußen abblockten, mich hier auf diesem alten, abgeschiedenen Hof festsetzten.

31

Als ich wieder nach Hause kam, war Alouette am Telefon, war schon seit dem frühen Morgen so gut wie ununterbrochen am Telefon gewesen. Bislang hatte sie zwei Einstellungsgespräche angeleiert, an einem weiteren teilgenommen, sich Informationsmaterial über Aufnahme- und Prüfungsmodalitäten für Erwachsenenfortbildungen und Abendkurse am Delgado Community College, der Xavier University of Louisiana und der University of New Orleans bestellt und mit einem Fachberater über Berufsfördermaßnahmen gesprochen. Jetzt unterhielt sie sich mit Richard Garces über ambulante Therapiemöglichkeiten und hiesige Arbeitsgruppen.

Wenig später legte sie auf, machte sich eine letzte Notiz und klappte den Block zu.

»Wie ist es gelaufen?«

Ich zuckte die Achseln.

»So schlimm?«

»Vielleicht sogar noch ein bisschen schlimmer.«

»Tut mir leid.«

Und natürlich musste ich lachen, ihr dann erklären, warum.

»Hast du gewusst, dass Richard ein Hippie war? Und ein Junkie? Vor langer Zeit natürlich.«

»Wundert mich nicht.«

»Bist du ein Hippie gewesen, Lewis? Du weißt schon, mit Weste, aber ohne Hemd, mit Schlaghosen und Blumen im Haar? Damals, in den Sechzigern, meine ich.«

»In den Sechzigerjahren war ich meistens besoffen – zumindest etwa ab achtundsechzig aufwärts. Ich habe nicht groß auf gesellschaftliche Bewegungen geachtet. Beziehungsweise auf andere Leute.«

»Du warst damals Bodyguard, stimmt's?«

Überrascht blickte ich auf. Nicht viele Leute wussten was davon. Verne natürlich. Und Walsh, weil wir uns dabei kennengelernt hatten.

»Ich hab bisher nichts davon gesagt, aber ich weiß ein bisschen was über dich, Lewis. Mehr, als du meinst.«

Ich goss mir Tee ein, gab Milch dazu.

»Als ich auf der Gesamtschule war, hatte ich einen Freund, der typische Streber, Brille, scheußlich bedruckte Hemden, alles, was dazugehört, aber er war ein Computerfreak. Das, was man heutzutage einen Hacker nennt. Er war echt irre. Schau, das ist 'ne ziemlich lange Geschichte.«

»Ich trinke langsam.«

»Und vermutlich auch ziemlich öde.«

»Über mich? Unmöglich.«

»Tja, richtig. Na ja, jedenfalls war Cornells Vater Ingenieur bei IBM oder Apple oder so ähnlich, und er hatte immer die neuesten Computer daheim rumstehen, Geräte, die sie entwickelten oder auf den Markt bringen wollten. Cornell hat mir erzählt, dass er mit den Dingern aufgewachsen ist, dass er lieber damit gespielt hat als mit anderen Kindern. Er hat gedacht, das macht jeder. Und er konnte alles Mögliche damit anstellen.

Ich war zwölf oder dreizehn. Und eines Tages hatte ich mir in den Kopf gesetzt, dass mein Vater nicht mein richtiger Vater sein konnte. Mutter war weg, und mir ging's unendlich mies. Ich konnte nicht mit ihm reden, mit niemandem im Haus, und ich wusste, dass ich einfach nicht dort hingehörte.«

»Die meisten Kinder machen so was irgendwann mal durch.«

»Heute weiß ich das. Ich glaube, irgendwie hab ich es damals schon gewusst. Ich hatte leider nie das Glück, blöde zu sein.«

»Aber du musstest ausbrechen.«

Sie nickte. »Und ich wusste ein bisschen was von dir, bloß ein paar Sachen, die ich gehört habe. Also hab ich mir in den Kopf gesetzt, dass *du* mein Vater sein müsstest. Seinerzeit kam mir das ganz logisch vor; es war das einzig Logische. Das war etwa um die Zeit, als Cornell und ich uns angefreundet haben. Keiner von uns hatte vorher Freunde gehabt, und ich weiß heute nicht mehr genau, wie es losging, aber irgendwie ist er nach dem Unterricht bei mir vorbeigekommen und hat die Frühstücks- und die Mittagspause mit mir verbracht. Eines Nachmittags haben wir uns ins Arbeitszimmer meines Vaters bei uns daheim geschlichen, obwohl ich mich da eigentlich nicht aufhalten sollte, und Cornell hat mir gezeigt, wie man mit dem Computer umgeht. Wenn man weiß, wie es funktioniert, hat er mir erzählt, könne man sich in sämtliche Datenbanken einklinken; man könne so gut wie alles rauskriegen, was man wissen will.

Ich habe tagelang darüber nachgedacht. Am nächsten Sonntag dann, als Cornell vorbeigekommen ist – mein Vater war im Dienst, wie üblich –, hab ich ihm von dir erzählt. Das bisschen Zeug, was ich wusste, und jede Menge Sachen, die ich erfunden habe. Und am Montag hat er mir einen ganzen Ordner voller Kram gebracht. Kopien von offiziellen Formularen, Ausdrucke von Zeitungsartikeln, glaub ich, Auszüge von einem Dossier, das das FBI über dich angelegt hatte. In dem stand, dass du einen Mann umgebracht hast.«

Ich nickte.

»Ein Scharfschütze, laut dem Dossier. Es hieß, dass er mindestens acht Menschen umgebracht hat.«

»Mindestens.«

»Danach hast du aufgehört, als Leibwächter zu arbeiten.«

»Ich hab mit so gut wie allem aufgehört. Hab mich nur noch irgendwie treiben lassen. Jede Menge gesoffen. Es war eine schlimme Zeit.«

»Jede Nacht habe ich den Ordner rausgeholt und drin gelesen.

Es war, als ob man einzelne Sterne zu Bildern zusammenfügt – bloß reine Fakten, die man ausschmücken konnte, wie man wollte. Und so hab ich mir jede Nacht irgendwelche Sachen vorgenommen, Sachen, die ich inzwischen in- und auswendig kannte, und habe mir daraus Geschichten über dich zusammengereimt. Diese Geschichten wurden für mich allmählich wahr, wahrer als das Leben um mich rum, wahrer als alles andere und eine Zeitlang auch viel wichtiger. Obwohl ich immerzu gewusst habe, dass es nicht stimmt. Ich habe gewusst, dass du nicht mein Vater warst.«

»Und dass ich kein Held war.«

Sie nickte. »Und dass das Leben darauf rausläuft, dass man Sachen macht, die man machen muss: am Leben bleiben, den Tag durchstehen, so werden wie unsere Eltern. Vielleicht lieg ich in dem Punkt falsch, was? Vielleicht geht's um etwas mehr?«

»Vielleicht.«

»Darf ich dir noch eine Kanne Tee machen? Der hier ist doch inzwischen bestimmt kalt.«

»Nur, wenn du auch noch einen mittrinkst. Ich laufe jetzt schon fast über.«

»Abgemacht.«

Wir gingen in die Küche. Ich lehnte mich an die Spüle, dachte an die Mahlzeiten, die ich vor langer Zeit für Verne, für Vicky und Cherie zubereitet hatte, erinnerte mich an ihr Lachen, sah ihre Gesichter, während Alouette den Kochtopf auskippte, frisch auffüllte und auf den Herd stellte, heißes Wasser aus dem Hahn in die Kanne laufen ließ.

»Die Fahrerei wird am schwierigsten«, sagte sie. »Ich denke mir, dass ich ganz schön viel unterwegs bin, wenn ich zu den Gruppensitzungen und den ganzen Kursen will, die ich belegen werde. Ich seh zu, dass ich alles möglichst konzentriere, darauf achte, dass es nicht zu weit weg ist. Aber bei manchen Sachen, bei der Arbeit zum Beispiel und mit der Schule, wird das nicht so leicht sein.«

»Lass es auf dich zukommen. Wir werden sehen. Wenn es darauf rausläuft, dass du deiner Meinung nach ein Auto brauchst, musst du eben so viel wie möglich sparen, und ich lege was dazu. Und ich gehe mit dir zu einem Freund, der Gebrauchtwagen verkauft und mir den einen oder anderen Gefallen schuldet.«

»Na *schön.*«

Sie kippte die Kanne aus, maß den Earl Grey ab, goss Wasser auf, rührte einmal um und stellte ihn zum Ziehen unter die Teehaube aus Brokat, die Vicky mir vor Jahren aus Schottland geschickt hatte.

Als der Tee fertig war, gingen wir wieder ins Wohnzimmer. Alouette ließ sich mit ihrem Notizblock auf der Couch nieder und schlug die Beine übereinander. Ich setzte mich mit Queneaus *Zazie dans le métro* in meinen Sessel. Nach einer Weile schaute ich zu ihr rüber, dachte, wie seltsam diese Szene, diese beschauliche Zweisamkeit doch für uns beide war. Dann, wie einsam ich in all den Jahren gewesen bin und wie gut es tat, wieder jemanden hier zu haben.

32

Queneau hat einmal angemerkt, dass so gut wie jeder lernen könne, Figuren zu verschieben, sie von einem Ort zum andern zu stellen, von Szene zu Situation, sie durch die Seiten zu scheuchen wie Schafe, bis man schließlich zu etwas gelangt, das die Menschen als Roman lesen. Doch Queneau selbst wollte, dass die Figuren und ihre Beziehungen – zueinander, zur gesamten menschlichen Geschichte und Denkweise, zum Buch an sich – strukturiert waren, er wollte, dass diese Beziehungen im reinsten Sinn des Wortes *konstruiert* waren; kurzum, er wollte mehr.

Manch einer – sogenannte *Engagés* wie Sartre oder hier in Amerika vielleicht der verstorbene John Gardner – würde dem entgegenhalten, dass er, indem er sich den Grundsätzen der »realistischen« oder mimetischen Prosa verweigerte, weniger gewollt habe.

Dieser Hang zum Irrealen, wie man es bezeichnen könnte, zur Kunstform und Phantasmagorie, lässt sich in der französischen Literatur weit zurückverfolgen, zumindest bis Roussel, dessen *Locus Solus*, den manche von Ihnen eventuell bei Jack Palangians Seminar über den magischen Realismus kennengelernt haben. Heutzutage seine Fortsetzung in den Werken eines Georges Perec, der Gruppe OuLiPo – zufällig begründet von Queneau – und dem aus Amerika ausgewanderten Harry Mathews.

Le Chiendent, Queneaus erster Roman, parodiert denn auch bewusst und mit Vorsatz so gut wie alle Regeln der sogenannten realistischen Literatur.

Es handelt sich um einen streng durchstrukturierten Roman. Einundneunzig Teile – sieben Kapitel zu je dreizehn Abschnitten, jeder davon wiederum dreimal unterteilt nach Zeit, Ort und Handlung, jeder in einer anderen Darstellungs- oder Erzählform: reine Erzählung, Erzählung plus Dialog, reiner Dialog, innerer Monolog, Briefe, Zeitungsartikel, Träume.

Der Roman, genau genommen eine Abhandlung über das kartesianische *cogito*, stellt im Grunde genommen Queneaus Versuch dar, Descartes in allgemein verständliches Französisch zu übersetzen.

Er fängt damit an, dass ein Bankangestellter, Étienne Marcel heißt er, plötzlich zur Besinnung kommt, auftaucht aus den Niederungen seines niemals hinterfragten Daseins, als er sich in einer Schaufensterscheibe betrachtet. Aufgrund dieser jähen Selbsterkenntnis und darin bestärkt durch Pierre le Grand, der ihn zufällig im Fenster gesehen hat und neugierig geworden ist, gerät Étienne unverhofft in eine ganze Reihe von Abenteuern – mitten ins pralle Leben sozusagen.

An einer Stelle sagt le Grand, aus dessen Sicht wir am Anfang einen Großteil der Handlung miterleben: »Ich beobachte einen Mann.« Und sein Mitverschworener erwidert: »Sagen Sie's nicht! Sind Sie ein Romancier?« Worauf er entgegnet: »Nein. Eine Romanfigur.«

Im weiteren Verlauf, als immer neue Figuren und Handlungsstränge eingeführt werden, darunter einige wahrhaft bizarre – man kommt sich fast vor wie unter Jongleuren, die anfangs kleine Stöcke oder Keulen durch die Luft wirbeln und dann Stühle auftürmen, einen über den andern, bis sie schwankend und wankend hoch über ihnen aufragen –, wird der Roman zusehends phantastischer, schwimmt sich frei von allen Fesseln der realistischen Literatur, bis der Leser sich notgedrungen von der Vorstellung verabschieden muss, dass er hier eine Geschichte über »reale« Menschen oder Ereignisse liest, und einsieht, dass er es mit dem willkürlichen Produkt – reflexiv, komplex, aber dennoch willkürlich – eines Schriftstellers zu tun hat. Einem raffinierten Rollenspiel.

Eine kurze Kostprobe aus dem Roman:

»Die Menschen meinen, sie würden nur das eine tun, und dabei machen sie schon das nächste. Sie meinen, sie stellen eine Schere her, und dabei haben sie etwas ganz anderes hergestellt. Natürlich ist es eine Schere, die schneiden soll und die auch schneidet, doch zugleich ist es auch etwas ganz anderes.«

Versonnen wendet eine der beteiligten Figuren ein: Wäre es nicht wunderbar, wenn man wüsste, was dieses »Andere« ist? Und genau darauf will Queneau hinaus, hier wie in seinem ganzen Werk – dieses »Andere« anrühren, das wir spüren, ohne es dingfest machen zu können.

Doch weil er eine heilige Scheu vor jeder Art von Ernsthaftigkeit hatte, wirken seine Bücher und Poeme mitunter zutiefst trivial, geradezu comicartig, ergehen sich in allerlei Andeutungen und Wortspielereien, billigen Witzeleien und Kalauern. Manchmal könnte man meinen, man hätte es mit Büchern zu tun, die von einem vorwitzigen, blitzgescheiten Kind verfasst worden sind.

Womit wir natürlich wieder bei *Zazie* wären, einem Bestseller für Queneaus Verhältnisse, und der Roman von ihm, der vermutlich am leichtesten zugänglich ist.

Das Buch fängt damit an, dass Bébé, der mörderische Zwerg, die kleine Zazie aus dem Kaufhaus entführt, in dem ihre junge Frau Mama feines irisches Leinen begutachtet, und sie in seinen unterirdischen Bau tief unter der Pariser *Métro* bringt, dorthin, wo alte Zirkusartisten verkehren, gichtkranke Gitarristen und Apachen, die ohne Beine tanzen, abgehalfterte Sozialisten mit Karl-Marx-Bärten und kleinen Trotzki-Brillen. Dort wollte Bébé –

Ja, Miss Mara?

Aha. Da mögen Sie recht haben, kann sein, dass ich vor lauter Begeisterung gar nicht darauf eingegangen bin, wovon der Roman überhaupt handelt, dass ich nur eine Deutung, eine Auslegung meinerseits wiedergegeben habe; dass ich, wie meine Kollegen sagen würden, die Sache zu rekonstruiert dargestellt habe. Aber erzählen Sie uns doch, worum es in *Zazie dans le métro* wirklich geht.

33

Ich sang sozusagen um mein täglich Brot. Eine neumodische Minstrel-Show für den guten Massah, wobei es sich bei dem guten Massah in diesem Fall um Dean Treadwell handelte, der ausgerechnet heute – dem ersten Tag, an dem ich wieder da war, nachdem ich mich gestern derart schuldbewusst bei meinem Fachbereichsleiter zurückgemeldet hatte, dass ich prompt ins Stottern geriet und schließlich einen Notfall in der Familie vorschützte – probehalber, wie er es gewöhnlich einmal pro Semester bei allen unter seiner Ägide angebotenen Kursen macht, an meiner Vorlesung teilnahm.

Miss Mara hielt sich wacker, die Studenten hatten *Zazie* offenbar gelesen, und die Diskussion war ziemlich lebhaft. Ein junger Mann, der besonders von Zazies Onkel Gabriel begeistert war, sprach ständig mit dünner Fistelstimme, weil er sich offenbar einbildete, er klänge dadurch so ähnlich wie der Onkel, wenn er eine Frau mimte.

Als die Studenten sich nach draußen verzogen, kam Dean Treadwell zu mir her und streckte mir die Hand entgegen.

»Prima Vorlesung. Irgendwie treffen Sie den richtigen Ton, können die Sache vermitteln. Ich wäre heilfroh, wenn das auch nur fünfzig Prozent meiner Dozenten könnten.«

»Sie haben lediglich einen guten Tag erwischt. An den meisten anderen wären Sie vom Geschnarch abgelenkt worden.«

»Trotzdem faszinierend. Zumal ich noch nie etwas von diesem Queneau gehört habe.«

»Hatten die Studenten bis vor drei Wochen auch noch nicht. Und in ein, zwei Semestern haben sie auch alles wieder vergessen.«

»Haben Sie einen Moment Zeit, Lew?«

»Genau genommen sogar vier Stunden – bis zu meinem nächsten Seminar nach der Mittagspause.«

»Dann lassen Sie uns ein paar Schritte laufen. Ich lade Sie zu einem Kaffee ein.«

»Klar. Aber wenn es sich um Kaffee aus einem der Aufenthaltsräume der Fakultät handelt, zahl ich lieber was dafür, damit ich ihn nicht trinken muss.«

Wir schlenderten raus und gingen den Flur entlang, hatten die Köpfe zusammengesteckt wie zwei Mönche, die durch den Kreuzgang schreiten und über Boethius disputieren.

»Ich weiß nicht, was Sie davon halten ...«

Ich ließ es so stehen.

»Ich habe von einigen Angehörigen unserer Fakultät wie auch von meiner Frau erfahren, dass Sie viele Jahre als Detektiv tätig waren.«

»Ich hab's jedenfalls versucht.«

Zwei meiner Studenten aus dem Konversationskurs für Fortgeschrittene gingen vorbei. Der eine sagte *»Bonjour«*, der andere: »Hey, wie läuft's?«

Wir landeten in einem der Kaffeehäuser, die mit einem Mal überall in New Orleans aus dem Boden schießen, ein Stück außerhalb des Campus. Das hier war die reinste Tennessee-Williams-Kulisse: ein wildes Durcheinander aus uralten, wackligen Tischen und Stühlen, bröckelnder Putz an den Wänden, Fenster, die so trüb waren, dass man durch sie gefahrlos eine Sonnenfinsternis beobachten könnte, eine Tür, die in einen feuchten Innenhof führte, wo eine dreibeinige Katze jeden Eindringling mit wütenden Blicken musterte. Ein massiver, in den Kachelboden eingelassener Mahagonitresen mit einer grünen Marmorplatte beherrschte den Raum. Den Großteil der hinteren Wand nahm eine Anschlagtafel aus Kork ein, an der wie Fischschuppen übereinandergeschichtet allerlei Flugblätter für alternative Musikveranstaltungen, mit krakeliger Schrift bekritzelte Handzettel, auf denen Musikinstrumente angeboten wurden, Suchmeldungen nach Tutoren oder Mitmietern hingen.

Wie viele derartige Lokale in der Stadt war es auch in anderer Hinsicht das reinste Museum: hier ein ganz und gar nicht bekehrter Hippie in Jeans, Arbeitshemd samt Weste, mit zotteligen, unter ein Schnupftuch gestopften Haaren; ein auf Fünfzigerjahre getrimmter Berufsjugendlicher mit »flottem« Gehrock und hochgetürmtem Haar oder ein nachgemachter Beatnik mit Spitzbart, Sonnenbrille und Barett; da drüben ein todschick rausgeputzter Schwarzer mit Anzug und unglaublich breitem Schlips, der aus den Vierzigerjahren stammte, die mit Pomade an den Kopf geklatschten Haare unter einem Schlapphut aus Wolle. Hier in New Orleans haben die Leute die Angewohnheit, einfach in einer bestimmten Zeit stehenzubleiben. Eine Studentin, die frisch aus New Hampshire hier gelandet war, fragte mal: »Sind all die seltsam aussehenden Leute zum Mardi Gras hergekommen?«, worauf ein anderer Student ihr erklärte: »Das sind diejenigen, die hier leben.«

»Warum haben Sie es aufgegeben?«, fragte mich Treadwell, als wir hohe, kochend heiße Gläser mit *Café au lait* vor uns stehen hatten. »Die Arbeit als Detektiv, meine ich.«

»Ich könnte Ihnen ja sagen, dass ich stattdessen ehrliche Arbeit angenommen habe, aber Sie wissen es ja besser.«

Er lachte leise, ein kurzer, krampfhafter Anfall, und schaute in Richtung Innenhof. Unter der Tür saß die Katze, hatte den Beinstumpf zum Putzen hochgehoben und funkelte ihn an.

»Sie waren doch verheiratet, nicht wahr, Lew?«

»Einmal, ist lange her.«

»Hatten Sie auch Kinder?«

»Hatte ich. Einen Sohn. Er ist jetzt weg.«

Treadwell wandte sich mir wieder zu.

»Weg?«

Ich zuckte die Achseln. »Spielt keine Rolle. Aber Sie wollen doch auf irgendwas hinaus.«

»Ich war auch einmal verheiratet, als ich noch jünger war, so jung, dass man es sich heute kaum vorstellen kann. Es hat nicht lange gehalten, und hinterher war ich lange allein, einer dieser gelehrten Junggesellen, die aus dem Haus gehen und auf dem Weg zur Vorlesung Staub und Krümel von ihrer Jacke klopfen. Ich hatte mir nie vorgestellt, dass ich mal ein anderes Leben führen könnte. Aber – wie lautet doch der alte Spruch? Das Leben besteht aus lauter Konjunktionen, eins kommt einfach nach dem anderen.«

»Meiner Meinung nach eher eine Art Interpunktion. Doppelpunkte und Ausrufungszeichen für manche Sachen, Gedankenstriche für alles andere.«

»Eines Tages habe ich bei einer Vorlesung über das Leben im viktorianischen Zeitalter von meinen Notizen aufgeblickt und, ich weiß immer noch nicht, warum, eine junge Frau bemerkt, die in der ersten Reihe saß. Älter als die anderen Studenten, aber für mich dennoch jung. Und während ich sie anschaute, während ich mir ihrer Existenz allmählich bewusst wurde, zwinkerte sie mir zu. Ganz und gar nicht kokett, verstehen Sie, sondern irgendwie mit einer erstaunlichen Reife, einem gewissen Selbstwertgefühl ... unerschütterlich.

Kurz darauf ließ ich die Studenten gehen. Das war an einem Donnerstag. Am Montag darauf waren wir verheiratet. Zwölf Jahre ist das her. Mir kam es von Anfang an so vor, als hätte ich meine Sachen gepackt und wäre in ein anderes Land gezogen. Eine andere Sprache, andere Sitten, ein anderes Klima – wer weiß, vielleicht sogar andere physikalische Gesetze. Alles war anders.«

Ich wartete. Verhörspezialisten, die guten jedenfalls, brauchen nicht viel zu sagen; sie werden zu etwas Gegenstandslosem, einer Art Behältnis, das nur noch aufnimmt.

»Laura ist heute der Mittelpunkt meines Lebens, alles dreht sich nur um sie, um sie und die Universität. Aber ich habe einen Sohn aus dieser ersten Ehe in jungen Jahren. Er ist inzwischen natürlich ebenfalls erwachsen. Wir hatten nie viel miteinander zu tun, hatten so gut wie keine Verbindung; er wuchs hauptsächlich an der Westküste auf. Aber vor zwei Monaten zog er wieder hierher, nach New Orleans, und von da an trafen wir uns regelmäßig. Er rief etwa einmal die Woche an. Wir verabredeten uns zum Essen, auf ein Glas Wein. Es war eine eher vage Beziehung, bestenfalls. Möchten Sie noch einen Kaffee?«

Ich verneinte, und einen Moment später sagte er: »Ich fürchte, er steckt in Schwierigkeiten. Ich habe mich gefragt, ob Sie mir vielleicht helfen könnten.« Dann fügte er hinzu: »Laura ist strikt dagegen, dass ich mich darauf einlasse.«

Das geht dich nichts an, Griffin, hallte es weit hinten in meinem Kopf wider. »Zweierlei muss ich wissen«, sagte ich. »Was für Schwierigkeiten –«

»Drogen. Ich weiß nicht, wie tief.«

»Dann hat Ihre Frau womöglich recht. Und außerdem muss ich wissen, was Sie von mir erwarten. Vermutlich können Sie, ich oder sonst jemand da nicht viel tun. Das müssen Sie wissen.«

Er nickte, hielt den Kopf einen Moment gesenkt. »Ich bin, nehme ich an, sozusagen ein Leben lang der Überzeugung gewesen, dass Wissen, Lernen, Intellekt, Vernunft, ausschlaggebend ist.« Er blickte wieder auf. »Ja, ich weiß es. Ich habe mich auf die übliche Art damit befasst: Ich habe mich in die Bibliothek zurückgezogen und alles gelesen, was darüber vorlag. Aber jetzt stürze ich mich offenbar Hals über Kopf in die Sache hinein, nicht wahr?«

»Stürzen muss nicht sein, aber Sie riskieren zumindest einen gewaltigen Sprung voller Gottvertrauen.«

»Dem Sohne zu nah«, sagte er. Ich hätte nicht gedacht, dass er das draufhatte.

Ich bekam die Adresse des Sohns, einen Schnappschuss (der einzige, den er hatte, erklärte er mir, als er ihn aus seiner Brieftasche zog) und alle Einzelheiten über das Leben seines Sohnes, die er wusste. Viel war's nicht: ein Arbeitsplatz, der vielleicht noch aktuell war, vielleicht auch nicht, eine Bar, die er ein-, zweimal erwähnt hatte, die Vornamen von ein paar Freunden. Sein Sohn fuhr einen senffarbenen Volvo, stand auf scharfes Essen und Kriegsfilme, las nicht viel und hatte keinen speziellen Musikgeschmack.

»Ich möchte wissen, wie schlimm es steht«, sagte Dean Treadwell, »wie tief er da drinsteckt. Das ist alles, was ich von Ihnen erwarte. Vielleicht lässt sich dann eine Möglichkeit finden, wie ich ihm helfen kann.«

»Ich seh zu, was ich machen kann. Ich habe noch ein paar Kontakte da draußen. Ich frage rum, dreh ein paar Steine um.«

Treadwell hatte ein Scheckbuch aus der Jackentasche geholt und schraubte einen Füller auf.

Ich schüttelte den Kopf. »Das ist ein Gefallen. Außerdem ist es gut möglich, dass nichts dabei rauskommt.«

»Ich bestehe darauf.«

»Ich auch.«

»Na schön denn.« Er klemmte den Füller an das Scheckheft und steckte es wieder in die Tasche. »Versprechen Sie mir wenigstens, dass Sie bald mal vorbeikommen und mit Laura und mir zu Abend essen.«

»Ich melde mich wieder.«

Draußen drehte er sich um.

»Lew. Fast hätte ich es vergessen: Ich musste meiner Frau versprechen, dass ich Sie frage, wann es ein neues Buch gibt. Sie hat sie alle gelesen und lässt Ihnen ausrichten, dass sie sie sehr mag, vor allem die, die in New Orleans spielen.«

»Bestellen Sie ihr meinen Dank, aber ich bin mir nicht sicher. In letzter Zeit lenkt mich das Leben anscheinend zu sehr ab.«

Keiner von uns wusste natürlich, dass das nächste Buch, das in einer zweiwöchigen Orgie rund um die Uhr entstand und kurz vor *Maulwurf* rauskam, von den letzten Tagen seines Sohnes handeln würde.

34

Natürlich war es schlimmer, als er gesagt hatte. Vermutlich sogar schlimmer, als er dachte.

Zuallererst rief ich an diesem Nachmittag von dem stickigen Büro aus, das ich mir im Keller der Monroe Hall mit anderen teilte, Walsh an. Eine Zeitlang konnte ihn keiner finden, und ich saß da und hörte mir das Durcheinander aus Schreien und Geklapper, unverständlichen Unterhaltungen und klingelnden Telefonen an. Schließlich meldete er sich mit einem »Yeah?«.

»Lew hier.«

»Hör mal, mir isses wurschtegal, wie sehr du bettelst, aber ich geb dir kein Abendessen mehr aus.«

»Zwei begehrte Junggesellen wie wir beide haben den Terminkalender vermutlich sowieso voll, mein Guter.«

»Tja, irgendwie könnte ich dich vermutlich schon noch reinquetschen – aber du musst bezahlen.«

»So verzweifelt bin ich noch nicht.«

»Kommt schon noch.«

»Dann melde ich mich wieder, wenn es so weit ist.«

»Kommt bestimmt.« Jemand sprach ihn an, und er wandte sich kurz ab, war dann wieder da.

»Wie geht's der Kleinen?«

»Bislang ganz okay.«

»Gutes Zeichen. Was von Clare gehört?« Als ich nichts sagte, fuhr er fort. »Tja, na ja, das tut mir leid, Lew, wirklich wahr.«

»Das Leben geht weiter.«

»Yeah. Genauso isses. Und was für einen Gefallen soll ich dir diesmal tun? Keinen großen, hoff ich doch. Die Stadt hat uns grade mit 'ner neuen Ladung Scheiße eingedeckt, und der Bürgermeister und seine Jungs sind derzeit da und verteilen sie überall.«

Ich sagte es ihm.

»Bist du daheim?«

»In der Uni.« Ich nannte ihm die Nummer.

Zwanzig Minuten später rief er zurück.

»Was ist mit dem Bürgermeister und seinen Jungs?«, fragte ich.

»Hey, eine dringende Polizeiangelegenheit ist angefallen. So läuft das. Die hocken sich auf der Bank draußen im Mannschaftsraum den Hintern platt und glotzen zu mir rein. Hab ihnen gesagt, dass ich gleich wieder rauskomme, sobald ich mich um diesen Notfall gekümmert habe. Is das erste Mal, dass ich heut zum Sitzen komme.«

»Vielleicht sollte ich mich bei ihnen bedanken.«

»Vielleicht solltest du die ganze Bande erschießen.«

»Also, was liegt vor?«

»Tja, schaut so aus, als ob dein Knabe drüben an der Küste, von Seattle bis runter nach Portland, ein bisschen auf den Putz gehauen hat.«

»Drogen.«

»Anfangs. Besitz, Missbrauch, Handel. Dann ist dein Mann irgendwo in die Schule gegangen: Mit einem Mal tauchen da Einbruch, Autodiebstahl und versuchter Betrug auf. In keinem Fall eine Verurteilung, daher ist etliches davon aktenmäßig gar nicht erfasst, aber er ist aufgefallen. Zweimal kurz eingefahren, einmal wegen vorsätzlicher Körperverletzung, das andere Mal, pass auf, wegen nicht bezahlter Strafzettel. Er hat Glück gehabt. Aber der Captain da drüben, mit dem ich gesprochen habe, sagt, der ist demnächst fällig. Nützt dir das was?«

»Klar doch. Danke, Don.«

»Soll ich weiter an der Sache dranbleiben?«

»Nein. Das reicht.«

»Der Typ is in der Stadt, nehme ich an.«

»Yeah.«

»Noch ein schönes Beispiel dafür, dass Kotze immer nach unten fällt. Ich bin mir so sicher wie nur was, dass er früher oder später hier antanzt.«

»Könnte gut sein.«

»So, und jetzt muss ich die Löwen füttern gehn, klar?«

»Ich nehm's an. Ziehst einen für mich am Schwanz?«

»Wird gemacht.«

Danach hätte ich natürlich gleich Dean Treadwell anrufen können. Es war genau das, was er wissen wollte – mehr, als er wissen wollte. Meinerseits war der Gefallen damit getan. Aber ich wollte dem alten Mann nicht das Herz brechen, redete ich mir ein, nicht auf eine so unpersönliche Art.

Wenn man in New Orleans ist, Zeit totschlagen muss und Lust auf was Alkoholisches hat, läuft einem früher oder später Doo-Wop über den Weg. Und früher oder später spendiert man ihm vermutlich was zu trinken und kommt mit ihm ins Gespräch.

Jeden Tag macht Doo-Wop regelmäßig die Runde durch die Bars, vom French Quarter rauf zum Irish Channel und an der Oak Street entlang. Er macht das einfach, es ist sein Beruf, und er geht ihm zielstrebig und voller Hingabe nach. Und weil er nach all der Zeit genauso zum Stadtbild gehört wie die Palmen oder die Häuser entlang der St. Charles Avenue, kriegt er Drinks umsonst, jede Menge von den Barkeepern persönlich, jede Menge von den

Stammgästen, manch einen von der Laufkundschaft. Jeder, der Doo-Wop einen ausgibt, kommt mit ihm ins Gespräch.

Und wenn man irgendwann mit ihm ins Gespräch gekommen ist, erinnert sich Doo-Wop daran. Er kann sich nicht mehr erinnern, ob er je einen andern Namen hatte oder woher er stammt, er weiß nicht, welches Jahr man schreibt oder wer Präsident ist, und vermutlich kann er einem auch nicht sagen, wo er letzte Nacht untergekommen ist, aber wenn man mal mit ihm geredet hat, ob letzte Woche, letzten Monat oder seinerzeit im Sommer achtundsechzig, hat Doo-Wop noch alles parat.

Ich entdeckte ihn nach zirka zwei Stunden, in der zwölften oder auch vierzehnten Bar, die ich anlief. Er saß auf einem Hocker am Tresen, trank Tequila, da der Mann, der ihm einen ausgab, auch welchen trank, und ließ sich über seine Dienstzeit bei den Navy SEALs aus. Ich bezweifle, dass er je ein Einzelkämpfer gewesen ist, aber vermutlich hatte er irgendwann mal ein paar Stunden lang mit einem in einer Bar gehockt, die so ähnlich wie die hier war. Darum ging es bei all diesen Gesprächen, deswegen hortete er all diese Geschichten. Sie waren sein Handelsgut, die Ware, die er für Drinks und ein bisschen Gesellschaft feilbot.

»Großer«, sagte er, als ich reinkam, schaute in einen Spiegel, der so silbrig war, dass die ganze Welt wie eine uralte Fotografie wirkte. »Lange her.« Er trug hohe schwarze Tennisschuhe, die nur halb zugebunden waren, einen lila-rötlichen Gabardineanzug und ein kariertes Freizeithemd mit einem schmalen schwarzen Schlips.

»Zu lang.« Ich gab dem Barkeeper ein Zeichen, worauf er angeschlurft kam und mich einfach anglotzte, bis ich sagte: »Noch zwei Tequila für die Herren hier und für mich eins vom Fass.«

»Fassbier ham wir nich.«

»Dann ein Abita.«

»Abita ham wir nich.«

»Dixie?«

Er nickte und schlurfte zum Knick in der Bar, ließ die Füße schleifen, als ob er auf Skiern stünde.

»Großer, das is …«

»Newman«, sagte sein Zechkumpan.

»Aus Missoula, Montana.« Doo-Wop kippte hastig den letzten Rest des alten Drinks, bevor die neuen kamen. Er konnte es nicht leiden, wenn er nicht mitkam.

»Hat 'ne kleine Ranch da oben, züchtet Pferde.« Er nickte im Spiegel zu Newman hin. »Wenn wir uns das nächste Mal über den Weg laufen, musst du mich dran erinnern, dass ich dir erzähle, wie ich auf dem Arabergestüt unten in Waco gearbeitet habe.«

Nachdem der Schnaps, den Newman ihm spendiert hatte, alle war, konnte Doo-Wop ihn aufgrund seines feinsinnigen Verständnisses von Geschäftsmoral jetzt zu meinen Gunsten sausenlassen, und er winkte zu einer Nische in der einen Ecke. Wir warteten an der Bar auf unsere Drinks, dann ließen wir uns dort nieder.

»Also, was gibt's, Großer? Wen suchst du denn?«

»Woher weißt du, dass ich jemand suche?«

»Großer. Hast du mich schon jemals aufgesucht, um in aller Ruhe einen zu trinken? Du machst deinen Krempel, ich mach meinen, stimmt's? Und manchmal passt das eine irgendwie zum andern. So läuft das auf der Welt. Das verfluchte Glas is schon wieder leer.«

Ich winkte dem Barkeeper, dass er ihm nachschenken sollte, und zeigte Doo-Wop den Schnappschuss, den Dean Treadwell mir gegeben hatte.

»Zweimal. Einmal in der Cajun Bar an der Tulane, das andre Mal drüben an der Magazine, im Laden vom Griechen.«

Wann das gewesen war, brauchte ich gar nicht zu fragen; für Doo-Wop existierte die Zeit nicht.

»Aus Washington. In der Nähe von Seattle, hat er gesagt. Hat da oben ein-, zweimal gesessen. Nicht viel dahinter. Hat keine Geschichten gehabt, die irgendwas gebracht haben, hat sich für meine nicht groß interessiert.«

»Kaum anzunehmen, dass er seine Adresse auf ein Streichholzheft geschrieben und dir gegeben hat, was?«

»Soweit ich mich entsinne, nicht.«

»Das war ein Witz, Doo-Wop.«

Er dachte einen Moment lang drüber nach. »Hab für Witze noch nie viel übrig gehabt.«

»Ich habe damit gemeint, ob er zufällig irgendwas gesagt hat, wo er wohnt.«

»Kein Wort. Hat gesagt, er hätte ein, zwei Sachen laufen. Heißt normalerweise, dass der Mann demnächst Straßenratten frisst.«

»Okay. Danke, Mann. Wenn du ihn wiedersiehst und dran denkst, rufst du mich dann an?«

Ich legte einen Zehndollarschein und eine Visitenkarte auf den Tisch.

Er nahm den Schein, ließ die Karte aber liegen.

»So eine hab ich noch vom letzten Mal.«

Ich stand auf und wollte gehen, und Doo-Wop zog es wieder zur Bar.

»Frag den Griechen«, sagte er. »Der Typ hat irgendwas für ihn gemacht. Hab ich jedenfalls gehört.«

Ich holte einen Zwanziger aus meiner Brieftasche und reichte ihn an ihn weiter. Er steckte ihn zusammen mit dem anderen Schein in seinen Schuh.

»Komm irgendwann mal vorbei und trink einen mit mir, wenn's nicht ums Geschäft geht. Ich geb einen aus«, sagte er. »Du weißt ja, wo du mich findest.«

35

Der Grieche war kein Grieche, sondern ein Puerto-Ricaner. Er stammte aus dem Ausland – New York – und hatte einen struppigen, ungestutzten Schnurrbart, wie man ihn bei Männern aus dem Mittelmeerraum häufig sieht. Er hieß Salas mit Nachnamen, was bei seiner Ankunft in New Orleans irgendjemandem so ähnlich wie der griechische Familienname Salus vorgekommen sein muss, so dass es ihm den Spitznamen eintrug, den er seither hatte. Er hatte jahrelang als *Maître d'hôtel* in allerlei Restaurants gearbeitet, vom Kolb's bis zum Upperline, bis er mit neunundzwanzig Jahren einen Herzanfall erlitten hatte und vornüber in das Schwertfischsteak mit Sauce béarnaise gefallen war, das er gerade einem Gast vorsetzte. Als er aus dem Krankenhaus kam, machte er sich das Leben ein bisschen leichter – er stieß fast alles ab, was er besaß, kaufte diesen Laden, ein verfallendes, leerstehendes Lebensmittelgeschäft an der Magazine Street mit einer spartanischen Wohnung obendrüber, und baute es zu einer Eckkneipe um, einer bemerkenswert abgehangenen, unaufdringlichen, selbst für New Orleans. Sein Gumbo und die Sandwiches, die er servierte, gehörten zu den besten in der ganzen Stadt, wenn man nichts dagegen hatte, ein bisschen zu warten.

Am Wochenende, nachdem die Papiere unterschrieben waren, fiel aus heiterem Himmel eine Heerschar von Onkeln, Brüdern und Cousins ein und fing an, die Hütte aufzumöbeln. Es war, als wären sie bei einem runtergekommenen Lebensmittelladen zusammengelaufen, kurz ausgeschwärmt, und als sie wieder zurückwichen, stand da eine Bar; und seither hat sich nicht viel verändert. Balken und Pfosten, immer noch aus dem gleichen rohen Holz, aus dem sie sie gezimmert hatten, aber inzwischen grün und schimmelig, stützten nach wie vor die Ecken und die Decke ab. Die Risse in den Wänden, die zugeschmiert worden waren, ohne dass sie sich viel Mühe gegeben hatten, den neuen Putz farblich dem alten anzupassen, sahen jetzt aus wie verpflanzte Haut, die längst abgestoßen worden war.

Da ich seinerzeit im zweiten Stock auf der Straßenseite gegenüber wohnte und am Wochenende nicht viel zu tun hatte, bis es endlich sieben wurde und ich auf meine abendliche Zechtour gehen konnte, hatte ich die ganze Sache beobachtet. Der Grieche lag an meiner üblichen Marschroute, daher fing ich in dem Laden an und landete dort auch des Öfteren wieder, wenn die Nacht zu Ende ging. Außerdem war es eine der wenigen Bars in der Stadt, aus der ich nie rausgeflogen bin. Irgendwann hatte ein Name am Fenster gestanden, aber darauf hatte nie jemand geachtet, und als die Schrift verblasst war, hatte sie keiner mehr aufgefrischt.

Carlos hockte auf einem Fußschemel hinter der Bar, kullerte mit der einen Hand sachte das Eis durch die letzten Überreste am Boden eines Limonadenglases und hatte ein aufgeschlagenes Taschenbuch in der andern. Es war, als wäre ich grade mal zwanzig Minuten weg gewesen statt zwanzig Jahre.

Carlos wollte wissen, was ich machte, und so lieferte ich ihm eine Zweiminutenversion. Ich fragte ihn das Gleiche, und er zuckte die Achseln und deutete mit dem Kopf zur Bar.

»Willst du was trinken?«

»Heut nicht, Carlos, ich hab's eilig. Ich komme wieder, wenn ich mehr Zeit habe.«

Er lächelte und nickte, wartete darauf, dass ich sagte, weshalb ich gekommen war.

Ich zeigte ihm den Schnappschuss von Treadwells Sohn. »Ist er da gewesen?«

»Hab zuletzt gehört, dass du die Detektivarbeit gesteckt hast.«

»Hab ich auch. Das hier ist eher so was wie ein Gefallen. Kennst du ihn?«

»Lehrer bist du, hab ich gehört. Ich hab mir immer gedacht, so was könnt ich auch machen, wenn's ein bisschen anders gekommen wäre.«

»Das Bild, Carlos.«

»Isser in Schwierigkeiten?«

»Noch nicht.«

»Aber er hat was vor.«

»Ich weiß nicht, ob er was vorhat oder nicht, aber er ist dabei, einem alten Mann das Herz zu brechen.«

»Alten Mann?«

»Seinem Vater.«

Carlos schüttelte den Kopf. »Das is schlimm. Was soll ich dir sagen?«

»Wo er wohnt, wär für den Anfang schon mal nicht schlecht.«

»Vor zwei Wochen hat er bei 'nem Typ namens Tito gewohnt, drüben an der Baronne, eine Ecke von der Louisiana weg. Ich weiß nicht, ob er noch da is. Hab auch keine Adresse, aber es is so ein riesiger blauer Klotz, gemaserter Rauputz, gleich neben einem unbebauten Grundstück. Tito wohnt oben links. Hat 'n eigenen Treppenaufgang.«

»Ist dieser Tito ein Händler?«

»Angeblich.«

»Und eventuell auch ein Verwandter von dir?«

»Ein Cousin, wie's der Zufall will. Tito is nachmittags nie da. Wenn du dort vorbeischaun willst, is das genau die richtige Zeit.«

»Dann werd ich das wohl machen.«

Ich dankte ihm und sagte, ich würde ihn bald wieder besuchen. Ich schaute auf die Uhr über der Bar, als ich ging. Fast fünf. Meine Seminaristen waren inzwischen längst weg. Zumindest aber war es noch nachmittags.

Ich schnappte mir an der Jackson Avenue ein Taxi, ließ mich über die St. Charles zur Louisiana Avenue fahren und stieg dort aus. Ging die zwei Blocks bis zur Baronne Street zu Fuß. Ich sah das Haus, kaum dass ich um die Ecke war.

Es war ein Blauton, wie er in der Natur nirgendwo vorkommt. Die Rauputzmaserung an den Außenwänden erinnerte mich an Maorimasken. Zwei Personenwagen und ein Pick-up standen nebeneinander in der Auffahrt wie Flugzeuge, die auf die Starterlaubnis warteten, aber die hier warteten schon ziemlich lange.

Oben am Treppengeländer hingen Handtücher und ein Waschlappen, ein orangefarbener Baumwollläufer und ein Hemd samt

Kleiderbügel. Ich klopfte an die Fliegendrahttür, wartete einen Moment, machte sie dann auf und klopfte an die Glastür dahinter. Als sich immer noch nichts rührte, weder da drin noch ein neugieriger Nachbar, holte ich eine alte Plastikausweiskarte raus, die ich zu ebendiesem Zweck aufhebe, und schob sie ins Schloss.

Die Tür führte in die Küche. Eine Kanne, an deren Boden eine gut einen halben Zentimeter dicke Teerschicht aus angebranntem Kaffee klebte. Die Rillen um die Herdplatten voller Fett. Die ganze Wohnung roch nach Katze, einer Mischung aus Moschus und Pisse, unter allem ein berauschend süßer Marihuanaduft. Minimales Mobiliar, überall Klamotten verstreut.

Ich entdeckte ein paar abgepackte Tüten Gras und Crack, die zwischen den Lebensmitteln – hauptsächlich ungeöffnete Gewürze, Mehltüten, Zucker und Backpulver, Konservendosen mit Rindfleischhaschee oder Eintopfgerichten – versteckt waren, und legte sie wieder zurück. Unter dem Sitzpolster eines Sessels im Wohnzimmer fand ich einen 38er und legte ihn ebenfalls wieder zurück.

Auf der einen Seite befand sich ein fensterloses, eigenartig zugeschnittenes kleines Zimmer, wie man sie in diesen riesigen alten Häusern, die ein ums andere Mal in kleine Apartments aufgeteilt worden waren, häufig sieht. Jemand hatte eine Matratze reingezwängt. Die eine Ecke, dort wo die Wand einen jähen Knick machte, war hochgebogen wie ein Eselsohr in einem Buch. Die Unterkante wölbte sich über die Fußbodenleiste. Obendrauf lag eine Nylonsporttasche, die offenbar als Kissen benutzt worden war. Ich öffnete sie und fand in einem großen braunen Briefumschlag voller Papiere und anderem Kram einen abgelaufenen Führerschein, ausgestellt auf Marcus Treadwell. Bei dem übrigen Zeug handelte es sich größtenteils um Namen und Adressen von irgendwelchen Leuten, dazu Anmerkungen in einer zierlichen, gestochen scharfen Handschrift, meiner Meinung nach eine Art Code.

Ich trat ins Wohnzimmer zurück und stellte fest, dass der 38er nicht mehr unter dem Sitzpolster lag. Jetzt hatte ihn jemand in der Hand und richtete ihn auf mich.

»Sie müssen Tito sein.«

Er nickte.

»Ich bin ein Freund von Carlos.«

»Carlos wohnt hier nicht, Mann.«

»Ich weiß. Ich war grade unten in der Bar und hab mit ihm geredet. Er hat gemeint, Sie könnten mir vielleicht weiterhelfen.«

»Weiterhelfen bei was?«

»Ich suche was Bestimmtes.«

»Bloß für Sie selber? Sie sehn nicht so aus, als ob Sie was nehmen. Und im Großen mach ich nix, Sie wissen doch, was ich meine?«

Ich schüttelte den Kopf. »Hat nichts mit Drogen zu tun.«

»Das glaub ich gern.«

»Es geht um den Typ, der hier übernachtet hat.«

»Was wolln Sie denn von dem Scheißkerl?«

»Bloß reden.«

»Aha? Tja, wenn Sie ihn finden, will ich auch mal mit ihm reden, aber das dauert nicht lang.«

»Ich nehme an, ihr zwei seid euch nicht einig geworden.«

»Hey, ich hab gedacht, der wär okay, wissen Sie? Bis ich gestern früh heimkomm und ihn dabei erwische, wie er grade das Klo hinten abmontiert, weil er hinter meinem Zeug her is. Ich hab das schon woanders hingebracht, aber darauf kommt's nicht an. Aber ich glaub, der hat mich gehört, weil er nämlich in null Komma nix aus dem Fenster is. Hab gar nicht gewusst, dass der so schnell is.«

»Haben Sie ihn dabei gesehen?«

Er zuckte die Achseln. »Wer soll's denn sonst gewesen sein?«

»Hören Sie mal, wollen Sie nun auf mich schießen oder nicht? Falls nicht, werde ich nämlich in die Tasche greifen und ein Foto rausholen.«

»Nee, Mann, ich schieß auf niemanden.« Er steckte die Knarre hinten in die Tasche.

»Ist das der Typ?«

»Yeah.«

»Und Sie haben ihn seit gestern früh nicht mehr gesehn?«

»Nein.«

»Welche Zeit?«

»Neune, zehne, irgendwann um den Dreh. Hat er Sie auch abzocken wollen?«

Ich schüttelte den Kopf.

»Sie ham 'ne Nachricht für ihn, stimmt's?«, sagte Tito.

»Mehr oder weniger.« Ich reichte ihm eine Karte. »Wenn Sie ihn wiedersehen, denken Sie dran und rufen mich an.«

»Springt da was bei raus?«

»Kann man nie wissen. Sagen wir vorerst einfach mal, dass man sich erkenntlich zeigen wird.«

Er schaute auf die Karte, dann auf mich. »Lew Griffin. Ich hab von Ihnen gehört. Die Leute sagen, dass Sie mal ein schlimmer Finger gewesen sind.«

»Ich bin allerhand gewesen.«

»Yeah. Weiß, was Sie meinen.«

»Kann sein, dass ich morgen oder übermorgen noch mal vorbeischaue, bloß zur Sicherheit, falls das okay ist.«

»Klar. Machen Sie das, Lew Griffin. Aber schließen Sie wieder ab, wenn Sie gehn.«

Er grinste, dass sein goldener Backenzahn funkelte. Mir fiel plötzlich ein, dass mein Vater auch so einen hatte.

36

Walsh und Richard Garces wollten an diesem Abend zum Essen vorbeikommen. Ich hatte das meiste schon vorbereitet, ein Cassoulet samt Mürbeteigboden, und Alouette war für alles Weitere zuständig. Als ich um zwanzig nach sieben reinkam, saßen sie alle im Wohnzimmer. Richard hatte ein Glas Wein, Walsh einen Bourbon, Alouette eins dieser abgepackten, weinkühlerartigen Dinger. Niemand stand auf, aber alle drehten sich nach mir um.

»Das war's dann mit der Party«, sagte Garces.

»Und allem andern dazu.« Alouette.

»Jetzt ist Schluss mit lustig.« Walsh.

»Was möchtest du, Lewis?« Wieder Alouette. Ich folgte ihr in die Küche, nahm mir eine Flasche Abita aus dem Kühlschrank. Die Küche war warm und voller wunderbarer Düfte.

»Alles bereit?«

»Das Cassoulet braucht noch ein bisschen, bis es heiß ist, das Brot ist in der Röhre, und der Salat ist bis auf die Soße fertig.«

»Hast du dir etwa ein paar alte Kochsendungen mit Donna Reed angeguckt?«

»Mit wem?«

»Macht nichts. Kann ich irgendwas tun?«

»Setz dich hin, trink dein Bier und unterhalte dich mit deinen Freunden. Ich krieg das schon auf die Reihe.«

»Bist du sicher?«

»Klar doch.«

Es hatte mir gutgetan gestern Abend in der Küche, als ich alles vorbereitet hatte, und es tat auch jetzt gut, mit Freunden beisammenzusitzen, über nichts Besonderes zu reden und auch nichts dergleichen zu erwarten. Ich legte den Kopf zurück und spürte, wie die Anspannung von mir wich. Tausend wirre Gedanken schossen mir durch den Kopf, beruhigten sich dann allmählich.

»Hab heut 'n Anruf von 'nem Freund von dir gekriegt«, sagte Walsh. »Sergeant Travis, oben in Mississippi. Hat gefragt, wie's hier unten so läuft. Ich soll dir ausrichten, dass es da oben ziemlich dröge zugeht, seitdem du nicht mehr da bist.«

»Ich hoffe, es macht dir nichts aus«, sagte Garces, »aber ich habe Alouette gefragt, ob sie Lust hätte, sich an diesem Wochenende mit mir die *Torch Song Trilogy* anzugucken; läuft im Marigny. Ist ausverkauft – das heißt, dass sie etwa zwanzig Karten verkauft haben –, aber ich habe ein paar Freunde, die da irgendwie mitmischen. Am Samstagabend ist das. Ist dir das recht?«

»Klar. Tut ihr gut, wenn sie mal rauskommt. Sie ist irgendwie ein bisschen zu sehr auf die ganze Sache fixiert.«

»Das muss sie auch, zumindest eine Zeitlang.«

»Ich weiß.«

»Sie scheint prima klarzukommen. Ich habe ein gutes Gefühl dabei.«

Kurz darauf rief uns Alouette zu Tisch. Wir gingen alle in die

Küche, um ihr beim Reintragen zu helfen, formierten uns auf dem Rückweg durch die offene Doppeltür zu einer kulinarischen Karawane – ich mit dem Cassoulet, Richard mit dem Salat und einem riesigen Brotkorb, Don mit einem Tablett voller Beilagen und einem Krug mit Eistee, Alouette mit den Vorlegelöffeln, einem Untersetzer und einer Kanne Kaffee.

Wir führten die üblichen Tischgespräche – Politik, Witze, Anekdoten, Komplimente –, begleitet von zufriedenem Grunzen und Besteckklappern. Der Kaffee war im Nu alle, und ich ging in die Küche und setzte eine neue Kanne auf. Als ich wieder reinkam, sagte Alouette gerade: »Ich kann nicht zu lange im Voraus planen. Ich meine, ich möchte es, aber ich weiß, dass ich es nicht kann, dass es keinen Sinn hat.«

»Du hast recht«, sagte Richard. »Das ist einer der Punkte, um die es bei einer Abhängigkeit geht. Bei einer Suchtpersönlichkeit jedenfalls. Man legt sich im Kopf ein Idealbild dessen zurecht, wie alles sein sollte, und über kurz oder lang sieht man, was Sache ist und wie weit man von dem entfernt ist, was man sich vorgestellt hat, von seinen Erwartungen – und fällt prompt in ein Loch.«

»›Ich fürchte so große Worte, die uns so unglücklich machen‹«, sagte ich.

Alle schauten mich an.

»James Joyce.«

»Wir … *fürchten* … die Veränderung«, sagte Alouette.

»*Wayne's World.*« Garces. Was waren wir doch für ein ausgefuchster, kultivierter Haufen.

Dann erkundigte sich Walsh nach Treadwell, und ich klärte ihn auf.

»Deinem Dekan wird die Scheiße auf jeden Fall nur so um die Ohren fliegen, Lew. Ist er dazu bereit?«

»Schwer zu sagen. In gewisser Weise weiß er es vermutlich schon. Ich glaube, er erwartet, dass ich ihm sage, alles wäre in Ordnung. Aber meiner Meinung nach weiß er auch, dass es nicht der Fall sein wird.«

Wir saßen noch lange um den Tisch, nachdem wir mit dem Abendessen fertig waren und die zweite Kanne Kaffee getrunken hatten. Ich spielte leise Musik, eine Yazoo-Anthologie über die Anfänge der Jazzgitarre, darunter die Duoaufnahmen von Eddie Lang und Lonnie Johnson (für die Lang ein Pseudonym verwendet hatte, da seinerzeit schwarze und weiße Musiker keine Platten zusammen einspielten), und eine neue CD von Danny Barker, einem Banjospieler aus New Orleans.

Walsh brach gegen elf mit verquollenen Augen auf, Garces keine Stunde später. Beide Male stellte ich mich mit ausgebreiteten Armen unter die Tür und erklärte, dass sie Cassoulet mitnehmen müssten, sonst dürften sie nicht gehen. Wie üblich war das Cassoulet viel zu üppig geraten – keine kleine Pfanne, wie geplant, sondern das größte verfügbare Kochgeschirr, das grade noch in die Röhre passte.

Alouette und ich machten eine Zeitlang Anstalten aufzuräumen, trugen die Sachen aber meistens nur von einer Stelle zur andern. Schließlich ließen wir es sein, setzten uns an den Küchentisch und tranken den Eistee. Draußen im Wohnzimmer machte Danny Barker zum dritten oder vierten Mal seine Tour runter zum St. James Infirmary.

Ich fing an, ihr von David zu erzählen, dass ich nicht da gewesen war, als er aufwuchs, dass wir uns schließlich ein bisschen kennengelernt hatten, nicht unbedingt so, wie es zwischen Vater und Sohn üblich ist (auch wenn ich annehme, dass solche Gefühle da waren), eher wie zwei Erwachsene, die in ganz verschiedenen Welten leben.

»Er ist einen Sommer lang nach Europa gereist und hat ein, zwei Ansichtskarten geschickt. Ich kann mich noch erinnern, dass auf der einen ein gelangweilt wirkender Wasserspeier war. Aber wir waren es gewohnt, dass manchmal monatelang überhaupt nichts kam, und dann hat einer von uns einen zehnseitigen Brief geschrieben, daher hab ich mir nichts dabei gedacht. Aber dann rief seine Mutter an und sagte, sie hätte auch nichts von ihm gehört und könnte ihn auch nirgendwo erreichen.«

Alouette hörte schweigend zu.

»Ich habe versucht, ihn zu finden, hab gedacht, da wär nichts weiter dran. Er war in Paris. Allem Anschein nach hat er den Rückflug in die Staaten angetreten, und ein Taxifahrer meinte, er hätte ihn am Kennedy aufgelesen und in der Nähe der Port Authority abgesetzt. Aber von da an war er wie vom Erdboden verschluckt. Nirgendwo eine Spur von ihm, ich konnte machen, was ich wollte.

»Etwa um dieselbe Zeit rief jemand bei mir an, ohne was zu sagen, blieb aber dran, bis der Anrufbeantworter die Verbindung automatisch unterbrochen hat. Und irgendwie, ohne dass ich einen Grund dafür nennen könnte, ohne dass ich eine Ahnung habe, warum er anrufen sollte oder warum er nichts gesagt hat, wusste ich, dass es David war.«

Ich sagte ihr nicht, dass ich, wie eine der irren Gestalten von Beckett, das Band mit dem aufgezeichneten Schweigen immer noch hatte.

Alouette wartete, und als sie sicher war, dass nichts weiter kam, sagte sie: »Und du hast ihn nicht gefunden oder rausgefunden, was passiert ist?«

»Gar nichts.«

Sie griff über den Tisch und legte ihre Hand locker auf meine. »Tut mir leid, Lewis. Das muss furchtbar wehtun.«

»Sollte es. Aber eigentlich habe ich bloß das Gefühl, dass die Leere in mir, das Loch, das schon immer da gewesen ist, größer geworden ist. Und ich weiß jetzt, dass es nie gefüllt werden wird.«

Ich zog meine Hand weg, tätschelte kurz ihre und griff zu meinem Tee. »Tja. Das letzte Bier hat mich über die philosophische und poetische Trunkenheit hinaus geradewegs in die Rührseligkeit getrieben.«

»*In vino veritas.*«

»Hab ich nie gefunden. Und ich habe weiß Gott jahrelang danach gesucht. Derzeit – und ich hab ein bisschen drüber nachgedacht – weiß ich bloß eins: Dass meine Kraft vielleicht grade noch ausreicht, dass ich mich die Treppe raufschleppen und in mein Zimmer kriechen kann.«

Wir gingen gemeinsam rauf, und oben drehte sich Alouette um. »Wieso hast du mir von David erzählt, Lewis?«

Weil es die geheimste, bestgehütete Sache meinerseits ist, die ich dir mit auf den Weg geben kann, dachte ich.

»Ich weiß es nicht«, sagte ich.

37

Ich graste fast den ganzen nächsten Tag lang die Gegend ab. Niemand in irgendeiner Bar in New Orleans hatte jemals jemanden gesehen, der Treadwells Sohn auch nur entfernt ähnelte. Die meisten machten sich nicht mal die Mühe, den Schnappschuss anzuschauen. Er hatte sich bei keiner Arbeitsvermittlungsstelle gemeldet, hatte weder einen Führerschein noch eine Bibliothekskarte beantragt (packt einen da nicht die blanke Verzweiflung?), hatte bei keinem der privaten Anbieter ein Schließ- oder Postfach gemietet. Keinerlei Strafzettel war auf ein unter seinem Namen zugelassenes Auto ausgestellt worden. Bei keinem hiesigen Kredit- und Inkassoinstitut lag eine Anfrage vor.

Um vier Uhr nachmittags saß ich in einem Kaffeehaus an der Magazine Street, Ecke Rue de la Course, schlürfte mein zweites großes Glas *Café au lait* und sah zu, wie die ersten Werktätigen loshetzten, damit sie möglichst früh aus der Innenstadt rauskamen. Aus dem neunzehnten Jahrhundert stammende Gutachten über den gesellschaftlichen Stellenwert und die erquickende Kraft von Kaffeehäusern, von Hand geschrieben, hingen in Augenhöhe an der Wand, mindestens ein Dutzend, die meisten schief und in billigen Rahmen. Es war einige Zeit her, dass irgendjemand Notiz davon genommen hatte.

Weil mir nichts anderes einfiel, ich aber noch mehr oder weniger fit war, rief ich Tito an und war überrascht, als er ranging.

»Hey«, sagte er. »Ich wollt Sie anrufen, hab aber die Karte nicht mehr gefunden, die Sie mir gegeben ham. Muss hier irgendwo sein. Weil ich nämlich was von dem Typen gehört hab, nach dem Sie sich erkundigt ham. Hat mir erzählt, dass er vor ’n paar Tagen abends oben im Quarter aufgegriffen worden is und die ganze Zeit im Knast gesessen hat, und daher glaub ich, dass er vielleicht doch nicht derjenige is, der wo mich hat abzocken wollen. Ich wollt Ihnen bloß für den Fall, dass Sie immer noch 'ne Nachricht für ihn ham, Bescheid geben, dass er gesagt hat, er kommt morgen früh raus.«

»Sind Sie noch eine Weile da?«

»Wieso?«

»Ich dachte, ich komme kurz vorbei und zeige mich erkenntlich.«

»Hey. Das is ein Gefallen, Mann. Wie schon gesagt, ich hab von Ihnen gehört. Und außerdem ham wir die zweite Woche vom Monat. Ich muss meine Bewährungshelferin aufsuchen. Schnuckliges kleines Ding. Hat immer 'ne Spange im Haar, jedes Mal 'ne andre Farbe. Klasse Arsch für 'ne Weiße.«

»Hat bestimmt auch jede Menge gute Ratschläge für Sie.«

»*Tief*schürfende Gespräche. *Die* weiß, was Sache is, da gibt's keinen Zweifel.«

»Tito, ich danke Ihnen, Mann.«

»Vergessen Sie's bloß nicht, Lew Griffin. Nächstes Mal bin ich vielleicht derjenige, der wo einen Gefallen gebrauchen kann, wer weiß. Soll vorkommen.«

»Genauso ist es.«

Ich lief die Prytania Street hoch, nahm mir ein Taxi und nannte dem Fahrer meine Adresse. Auf halbem Weg sagte ich ihm, er sollte rüber zur St. Charles fahren und mich an der Louisiana Avenue absetzen.

Ich verließ mich rein auf meine Intuition – vielleicht die einzig auch nur annähernd systematische Arbeitsweise, die ich kannte. Irgendwo werden Kontakte hergestellt und Schalter umgelegt, auf einer Ebene, an die ich gar nicht rankomme. Ich musste mich nur dran halten, die Kiste laufen lassen.

Ich ging die Treppe rauf und in die Küche, als ob's meine eigene wäre. Hörte nebenan jemanden schnaufen und scharren.

Ich ging rein und sah Treadwells Jungen, der über die Matratze in der Nische gebeugt war. Die Spätnachmittagssonne warf ein scharfes Schattenmuster der schmalen Jalousien auf die eine Wand.

»Alles gefunden, was Sie gesucht haben?«

Wie oft passiert einem so was denn schon?

Er richtete sich auf. »Wer zum Geier sind Sie?« Er richtete sich auf, fuhr herum und hatte eine Knarre in der Hand. Den 38er, der unter dem Sitzpolster gelegen hatte. Ich sah seine Augen und wusste, was gleich passieren würde.

Da gab's nur eins: stehenbleiben und sich erschießen lassen oder in Bewegung bleiben und möglicherweise, bloß möglicherweise, den Schaden in Grenzen halten.

Also hechtete ich instinktiv nach links. Es fühlte sich an, als ob mir jemand den Handballen heftig gegen die Schulter rammte. Ich sah sein Gesicht vor mir, dann bloß noch die hintere Wand. Hatte keinerlei Gefühl mehr in der rechten Seite. Dann war ich eine Weile weg.

Ich kam auf der Trage wieder zu mir. Sah das Gesicht meines Vaters vor mir, es stand auf dem Kopf, als ich in den Sanitätswagen gehievt wurde. Jede Menge andere Gesichter, die sich alles anschauten.

»Ich wollte schon lang mal mit dir reden«, sagte ich zu ihm.

»Du wirst wieder werden«, sagte er. »Is nicht schlimm. Du musst bloß ein paarmal tief Luft holen.«

»Du fehlst mir, Papa.«

»Die Blutung ist gestoppt. Bleiben Sie ruhig liegen. Sie haben eine Nadel in der Hand, reine Salzlösung, bloß vorsorglich.«

»Wie ihr da beide auf dem Auto gesessen habt. Ihr seht so jung aus, so glücklich. Was ist da bloß passiert?«

»Sie sind angeschossen worden, Mister Griffin. Aber das wird wieder werden.«

Ich wurde einen Gang entlanggekarrt und landete in einem Zimmer mit hellen Deckenstrahlern. Eine energische Stimme – eindeutig der Chefarzt. Gedämpftere – die Krankenschwestern. Und noch eine.

»Mister Griffin. Lewis. Ich weiß, dass Sie mich hören können. Sie werden wieder gesund. Verlassen Sie sich auf mich.«

Ein britischer Akzent. Hätte man sich denken können.

38

Es war gutes Theater, wie man sagt, was so viel bedeutet, dass es der Dramatiker verstanden hat, all seine Themen, Figuren und das etwas ausgeleierte Unterzeug seiner Handlung am Ende des Stücks zum großen Finale komplett auf die Bühne zu bringen.

Der alte Mann liegt in seinem Krankenbett, und Menschen gehen ein und aus, ziehen wie Wollsäcke den Stoff hinter sich her, aus dem sein Leben ist: seine Verfehlungen und sein Stillschweigen, seine Dünkel, sein Bedauern.

So hielt ich, mit Kissen auf meinem Floß von einem Bett hochgestützt, Arm und Schulter fest bandagiert, etliche Tage lang Hof wie ein verhinderter Karnevalskönig, während Gesichter vorbeizogen: Walsh, Chip Landrieu, Richard Garces, Tito, Alouette.

Einmal, am Anfang, träumte ich, dass Treadwells Sohn da wäre. Er stand vor einer blau verputzten Wand, war ansonsten von Himmel umgeben, und hatte eine Knarre in der Hand, ganz lässig. Eine

Flagge war aus dem Lauf gekommen und hatte sich entfaltet; *Peng* stand drauf. Er sagte: Du wirst mich nicht finden, traurig, aber wahr, nimm das gefälligst zur Kenntnis. Zitierte Cocteau.

Ein anderes Mal war LaVerne da, und das ganze Leid der Welt und all die Dinge, die zwischen uns ungesagt geblieben waren, standen ihr in die Augen geschrieben, als sie schweigend näher kam und sich runterbeugte, um mich zu küssen. Kümmer dich um meine Kleine, sagte sie. Erschrocken und verwirrt wachte ich auf, war mir nur allzu deutlich bewusst, was ich verloren hatte.

Irgendwann, am dritten oder vierten Tag, brachte Walsh Treadwell mit, worum ich ihn gebeten hatte, und ich sagte ihm alles, was ich wusste, und spürte die Hoffnungslosigkeit, die ihn überkam. Er hielt den Kopf gesenkt, dankte mir und ging. Walsh und ich saßen da und schauten uns noch einen Moment lang an, dann schüttelte er seinerseits den Kopf und folgte ihm.

Alouette war da, als ich zum ersten Mal aufwachte, und kam an den nächsten beiden Nachmittagen nach der Arbeit vorbei. Daheim sei alles bestens, erklärte sie mir, und im Januar wolle sie mit der Schule anfangen. Ihr Vater habe ein-, zweimal angerufen, wollte aber bloß reden. Und ach ja, bevor sie es vergäße, zu Hause wären ein paar Sachen angefallen, für die sie Geld bräuchte. Ich gab ihr den Großteil von dem, was ich bei mir hatte, und sagte, wenn sie mehr bräuchte, sollte sie es mir sagen.

Aber ich wusste natürlich Bescheid. Wusste es ebenso sicher, wie es Dean Treadwell meiner Ansicht nach gewusst haben musste. Auch wenn ich mich zu dem Zeitpunkt weigerte, es in Worte zu fassen.

Alouette ließ sich am nächsten Tag nicht blicken, und als ich zu Hause anrief, erwischte ich nur meine Ansage auf dem Anrufbeantworter. Ich versuchte es an diesem Abend noch zwei-, dreimal, am nächsten Morgen noch mal.

Ich stand vor dem Spiegel und überlegte, was ich mit der anderen Seite von dem Hemd anfangen sollte, in das ich den linken Arm gekriegt hatte, als der Arzt, der mich operiert hatte, zur Visite reinkam. Er hieß Kowalski, war Chefarzt der Chirurgie, kam aus Chicago und war Bergsteiger. Unsere Gespräche hatten sich größtenteils um Letzteres gedreht. Vor drei Jahren war ein Freund von ihm, ebenfalls ein Arzt, der mit ihm geklettert war, abgestürzt und hatte sich das Kreuz gebrochen. Kowalski hatte ihn mit einem Bergseil und den Schienen, die er aus einem Kandelaberkaktus zurechtgeschnitzt hatte, ruhig gestellt, einen notdürftigen Rettungsschlitten gebastelt und ihn abtransportiert. Der Freund war wieder völlig genesen. Irgendwie hatte man den Eindruck, dass dieses eine Erfolgserlebnis, als er auf reine Improvisation angewiesen war, all das überstrahlte, was er tagtäglich als Chirurg leistete, und dass es nichts gab, was damit auch nur annähernd mithalten konnte.

»Gut. Sie sind auf«, sagte er.

»Auf. Ja, und ich gehe heim.«

»Davon kann ich Ihnen nur dringendst abraten, Mister Griffin.«

»Raten Sie ruhig.« Ich drehte mich zu ihm um. »Schaun Sie, ich bin Ihnen dankbar für alles, was Sie getan haben. Ich bin auch bereit, mich auf jede weitere Behandlung einzulassen, die Sie mir verschreiben. Aber Tatsache ist, dass ich keine Versicherung habe, dass ich daheim genauso gut rumliegen kann wie hier, und außerdem sind mittlerweile ein paar Sachen angefallen, um die ich mich kümmern muss.«

Vermutlich hätte ich von *Tatsachen* sprechen sollen.

»Versprechen Sie mir, dass Sie morgen früh vorbeikommen?«

Ich nickte.

»Über die Notaufnahme. Sagen Sie einfach, dass ich Sie zu einer Nachuntersuchung erwarte und man mich anpiepen soll. Das entspricht zwar nicht den Vorschriften, aber man ist dort daran gewöhnt. Ich werde hier sein – irgendwo. Auf diese Weise kann ich Sie offiziell entlassen und Sie bekommen später keine Schwierigkeiten, weil Sie nach Hause gegangen sind, ohne einen Arzt zu konsultieren.«

Er half mir, das Hemd überzustreifen und zuzuknöpfen, ging dann an seinen Schreibtisch und erledigte den Papierkram. Ich stieß dort irgendwann zu ihm, schüttelte ihm die Hand und bedankte mich noch mal.

»Man wird Sie unten in der Verwaltung um eine Anzahlung bitten. Wahrscheinlich wird man darauf verweisen, dass dies obligatorisch sei, ist es aber nicht. Die Klinik wird mit öffentlichen Mitteln gefördert, und von Rechts wegen darf man hier keine Kosten einfordern. Sagen Sie einfach, Sie hätten kein Geld dabei.«

Hatte ich auch nicht. Und wie sich herausstellte, wollte auch keiner welches haben, vermutlich, weil ich nicht in die Verwaltung ging.

Ich nahm mir draußen vor dem Krankenhaus ein Taxi, ließ mich heimbringen, bat den Fahrer zu warten und ging Geld holen. Wie die meisten Leute, die mal arm gewesen sind und auf der Straße gelegen haben, hatte ich überall im Haus Geld gebunkert. Alouette hatte ein paar Verstecke entdeckt, aber die anderen waren unberührt. Ich gab dem Fahrer einen Zehner, das Doppelte vom Fahrpreis, und ging wieder rein, den Schaden abschätzen.

In ihrem Zimmer war noch alles da, abgesehen von den Klamotten, persönlichen Gegenständen und einem kleinen Koffer. Mir kam es so vor, als ob in den Regalen was fehlte, hie und da Bücher querstanden, wo andere rausgezogen worden waren, aber ich war mir nicht sicher. Vielleicht wollte ich nur, dass es so war.

Ich fand ihre Nachricht in der Küche, auf dem Tisch, an dem wir in bester Südstaatentradition jeden Abend nach dem Essen gesessen und miteinander geredet hatten.

Lewis,

ich glaube, Du wirst wieder werden, Dein Arm, meine ich, und ich glaube, Du weißt inzwischen auch, dass was faul ist. Du kannst Dir wahrscheinlich vorstellen, was es ist.

Ich habe mich so sehr bemüht, wirklich wahr. Ich hoffe, Du kannst mir wenigstens das zugestehen. Aber alles ist jetzt so gewöhnlich, so öde.

Ich halt das nicht mehr aus. Ich will Dir nicht wehtun, und ich weiß, dass ich das tun werde, wenn ich nicht gehe. Wehtun werde ich Dir natürlich so oder so, nicht wahr? Man kommt halt einfach nicht heil davon.

Es wäre schön, wenn Du glauben würdest, dass ich etwas Gutes getan habe, als ich abgehauen bin, aber vermutlich mache ich mir da bloß was vor. Und das muss ich mir wirklich nicht mehr antun.

Vielen Dank für alles, was Du für mich getan und zu tun versucht hast, Lew. Und am meisten danke ich Dir dafür, dass Du meine Mutter geliebt hast. Ja, das werde ich mir merken.

Alouette

39

Jahre sollten vergehen, ehe ich Alouette wiedersah.

Ich mietete mir noch an diesem Nachmittag ein Auto und fuhr wieder rauf nach Mississippi, suchte die ganze Zeit den Straßenrand ab. Ich aß zu Mitternacht mit Sergeant Travis, ließ meinen Koffer ein paar Tage im Dee's-Lux Inn, war aber so gut wie nie auf dem Zimmer, stieg zwei Nächte in einem Quality Inn in Memphis ab. Dann fuhr ich einarmig und mit leeren Händen zurück nach New Orleans. Nirgendwo eine Spur von Alouette.

Mardi Gras ist gerade vorbei, und ich sitze an einem strahlend schönen Aschermittwoch oben im vorderen Zimmer und schreibe all das hier. Die ganze Woche über habe ich runtergeschaut und die Menschenmassen beobachtet, die zu den Umzügen in Richtung St. Charles Avenue schwärmten, Leute, die zu jeder Tageszeit mit Masken und Kostümen aufliefen. Junge Frauen mit Rucksäcken und Baumwollpullis in trauter Zweisamkeit, Männer mit Plastikträgern voller Bier, die sie am Gürtel hängen hatten. Jetzt sind die Straßen mit Müll übersät: Bier- und Limodosen, Wachspapierbecher, Kartons von Popeye's und Taco Bell, weggeworfene Perlenketten, zerbrochene Dublonen. Das alte Haus knarrt in allen Fugen. Ein Zweig scharrt über das Fensterglas, und irgendwo weiter hinten, tief im Innern des Hauses, ertönt ein dumpfes Ächzen, sobald der Wind zulegt.

Ein gewisser Vergleich zwischen dem Mummenschanz und der gezwungenen Ausgelassenheit beim Mardi Gras, der Selbsttäuschung, die Alouette sich eingestand, und meinen eigenen Fähigkeiten diesbezüglich drängt sich wie von selbst auf. Schließlich gibt es da keinen so großen Unterschied.

Ich muss an Robbe-Grillet denken, der, als er an *Le Voyeur* arbeitete, kurz in die Bretagne fuhr, um seine Erinnerung an den Schauplatz aufzufrischen, und feststellte, dass ihn die echten Möwen kaltließen, dass es ihm einzig um die Möwen ging, die in seinem Roman vorkamen.

So viel ist wahr: Alouette war weg. Und ich hockte da und dachte so ichbezogen wie wir alle, wenn wir plötzlich allein sind, dass alles umsonst gewesen war.

Aber vielleicht (dachte ich dann) sprang doch noch etwas dabei raus. Vielleicht tun wir Gutes, Dinge, auf die es ankommt, ohne dass es uns überhaupt klar wird. Vielleicht sind das die besten Taten.

Aber vielleicht will ich das auch nur glauben, genauso wie Alouette unbedingt hatte glauben wollen, dass ihr Abgang nur zu meinem Besten war. Wir betrügen uns, damit wir weitermachen können; aber wir besitzen auch die Gabe, uns auszusuchen, womit wir uns betrügen wollen.

Alouette war fort. Fort in die Dunkelheit, die meinen Sohn aufgenommen hatte, die Dunkelheit, die ihre Mutter aufgenommen hatte, die Dunkelheit, die so sehr in uns allen steckt.

Ich saß lange da und schaute raus in diese Dunkelheit. Es war fast Mitternacht, es konnte noch regnen. Das klingelnde Telefon brachte mich wieder zu mir. Ich ging ran.

»Lew«, und als es einen Moment dauerte, bis das nächste Wort kam, wusste ich, dass es Clare war. »Wie geht es dir? Ich habe es gerade erfahren, vor ein paar Minuten. Die Sache mit Alouette.«

»So ganz unverhofft kommt das ja nicht.«

»Deswegen schmerzt es nicht minder.«

»Nein«, sagte ich. »Tut es nicht. Außer vielleicht in Filmen, in denen Jungs lernen, wie man ein Mann wird.«

»Schmerzen können gut sein, Lew. Genauso wie große Gefühle. Liebe, Angst, Hingabe. Sie können Grund genug sein, dass wir weitermachen, wenn sonst nichts dafür spricht. Sie können zum zentralen Punkt werden, um den wir uns ein neues Selbstverständnis schaffen.«

Oder ein Vorwand für Ausflüchte jeder Art.

Aber ich sagte: »Du bist der Beweis dafür, Clare.«

»Natürlich kann das auch dazu führen, dass wir uns um elf Uhr abends vollends zum Narren machen.«

»Machst du das etwa grade?«

»Herrgott. Ich hoffe es nicht.« Sie schwieg einen Moment. »Ich glaube, dass ich die Situation nur ausnutze, sie zum Vorwand nehme, um dich anzurufen und dir zu sagen, wie sehr du mir fehlst. Ja, ich bin mir ziemlich sicher, dass es so ist.«

»Du fehlst mir ebenfalls. Mehr als du dir vorstellen kannst.«

»Du hättest anrufen können.«

»Nein, Clare, hätte ich nicht.«

»Okay. Ich habe diese neckischen Kleinmädchenspiele eben noch nie gekonnt. Aber du musst mir zugutehalten, dass ich es versucht habe. Ich sollte *dich* anrufen. Und genau das tu ich jetzt.«

»Es tut gut, deine Stimme zu hören«, sagte ich einen Moment später.

»Ich würde dich gern sehen, Lew.«

Ein Nachtfalter flatterte ein ums andere Mal in den Lichtschein vor meinem Fenster.

»Okay.«

»Ist dir das recht?«

»Durchaus.«

»Verstehst du …«

»Ich glaube schon. Ich möchte dich sehen, egal, ob ich's verstehe oder nicht.«

»Vielleicht könnten wir was zusammen trinken.«

»Das wäre klasse. Im Tip's vielleicht?«

»*Ça va.*«

»Soll ich dich abholen?«

»Von Autos hab ich eine Zeitlang genug. Ich geh zu Fuß. Wir sehn uns dort. In etwa fünfzehn, zwanzig Minuten.«

»Ach, Lew, fast hätte ich's vergessen: Bat ist zurückgekommen. Am Dienstagmorgen bin ich rausgegangen, und da war er wieder, saß auf dem Wagen, als ob nichts geschehen wäre.«

»Vermutlich das Nächstbeste, was er neben seinem Kühlschrank finden konnte.«

»Anzunehmen. Herrgott, freu ich mich drauf, dich zu sehen.«

»Dann bring deine Karre in die Gänge, schmeiß die streunenden Kater runter, die sich drauf eingenistet haben, und fahre, entschuldige den Ausdruck, wie eine –«

»Sag es nicht!«

»– gute Freundin.«

»Das hoffe ich doch, Lew. Ich möchte das so gern sein.«

»Bis gleich. Klar Schiff, Clare.«

Und ich ging hinaus in die Dunkelheit und machte mich auf den Weg zu ihr.

Vier Straßen weiter, kaum dass ich an die Ecke kam, hörte ich Stimmen und drehte mich um. Ein Stück weiter unten fand ein

Überfall statt. Zumindest hatte es so angefangen; jetzt ging es allem Anschein nach weiter. Einer der Männer hatte die Handtasche der Frau über der Schulter hängen. Er kniete über ihrem Kopf, drückte mit beiden Händen ihre Schultern nieder und leckte über ihr Gesicht, während der andere ihr grob unter den Rock fasste. Dann, während ich noch zusah, holte er aus und versetzte ihr eine heftige Ohrfeige, packte sie am Hals.

Ich schrie und lief auf sie zu, wandte mich instinktiv ab, damit der verletzte Arm außer Sicht war. Beide sprangen auf. Der eine, der an ihrem Kopf gewesen war, rannte los. Der andere hielt die Stellung, bis ich näher kam und die Hand in die Jackentasche steckte. Dann zischte auch er ab.

»Alles in Ordnung?«, fragte ich. Eine unscheinbare Frau, etwa Anfang dreißig, einfach gekleidet.

»Ich glaube schon.«

»Keine Angst«, sagte ich.

Dann rannte auch ich davon.